W0463462

Alice Zeniter

Kurz vor dem Vergessen

ALICE ZENITER

Kurz vor dem Vergessen

Roman

Aus dem Französischen
von Yvonne Eglinger

BERLIN VERLAG

Mehr über unsere Autorinnen, Autoren und Bücher:
www.berlinverlag.de

Von Alice Zeniter liegt im Berlin Verlag vor:
Die Kunst zu verlieren

Die Arbeit der Übersetzerin am vorliegenden Text
wurde vom Deutschen Übersetzerfonds gefördert.

Unser Versprechen für mehr Nachhaltigkeit
Klimaneutrales Produkt
FSC®-zertifiziertes Papier
Hergestellt in Deutschland

FSC
www.fsc.org
MIX
Papier aus verantwortungsvollen Quellen
FSC® C014496

ISBN 978-3-8270-1382-8
Die Originalausgabe erschien 2015 unter dem Titel
Juste avant l'oubli bei Flammarion, Paris
© Flammarion, Paris, 2015.
Für die deutschsprachige Ausgabe:
© Berlin Verlag in der Piper Verlag GmbH, Berlin/München 2021
Satz: Satz für Satz, Wangen im Allgäu
Gesetzt aus der Electra LH
Druck und Bindung: GGP Media GmbH, Pößneck
Printed in Germany

Für Witold Gombrowicz
und für die vierzig in dem Glauben verbrachten Jahre,
dass Die Besessenen
ein unvollendeter Roman ist.

Anmerkung der Autorin

Im Idealfall würden die Figuren in diesem Roman in einer Art Sprachengemisch reden, zahlreiche Dialoge wären auf Englisch. Aus praktischen Gründen, die sich der Leser denken kann, wurde dieses Buch trotz allem vollständig auf Französisch geschrieben – was jeglichem Realismus zuwiderläuft, aber Fußnoten voller Übersetzungen vermeidet.

»Und dann waren wir alle vier dort. Im Traumland. In Maple Whites verlorener Welt. Wir alle empfanden das als den Augenblick unseres größten Triumphes. Wer hätte ahnen können, dass es das Vorspiel zu unserem schlimmsten Desaster war?«

Die verlorene Welt,
Arthur Conan Doyle

DAS NAMENSPROBLEM

»Trotz seiner Schlafstörungen hatte Adrian Dickson Carr sich stets geweigert, vor dem Einschlafen Schäfchen zu zählen. Es war eine Grundsatzentscheidung. Ferien auf dem Land kotzten ihn an.«

Galwin Donnell,
Süchtig(e)

Franck hatte Pech mit seinem Vornamen. Das wusste er. Manche Vornamen killen dich, sobald du sie bekommst. Noch in Momenten größter Seligkeit war Franck überzeugt, dass er unter einer anderen Identität ein besseres Leben führen könnte. Die Leute sahen ihn anders, als wenn er Guillaume oder Théo geheißen hätte. Sie sahen ihn so, wie er selbst die Kevins sah. Er fristete ein klägliches Dasein ganz unten in der Vornamenshierarchie.

Seine Mutter hatte ihm die Gründe ihrer Wahl nie erläutert. Oder er hatte sie nie verstanden. Sie behauptete, sie fände den Namen *schön*. Sie zählte ihm diverse

Persönlichkeiten auf, die der Vorname Franck nicht daran gehindert hatte, erfolgreich und vergnügt zu sein: Sinatra, Zappa – trotz der großen musikalischen Diskrepanz, die das Nebeneinander dieser beiden Namen bedeutete –, Provost – der ein Haarimperium regierte – und eine Horde mit Titeln und Medaillen überhäufter Fußballer und Windsurfer. Seltsamerweise gehörte auch Benjamin Franklin zu ihrer Liste, als wäre sein Name Benjamin-Franck Lin gewesen – was Franck seine gesamte Kindheit über auch glaubte.

Während seiner Jahre auf dem Lycée hatte er versucht, diese schwärende Wunde zu vergessen, indem er sich in Rollenspiele stürzte. Dort nannte man ihn, wenigstens für einige Stunden, Herr der Berge, Krieger des verlorenen Königreichs, Oumane den Großen … Kurz verfiel er dem Schreiben von Space Operas, bei denen er nie über die ersten Seiten hinauskam, aus dem reinen Vergnügen, scharenweise Figuren mit Namen zu versehen, die etwas zu bedeuten hatten, mit strahlenden Identitäten. Eines Tages hatte er diese losen Blätter Émilie gezeigt. Er bewahrte sie immer noch auf, in einem Papphefter mit angestoßenen Ecken, und sie hatte sie *interessant* gefunden.

Doch diese Fluchten waren nur von kurzer Dauer, wie er jeden Morgen aufs Neue einsehen musste, wenn er im Unterricht aufgerufen und sein bürgerlicher Name heruntergeleiert wurde. »Franck Lemercier?«, fragte eine Stimme, der jeglicher Zauber abging. Er hob regelrecht widerwillig die Hand und hoffte jedes Mal für einen Sekundenbruchteil, dass ein anderer sich melden, die Verantwortung für diesen ihn so belastenden Namen übernehmen würde und dass er wie aus einem zu langen Albtraum erwachen und feststellen würde, dass er eigentlich anders hieß.

»Würde die Blume, die wir als Rose kennen, unter einem anderen Namen genauso gut duften?«, fragte eines Tages ihr zarter Englischlehrer, der sich damit abmühte, ihnen Shakespeare nahezubringen. Die Klasse verschlief derart unnütze Spitzfindigkeiten, Franck jedoch verstand die Frage des Dichters auf Anhieb. Und er hatte sie bereits beantwortet: Nein, natürlich nicht. Würden die Rosen Franck heißen, wäre viel weniger von ihrem Duft die Rede. Und vermutlich würden die Rosen/Franck, da man sie weder beschnupperte noch erwähnte – durch eine Art Darwin'sche Evolution –, allmählich allen Duft verlieren. Nichts und niemand rackerte sich ab, um Schönheit völlig umsonst hervorzubringen.

Man hatte Franck schon mehrmals vorgeschlagen, seinen Namen zu ändern. Er hätte nicht einmal den offiziellen Weg gehen, sondern die anderen einfach nur bitten müssen, ihn nicht länger Franck zu nennen oder seinen zweiten Vornamen zu verwenden, Joseph, den er von einem nur noch auf Fotos existierenden Großvater geerbt hatte. Einige Jahre nährte er bei jeder neuen Begegnung die schwache Hoffnung, dass er sich endlich einmal zum Lügen durchränge (und war es überhaupt eine Lüge, diesen Vornamen zu verschweigen, der nicht zu ihm passte und nichts über ihn aussagte?) und sich mit anderem Namen vorstellen würde. Doch er wusste, dass es zu spät war: Er war bereits zum Franck geformt worden, hatte die Komplexe und Unsicherheiten eines Franck übernommen. Ein neuer Name wäre nunmehr nichts als sinnlose Fassade.

Franck war Krankenpfleger. Wenn er den Leuten das erzählte, bemerkte er häufig, dass sie darin die Folge eines erfolglosen Medizinstudiums vermuteten. Als hätte er sich mangels anderer, angesehenerer Posten, die ihm entgangen waren, mit einer solchen Stelle zufriedengegeben. Er erklärte ihnen also vorsichtig, dass Krankenpfleger für ihn keine Notlösung war, sondern diese Berufswahl sich ihm schon sehr früh aufgedrängt hatte. Als sein Vater gestorben war, hatten die Pfleger einen deutlich besseren Eindruck bei ihm hinterlassen als die Ärzte – die Onkologen, die ebenso schnell auftauchten, wie sie verschwanden, als wären sie allzu rasch von den Patienten gelangweilt und sogleich auf der Suche nach einem neuen Spiel. Den Pflegern hingegen wurde der Kontakt mit der Krankheit niemals lästig (beteuerte Franck seinen Gesprächspartnern). Sie wussten, dass Heilen ein Job war, der langen Atem erforderte, viel eher Fürsorge als Wunderwerk. Es waren die Pflegekräfte, die das Leben in den rundum verkabelten Krankenhausbetten geduldig bewahrten, die die Familien, Vornamen und Gerüche der Kranken kannten. Franck hatte sofort gespürt, dass er ihrem diskreten und widerständigen Heer angehörte.

Es kam auch vor, dass die Leute ihn, nachdem er seinen Beruf genannt hatte, fragten, ob er unter seinem Kittel noch irgendetwas anhabe. Ihnen erklärte er nichts. Sie hatten es nicht verdient.

Neben dem Müllverschlag machte er eine Zigarettenpause (die zweite des Tages) und betrachtete die schwache Sonne, die noch schwankte, ob sie den Sommer beenden oder den Herbst einläuten sollte, und von den vielen verschiedenen Gedanken, denen sein Hirn nachzugehen versuchte, war er ganz durcheinander. Er sah die Zigarette zwischen seinen Fingern schrumpfen und war sich ängstlich bewusst, dass er keinen dieser Gedankengänge bis ganz zum Schluss verfolgen konnte, bevor er seine Kippe ausdrückte, und das rief noch eine weitere Überlegung in ihm hervor: Muss man es während der kurzen Pausen, die man sich im Laufe des Tages gönnt, schaffen, Ordnung in sein Leben zu bringen, oder sollte man sich besser treiben lassen und an gar nichts denken?

Oft hätte Franck das Leben gern wie einen Film verlangsamt und nur für sich selbst die Normalgeschwindigkeit beibehalten, um sich so einen Vorsprung zu verschaffen.

Er drückte die Zigarette auf dem grünen Plastik der Mülltonne aus und ging wieder hinein. In der Notaufnahme des Bichat-Krankenhauses herrschte wie üblich reinstes Chaos.

Im Eingangsbereich hockte eine dicke Dame mit einem ebenso dicken Koffer. Sie wartete darauf, dass man sich um sie kümmerte, und wirkte wild entschlossen, keinesfalls den ersten Schritt zu machen. Das wohl beleidigte Pflegepersonal tat daraufhin so, als wäre sie unsichtbar.

Auch Franck ignorierte sie und kehrte zu dem Patienten zurück, den er früher am Tag aufgenommen hatte: einen glücklosen Dieb, der von einem besser bewaffneten Ladeninhaber verwundet worden war. Die Pfleger hatten sich in eine Debatte darüber gestürzt, ob der Patient es quasi *darauf angelegt* hatte, spielten Juristen, um zu definieren, was noch unter Notwehr fiel und was nicht. Franck, der solche Diskussionen vor der Kaffeemaschine normalerweise schätzte, hatte sich nicht dazu geäußert. Für ihn war an jenem Tag jeder Mann mit einer Waffe und dem Vorsatz, sie auch zu benutzen, ein Schwachkopf, der zwei mögliche Resultate herausforderte:

1. Sterben
2. Franck den Tag versauen, indem er in der Notaufnahme des Bichat-Krankenhauses landete.

(Letzteres natürlich nur unter der Bedingung, dass sich Mann und Waffe im 17., 18. oder 19. Arrondissement oder in der Gemeinde Saint-Ouen befanden.)

Er hätte sich viel lieber nicht um von Kugeln zerfleischte Patienten gekümmert, denn am folgenden Tag würde er eine komplizierte, aber erfreuliche Reise antreten, und gern hätte er sich in Gedanken ausschließlich damit beschäftigt. Er hatte stets die Sorge, sich die Dinge im Voraus nicht reiflich genug zu überlegen, und damit einhergehend die Sorge, dass sie plötzlich vor ihm auftauchen und ihn überrumpeln könnten, bloß weil er sich nicht ausreichend vorbereitet hatte, indem er sie, ehe er sie lebte, von Anfang bis Ende durchdachte.

Sein Patient war bereits vor der Einlieferung ins Koma gefallen. Nach Meinung der Ärzte würde er wahrscheinlich nicht wieder daraus erwachen. Franck las in der Krankenakte, dass er neunzehn Jahre alt war. Man brachte keine Neunzehnjährigen um, verdammt. Das sollte ein allgemeiner Grundsatz sein.

»Ich denke mir oft, dass du zu lieb oder zu blöde bist, um diesen Job zu machen«, sagte Leïla, eine Pflegehelferin, beiläufig zu ihm, während sie ihm die Akte aus der Hand nahm.

Manchmal zeigte sie Anwandlungen bärbeißiger Sympathie, wenn sie Francks Verzweiflung bemerkte. Manchmal bot sie ihm auch Schokoladenkekse an. »Man könnte meinen, du fängst bei jeder schlechten Nachricht an zu heulen.«

Da hatte sie gar nicht so unrecht. Franck war oft nach Heulen zumute. Und nach Kotzen.

Frühmorgens, wenn er vom Nachtdienst kam, sah er sich Liebeskomödien oder Trickfilme an (am liebsten die vier Teile von *Ice Age*), bis die Bilder aus dem Krankenhaus durch jene blonder Schönheiten, blendend lächelnder Münder und durch und durch gutwilliger Tiere ersetzt worden waren. Er glitt dann langsam in eine Welt hinüber, in der es noch Mammuts und Dodos gab – eine Welt, in der aussterbende Tierarten überhaupt nicht denkbar waren –, in der man mit solch übertriebener Ungeschicklichkeit einer Eichel nachjagte, dass es zum Kunststück wurde, in der die Scharten des ewigen Eises bloß dazu gemacht schienen, als Rutschbahn zu dienen, eine Welt, die den solidarischen Beistand zwischen Arten verherrlichte, die sich eigentlich hätten auffressen müssen, und die dem Zuschauer versicherte, dass die Bösewichte bestraft werden, dass in jedem Dummkopf ein Genie schlummert und jedes Missgeschick mit einem Song endet.

Wenn Émilie ihn beim Aufstehen vor dem Fernseher fand, strich sie ihm mitfühlend lächelnd durchs Haar. Sie setzte sich nur selten zu ihm aufs Sofa; das Reich der sprechenden Tiere interessierte sie nicht besonders. Sie schrieb eine Doktorarbeit über Galwin Donnell – »den Papst der Grausamkeit«, wie sie ihn manchmal nur halb im Scherz nannte.

Sie hatte im vorigen Jahr die Erlaubnis des Herzogs oder Fürsten erhalten – Franck wusste nicht mehr, welchem zur Hälfte erloschenen Zweig des schottischen Adels das Fleckchen Erde noch heute gehörte –, auf die Insel Mirhalay zu reisen, wo der Autor seine letzten Lebensjahre zugebracht hatte, um ihre Recherchen abschließen zu können. Sie war seit drei Monaten fort, und nun war es an Franck, eine komplizierte Abfolge von Flugzeugen und Schiffen zu besteigen, um sie dort zu treffen. Auch wenn ihre Beziehung in letzter Zeit schwierig gewesen war, hatte die Entfernung Franck gezeigt, dass er ohne Émilie nicht leben konnte. Er hatte beschlossen, ihr das in aller Demut zu sagen und, so sie es denn wollte, mit ihr glücklich zu sein, bis dass der Tod sie schied.

Er hatte nur noch vier Stunden Dienst vor sich (darunter vermutlich eine letzte Zigarettenpause), dann könnte er sich einzig und allein dieser Aussicht widmen.

DIE NÄCHTE DES REISENDEN

»Dieses Gesicht über ihm, als er wieder zu Bewusstsein kam, und das ihm eine widerliche Nähe aufdrängte, dieses Gesicht einer Krankenwärterin oder Prostituierten, in dem sich die klaren Linien des Make-ups mit unscharfen, aufgedunsenen Zügen mischten, lächelte ruhig, als wollte es sagen: Alles ist gut. Dabei war gar nichts gut.«

Galwin Donnell,
Bleiche Lippen

Francks Reise bestand aus einem ersten Flug von Beauvais nach Glasgow, dann einem zweiten von Glasgow nach Barra, von wo aus er schließlich das Schiff bis nach Mirhalay nehmen würde.

Die Vorbereitung dieser Expedition war beängstigend gewesen. Franck bewegte sich fast ausschließlich per Auto fort. Er steuerte sein Fahrzeug gern selbst. Er folgte gern den Verkehrsschildern, in dem Gefühl, dass er das System des Straßennetzes, den Blutkreislauf eines Landes, verstand und den Wagen anhalten konnte, wann immer er sich dazu entschloss – manchmal aus einer rein geometrischen Laune heraus (Mitte eines Streckenabschnitts, rechter Winkel aus zwei Bundesstraßen), manchmal, um technischen Erfordernissen früh genug Rechnung zu tragen (volltanken, den Motor nicht zu heiß laufen lassen), manchmal ganz einfach, weil die Schönheit einer Landschaft es gebot.

In einem Sommer waren Émilie und er auf diese Weise bis nach Rom gekommen, und als sie die italienische Hauptstadt erreicht hatten, ertrugen sie es nicht, die Pracht der Ruinen und Kirchen mit anderen zu teilen, und waren wieder umgekehrt. Später hatten sie so getan, als hätten sie die klebrige römische Augusthitze nicht ausgehalten, aber was sie in Wahrheit zur Abreise getrieben hatte, war das Wissen, dass die Ewige Stadt von Rhythmen bestimmt wurde, die sich um ihr langes Ausschlafen, ihre wiederholten Mittagsschläfchen und ihre nächtlichen Energiespitzen nicht scherten, ganz anders als der Kokon ihres Fahrzeugs, in dem sie die Zeit nach Belieben krümmen konnten. Sie hatten beschlossen, jegliche gesellschaftliche Konvention über Bord zu werfen (die Pflicht, Rom zu bewundern und dem universellen und überschwänglichen Diskurs über die Statuen Berninis, die Bilder Caravaggios und die *Pietà* Michelangelos ein paar Sätze hinzuzufügen). Stattdessen folgten sie einzig und allein ihren unmittelbarsten Gelüsten (das Meer sehen, Weißwein trinken, Oliven essen). Als sie zurück ins Auto stieg, lachte Émilie wie ein Kind.

»Franck«, wiederholte sie immer wieder und konnte gar nicht glauben, dass sie Jahrhunderten der Kultur den Rücken kehrte, »Franck, Franck, wir pfeifen auf Rom. Rom ist gar nicht so wichtig.«

»Natürlich pfeifen wir drauf«, meinte Franck und grüßte spöttisch zum Circus Maximus hinüber.

Sie waren der Hauptstadt entflohen. Von da an war ihr Urlaub wundervoll gewesen. Sie hatten erkannt, dass ihre Reise kein Ziel hatte: Sie *selbst* waren ihr Ziel. Die Liebe machte sie egoistisch, oder narzisstisch, genug, sich als Andenken an diesen Sommer nur Postkarten mit sich selbst als Motiv zu wünschen.

Nun zu Émilie zu fahren, hatte weder die gleiche Leichtigkeit noch den gleichen Reiz wie das gemeinsame Reisen mit ihr. Die zurückzulegende Strecke war kein schöner Moment mehr, den sie teilen konnten, sondern ein Hindernislauf. Franck dachte an Odysseus und an seine lange Irrfahrt nach Haus.

Er hatte geplant, die Flugzeugetappe der Reise am ersten Tag abzuhaken und die Nacht auf Barra zu verbringen. In See stechen würde er am Folgetag. Die Bootsfahrt war nicht leicht zu organisieren gewesen, weil nach Mirhalay keine regelmäßige Fähre verkehrte; die Insel war Privateigentum des Duke of Alberg. Zudem ging die milde Jahreszeit vorüber, und es wurde schwer, einen Schiffer davon zu überzeugen, im September hinauszufahren, wenn der Wind bereits kräftig blies. So sorgfältig Franck seine Reise auch geplant hatte, der erste Flug hatte zwei Stunden Verspätung, und nachdem er in Glasgow gelandet war, ging keine Maschine mehr nach Barra.

Nach einem kurzen Moment der Panik – *die Odyssee beginnt* – begann sein Gehirn instinktiv, auf effiziente Weise zu arbeiten, Möglichkeiten durchzugehen, Lösungsvorschläge vorzulegen. Zehn Jahre im Krankenhaus hatten Francks Gedanken fast gegen seinen Willen in geordnete Bahnen gelenkt. Er begab sich in ein Bed and Breakfast, das auf Aushängen am Flughafen beworben wurde und in einer langweiligen Wohngegend lag (dabei versicherte ihm sein Schottlandführer, dass Glasgow seinen Besuchern unzählige architektonische Überraschungen bereithielte). Das Zimmer war in Weiß und Blasslila gehalten, und es roch nach nasser Wäsche. Auf dem Bett zeigte ihm ein Reigen Plüschmäuse die langen Filzzähne. Der Grat zwischen niedlich und schaurig war hier relativ schmal.

Er schickte Émilie eine E-Mail und hoffte, dass sie sie rechtzeitig lesen würde, rief dann den Schiffer an, der ihn auf die Insel bringen sollte, um ihre Verabredung zu verschieben. Der Mann schien verärgert über diese Planänderung. Franck war sich nicht ganz sicher. Zu gleichen Teilen beeinträchtigten der schottische Akzent und die Telefonverbindung sein Vermögen, Stimmungen zu lesen.

Nachdem er sich dieser Reisepanne einmal angenommen hatte, kehrte seine Gelassenheit merklich zurück. Das war kein böses Omen, nicht einmal eine sanfte Bodenwelle. Er ging in einen nahen Coop, um sich etwas zum Abendessen zu kaufen, irrte durch die gekühlten Gänge und konnte keinerlei Appetit für die perfekt runden oder perfekt rechteckigen Lebensmittel unter Plastik entwickeln, die dort aufgereiht lagen. Wie gelähmt stand er lange vor den perfekt dreieckigen Club-Sandwiches, die klebrige Zünglein aus Ei und Gurke gegen ihre durchsichtigen Verpackungen pressten.

Er entschied sich für einen *Pork Pie*, den er kalt auf seinem Bett verspeiste, nachdem er die grinsenden Plüschtiere entfernt hatte. Die Krümel rieselten lautlos auf sein T-Shirt, und seine Finger gruben sich in die unter dicker Teigkruste und Fleisch verborgene Gelatine. Die Fernsehsender boten ihm Kochshows, in denen die Kandidaten unwahrscheinliche Meisterwerke erschufen, mit unangenehmen »Biiiiips« durchsetzte Streitereien des Reality-TV und Talentshows, die einen glauben ließen, das ganze Land wolle auf einer Bühne in Vegas enden.

Seit Émilies Abreise hatte seine Sucht nach idiotischen Fernsehsendungen unsägliche Abgründe erreicht. Trickfilme genügten ihm nicht mehr. Er durchforstete das Internet nach dem Schlimmsten vom Schlimmen. Manche sehen sich in Abwesenheit ihrer Freundin Pornos an; Franck zog sich, mit dem gleichen Schamgefühl, Staffel für Staffel von *America's Next Top Model* rein. Er versuchte sich einzureden, dass er damit bloß sein Englisch verbessern wollte, doch in Wirklichkeit weidete er sich an vorgefertigten Allerweltsfloskeln, die die Kraft des Lebens und den Sieg der Mutigen priesen. »Ich habe mich aus einer toxischen Beziehung befreit, und jetzt bin ich im Finale. Es gibt wirklich Licht am Ende des Tunnels.« In dieser Sendung waren die

Menschen keine Menschen, sondern wandelnde Beweise dafür, dass der amerikanische Traum noch immer funktionierte, und Franck konnte nicht umhin, in diesem vollkommen unironischen Eigensinn eine gewisse Würde zu erkennen.

Das britische Fernsehen bot an jenem Abend nichts mit vergleichbarem Tiefgang. Er schaute zu, ohne wirklich etwas zu sehen, dabei vor sich hin kauend. Er dachte an den Streit zurück, den er und Émilie am Vorabend ihrer Abreise gehabt hatten. Er machte sich Vorwürfe. Es war bescheuert, sich vor einer dreimonatigen Trennung zu streiten. Sie hätten sich mit vor Liebe feuchten Augen verabschieden sollen, auf einem Bahnsteig, mit weißem Taschentuch in der Hand. Sie hätten sich zu unendlich trauriger Geigenmusik voneinander entfernen sollen, inmitten verschwommener Gesichter von Passanten, die für sie nicht mehr existierten. Doch Franck hatte, panisch angesichts von Émilies Entschwinden, die schlechte Idee gehabt, erneut die Sinnhaftigkeit zu hinterfragen, sich jetzt in eine Doktorarbeit zu stürzen und ihrer Paarbeziehung dieses Leben in zwei Geschwindigkeiten aufzuerlegen. Es war ihm gelungen – obgleich diese Großtat vollkommen unnütz war –, das Ende dieses Gedankens nicht auszusprechen, der da lautete: *statt hierzubleiben und es, zum Beispiel, mit der Familiengründung zu versuchen.*

Franck wünschte sich ein Kind mit Émilie. Er wollte unbedingt ein Kind. Manchmal war er kurz davor, einen Kinderwagen zu stehlen. Er wusste, dass er damit unter seinen gleichaltrigen Freunden und Kollegen ziemlich allein dastand. Die anderen durchlebten eher Krisen ihrer Unabhängigkeit, fingen an, wie wild ihre Verlobten zu betrügen, sie nach zehn Jahren Beziehung plötzlich zu verlassen, oder sie flohen wenige Wochen vor dem Entbindungstermin.

Doch Franck fand, dass diese Umtriebe – von denen die Frauen später, in eisiger Verallgemeinerung, sagten, sie bewiesen, dass die Männer *doch alle gleich* seien – der Tatsache entsprangen, dass seine Kollegen die eigene Virilität grob überschätzten. Sie sahen sich als Löwen im Käfig, noch die sanftesten und fadesten unter ihnen, von denen man kaum je ein Brüllen vernahm. Sie wähnten einen riesigen sexuellen Appetit in sich, den eine einzige Frau niemals befriedigen konnte, sogar die, die nur schwer einen Ständer kriegten, selten Frauen aufrissen oder eigentlich lieber Fußball guckten, als zu vögeln. Sie hielten sich für zu unabhängig für die Kompromisse einer Paarbeziehung, diese Männer, die sich ihre Lebensentscheidungen ansonsten von der Gesellschaft diktieren ließen und perfekt spurten.

»Jungs«, hätte Franck ihnen gern gesagt, »ich weiß ja nicht, wo ihr diese Idee herhabt, ihr wärt unbezähmbare Steppenwölfe, aber wenn ihr euch mal ein bisschen beruhigen würdet, würdet ihr schnell einsehen, dass nichts an euch einer Partnerschaft widerspricht.« Er sagte es nicht, weil er wusste, dass seine Kollegen gekränkt gewesen wären. Sie wollten unbezähmbare Steppenwölfe sein, das war im Leben ihre große Schwäche.

Als Franck Émilie gegenüber seinen Kinderwunsch angesprochen hatte – nach einem klitzekleinen, schwachen Kind, einem unendlichen Werden, einem Kind, dessen Namen er mit ungeheurer Sorgfalt aussuchen würde, damit es niemals darunter leiden musste –, hatte sie gesagt: »Ich denk drüber nach.« Zwei Monate später hatte sie verkündet: »Ich möchte aufhören, als Lehrerin zu arbeiten, und eine Doktorarbeit schreiben.«

Eine Doktorarbeit, das war kein Kind, das war das genaue Gegenteil davon. Das hatte Franck sehr genau verstanden. Ihre gemeinsame Zukunft war auf diese brutale Weise zu einer Art Gabelung geworden. Und manchmal ertappte er sich dabei, wie er bereute, von der Möglichkeit dieses Babys gesprochen und damit die Doktorarbeit provoziert zu haben.

Am Vorabend der Abreise, drei Monate zuvor, hatte er das Thema noch einmal zur Sprache gebracht, obwohl er haargenau wusste, dass es zum Streit führen würde.

»Ich frage mich ja bloß«, hatte Franck gesagt, »ob für diese Doktorarbeit wirklich akuter Handlungsbedarf besteht. Ob das gerade jetzt sein muss. Ich kann nicht verstehen, warum das gerade jetzt sein muss.«

Es war eine Berufskrankheit, dass Franck häufig das Vokabular der Notaufnahme verwendete.

»Du bist ein Mann«, hatte Émilie in genervtem Tonfall erwidert, »und deine Arbeit besteht mehr oder weniger darin, Menschen das Leben zu retten. Also nein, ich schätze, du kannst mich tatsächlich nicht verstehen. Du weißt nicht, was das heißt: seine Daseinsberechtigung beweisen zu müssen, sich nützlich und anerkannt fühlen zu wollen, Zweifel am eigenen Wert und Platz in der Gesellschaft zu haben.«

Das stimmte. Und trotzdem war es unfair. Franck war nicht mit dem Gefühl seiner eigenen Nützlichkeit *geboren* worden. Er hatte es sich erschaffen, um eine Kindheitsverletzung zu heilen. Das hatte er Émilie nie erzählt. Er hatte Angst, dass sie Mitleid mit ihm haben würde.

»Aber könntest du deine Recherchen nicht auch hier machen? Von zu Hause aus?«

»Und könntest du deine Patienten nicht auch aus der Ferne retten? Indem du deine Hände über ihren Fotos hin- und herbewegst?«

Der Abend war ein langer Streit gewesen, begleitet von Entschuldigungen, wenn einer von ihnen das Gefühl hatte, zu weit gegangen zu sein. Das Kalb mit Oliven, das Émilie gekocht hatte, wurde kalt und trug Fettaugen auf seiner Sauce zur Schau, die ihre Gabeln kaum aufstörten. Franck hatte schließlich verkündet, dass er zu Bett gehe, dass er früh rausmüsse und dass er im Unrecht gewesen sei (den letzten Teil des Satzes meinte er nicht wirklich so). Er war unter die Decke gekrochen, wütend und verbittert, und hatte Émilie im Wohnzimmer ihren Koffer packen lassen. Er konnte nicht wissen, dass sie trotz der gewonnenen Schlacht insgeheim eine Verwundung davontrug. Ähnlich wie ein angeschossenes Wildschwein.

Er konnte nicht wissen, dass sie, während er einschlief und dabei Doktorarbeiten im Allgemeinen und solche über Donnell im Besonderen verfluchte, lange duschte und weinte.

Sie zählte die Dehnungsstreifen und Falten, die ihren Körper zu überziehen begannen, ihn nachzeichneten, ihn in fremde Territorien zerteilten. Und sie dachte, dass sie allmählich in ein Alter kam, in dem ihr Äußeres sie nach und nach im Stich ließ, und dass die Gesellschaft ihr das nur verzeihen würde, wenn sie als Begründung eine gewisse Zahl an Schwangerschaften und Stillzeiten anzuführen hätte. Denn die Mutter war heilig, auf die eine oder andere Weise. Aber wer verzieh Doktorandinnen von fünfunddreißig Jahren die noch kaum sichtbaren Fältchen, die das Dekolleté ihres Sommerkleides enthüllte, wenn sie auf der Terrasse Aperitifs tranken? Niemand. Weder die Männer, die es nicht ertrugen, das natürliche Verfallsdatum ihrer Partnerinnen anzuerkennen – zugleich entsetzt über die Erkenntnis, dass ihr Beschützerinstinkt angesichts des Alters vollkommen nutzlos war, und angewidert vom Anblick des geliebten Körpers, der zum Hexenhaus mutierte –, noch die Jugendlichen, die ihre makellose Haut grausam machte und die sich weigerten einzusehen, was sie selbst in zwanzig Jahren sein würden.

In seinem Reiseführer studierte Franck eine Karte der Äußeren Hebriden, die einen Halbkreis vor dem grenzenlosen Atlantik formten und als schmales Schutzschild die Isle of Skye und die schottische Küste beschirmten. Weiter hinten, im Westen, gab es nichts mehr in der großen, blauen Masse als die winzigen Pünktchen von St. Kilda und Soay. Die Hebriden waren ein letzter Erdgürtel, zerbrechlich vor den Wellen. Er versuchte, ihren gälischen Namen laut auszusprechen: Na h-Eileanan Siar. Der Name eines schaurigen Ungeheuers oder eines Barbarenprinzen – er hätte gern so geheißen, dachte er. Émilie erwartete ihn dort, auf dieser grauen Kreisfläche südlich von Barra, nicht einmal groß genug für ihren eigenen Namen. Das »y« von Mirhalay tauchte in den Papierozean ein.

Im Zimmer des Bed and Breakfast zog er sich langsam aus und warf seine Kleider neben das blasslila Bett, wo sie die Plüschmausfamilie zudeckten, die bei ihrem Sturz unterschiedliche Haltungen eingenommen hatte: Nase am Boden, Pfoten in der Luft, auf der Seite liegend, ein absurdes Schlachtfeld. Spielzeuge in einem Zimmer ohne Kinder hatten immer etwas Trauriges.

Franck knipste das Licht aus und träumte, dass sein Boot unterging.

SEESTÜCKE

»Für die Welt des Kriminalromans ist es ein immenser Verlust, und Bantham House trauert gemeinsam mit Millionen Lesern aus aller Welt, die ein Schriftstellergenie verschwinden sehen.«

Oliver Barnes, Pressesprecher
von Galwin Donnell, 10. Juli 1985

Das Wasser war blau-braun, außer an einigen Stellen, wo kleine Wellen es mit schmutzigem Weiß, fast schon Gelb säumten. Unter den Flecken aus schlafenden Vögeln und Algen verströmte das Meer einen unbestimmten Eindruck von Trauer und Fäulnis.

Vielleicht hatte das gar nichts mit seinem Aussehen zu tun, vielleicht lag es nur an dem Wissen, dass genau dieses Wasser geduldig, wochenlang, die Leiche Galwin Donnells gewaschen, umspült, aufgerieben hatte.

Die Whiskybäche, die sein Blut mitführte, hatten es den Fischen vermutlich nicht verleidet, sich an seiner Leiche zu laben, die eine Unterströmung bis vor die Tore ihrer geheimnisvollen Paläste aus Sandstaub und Muschelschalen getragen hatte. Hatte der Whisky in seinem Blut die Fische beschwipst? Konnte ein Fisch betrunken sein?

Franck stellte sich einen Haufen Fragen, um seine Seekrankheit zu vergessen.

Er erinnerte sich an den Tod Donnells, oder vielleicht sollte man besser sagen: an sein Verschwinden. Franck war acht Jahre alt gewesen. Seine Mutter hörte beim Gemüseschälen Radio, und bei dieser Nachricht stieß sie einen spitzen Schrei aus, als hätte sie sich geschnitten. Franck hatte geglaubt, ein Familienmitglied wäre soeben gestorben, aber er wusste nicht, welches es sein sollte. Hatte er den Mann an Weihnachten schon einmal gesehen? Oder an Ostern? Und falls nicht, was sollte sein Tod ihnen dann schon ausmachen?

Sie waren damals in einer Feriensiedlung. Und diese beiden Dinge würden in seiner Erinnerung für immer verknüpft bleiben: der Tod des Autors und die kleinen rosa Häuser, eins wie das andere unter der provenzalischen Sonne. Es war der Sommer 1985. Die warme Luft summte vor Diskussionen über die Entführung von Flug TWA 847 und über das Ende des Streiks der britischen Bergarbeiter. Eines Nachts im Juli versank Galwin Donnell im Meer und tauchte nie wieder auf. Die Ironie des Schicksals wollte es, dass Robert Ballard zwei Monate später in 3800 Meter Tiefe das Wrack der *Titanic* wiederfand, in der Nähe von Neufundland – und so bewies, dass das Meer bisweilen überraschend manche der großen Vermissten wieder herausrückte, die es verborgen hielt. Doch seit dem Sommer 1985 weigerte sich das Meer, die Leiche Donnells wieder ans Ufer zu spülen oder sie Tauchern hinter der Biegung eines Seeanemonenwaldes zu enthüllen, irgendwo dort, wo die Fische keine Augen haben.

Einige suchten den Autor in ihren Sommerferien noch immer an den Stränden der Hebriden, zwischen Sandburgenbau und Schwertmuschelfang.

War es Selbstmord oder ein Unfall gewesen? Galwin Donnell hatte keinerlei Nachricht hinterlassen. Man hatte Kenner seines Werkes und einige seiner Wegbegleiter – die »engsten Vertrauten des Verstorbenen«, wie die mattrot geschminkten Lippen der Reporterinnen sagten – um ihre Meinung gebeten. Ein paar Verschwörungstheoretiker hatten einen Mord gewittert. Donnell, so behaupteten sie, sei ein Autor, der in höheren Kreisen als Störung empfunden wurde. Nein, nein, murmelten die engsten Vertrauten mit einem Seufzer, es ist die Trauer. Das gebrochene Herz. Der Schmerz verkriecht sich nach einem Liebeskummer nur. Er ist wie radioaktiver Müll. Nach zwanzig Jahren strahlt er noch immer etwas ab, das Blut, Knochen und Mark zersetzt. Das war es, sagten sie, das hat Donnell umgebracht.

»Ich glaube, wir haben es mit einem Mann zu tun, der jahrelang gegen das Verlangen angekämpft hat, eine Menschheit zu verlassen, in der er weder Bruder noch Schwester mehr fand. Es war einer dieser Kämpfe, die man nur verlieren kann«, erklärte Helen Wright, eine Akademikerin, die ein Standardwerk über Donnells Erzähltechniken veröffentlicht hatte, in der BBC.

Lorna, die Ex-Frau des Autors, hatte Morddrohungen

erhalten. *Du Nutte, das ist alles deine Schuld.* Sie war nach Portugal gezogen.

Irgendwo am Meeresgrund, von den Fischen bis aufs Weiß der Knochen gesäubert, schaukelte Donnell lautlos im Rhythmus der Algen, fern der aufgewühlten Oberfläche.

GESCHICHTE DES VERGESSENS

»Sieh nur«, sagte Emily Rose und deutete auf die Äste des Baumes, die der Wind dumpf gegen ihr Fenster schlug. »Sieh, mein Liebster. Der Sturm.«

Galwin Donnell,
Das Schweigen der Emily Rose

Mirhalay war eine dunkle Schliere mitten im Wasser. Die Insel löste sich wie ein dicker grauer Pfannkuchen aus dem Meer, am höchsten Punkt von Gräsern überzuckert. Die Sonne brach an einigen Stellen schwach durch den Wolkenschleier, und das Licht zeichnete goldene Punkte auf die Kuppel, äußerst sanfte Fingerabdrücke, die sich im Wind bewegten.

Im Süden bildete die Insel eine Festung aus Klippen und merkwürdig rechteckigen Felsen, die aus dem Wasser hervorbrachen wie nie fertiggestellte Mauerstücke oder vereinzelte Zähne in einem zu großen Mund. Im Norden spaltete sie sich auf und gab eine schmale Rinne frei, durch die Boote in die Bucht einfahren und dort ankern konnten. Man musste also zwischen schroffen Felswänden hindurch bis zum geschützten Strand navigieren, und erst wenn diese Fahrrinne verlassen, der Sand erreicht war, verstand der Reisende, dass Mirhalay ein bewohnbarer Ort war.

Wenn man von fern den Blick darüber schweifen ließ, zeigte sich die Insel zugleich bedrohlich und winzig, wie ein Modell ihrer selbst, das man für einen Piratenfilm gebaut und dann dort vergessen hatte. Ihre Geschichte war eine lange Abfolge des Vergessenwerdens. Bewohner, die fortgegangen waren und vergessen hatten zurückzukehren. Man hatte Mirhalay schon zu oft vorgemacht, nur schnell Zigaretten holen zu wollen.

Es gibt Orte, die die Menschen aufgrund einer dringlichen Anordnung, eines bösen Streichs des Schicksals oder der Natur aufgeben. Sie leben dort, friedlich, mit einem Lächeln auf den Lippen, doch plötzlich gibt es Krieg, ein Erdbeben, oder die Bodenschätze, die allen Arbeit gegeben haben, sind erschöpft. Also brechen sie auf, gemeinsam, fluchtartig, die Koffer auf einen Handkarren geschleudert, in ein Auto, oder unter den Arm an den Körper gepresst. Wenn sie dann an sicherem Ort sind, denken sie voll Nostalgie, manchmal voll Trauer, an die kleine Stadt zurück, die sie verlassen haben, an das Haus mit den Stockrosen oder an ihren neuen Fernsehapparat – denn eine Stadt oder ein Dorf aufzugeben, ist keine Erscheinung der Vergangenheit, die einer längst vergangenen Epoche der Goldgräber vorbehalten wäre, als alle Hütten noch aus Holz waren und die

Männer Hosenträger aus Sattelleder trugen, um ihre weiten Leinenhosen zu halten. Auch heute noch gibt es solche Orte, gibt es solche Anordnungen, die ein Dorf jäh zur Geisterstadt werden lassen.

Zum Beispiel die Insel Hashima im Meer vor Japan. Man nennt sie die »Schlachtschiff-Insel«, weil sie an die gepanzerten Kriegsschiffe erinnert, die einst die See um sie her durchpflügten. Anfang des zwanzigsten Jahrhunderts war Hashima ein Nichts, so etwas wie ein Versehen bei der Landmassenverteilung im Moment der Erdentstehung, ein nutzloser Kiesel vor der Küste. Dann wurde Hashima, wegen Mitsubishis Kohlebedarf, zur Minenstadt, mit der weltweit höchsten Einwohnerdichte. Auf Hashima konnte man sich zwei Jahrzehnte lang nicht umdrehen, ohne jemandem zu begegnen. Doch als das Erdöl die Steinkohle ersetzte, wurde die Insel wieder schonungslos zum Nichts degradiert, nur noch die Taifune kamen vorbei. Hashima wird ihr Leben lang eine Stadt der Sechzigerjahre bleiben. Ein Kadaver, der unter freiem Himmel verrottet, weil niemand den Anstand hatte, ihn zu begraben.

Es gibt noch eine zweite Sorte von Geisterorten: jene, die man ohne klare Absicht verlässt und auch ohne es sich so richtig einzugestehen. Es gibt keinen exakt zu datierenden Exodus. Er dauert, er erstreckt sich still und heimlich über Jahrzehnte, bevor die Bevölkerung den Mut findet, zuzugeben, dass dieser Ort eine schlechte Idee ist und schon immer war. Es gibt vielleicht einen Alten – in den Geschichten gibt es immer einen –, der, ohne die Pfeife zu verlieren, die bombensicher in seinem Mundwinkel verkeilt ist, ausruft, dass er hier geboren wurde, seine Eltern vor ihm und deren Eltern auch, und dass er lieber hier verreckt, als sein Leben anderswo zu verbringen. Aber das liegt daran, dass er alt ist. Und dass er wirklich sterben will. Die anderen wissen sehr genau, dass es hier höchstens noch den Schafen gefallen kann.

Mirhalay ist ein Sonderfall. Die Insel hat nacheinander beide Arten des Verlassenwerdens erfahren: die erste notwendig und brutal, die zweite hinterhältig und lautlos. Sie ist eine Schlachtschiff-Insel, geschützt vom Panzer ihrer Unbewohnbarkeit. Auf Gälisch bedeutet ihr Name: die Große Insel. Allerdings ist sie nur mittelgroß; rund um Barra und die Äußeren Hebriden gibt es viele wie sie. Man findet eine große Auswahl an Inseln unterschiedlicher Form und Farbe, die an der Meeresoberfläche zutage treten, manchmal deutlich, manchmal jedoch auch auf heimtückischere Weise, und die Schiffe steuern nur ungern dort hindurch, inmitten dieser allzu eng zusammengewachsenen Inselfamilie, die ihnen mit ihren verborgenen Felsen den Bauch kitzelt und sie am Ende vielleicht aufschlitzt. Nur die ärmsten Fischer haben sich hier dauerhaft niedergelassen.

Als die Insel in die Gewalt des MacNeil-Clans überging, erachtete das damalige weibliche Oberhaupt es nicht für wichtig, sie zu besuchen. Dame MacNeil blieb auf Barra, und vielleicht wies jemand mit dem Finger in die Richtung von Mirhalay, um ihr zu bedeuten, dass sie auch dort Besitztümer habe: »Ja, sehr schön, was machen sie dort?« – »Sie fischen.« – »Und sonst?« – »Sonst nichts.« – »Ach, wie reizend.« Doch selbst mit zusammengekniffenen Augen konnte sie den kleinen grün-grauen Punkt Mirhalays auf dem Wasser nicht ausmachen, denn das Meer ist rau und verbirgt die falsche Große Insel in ihren Strudeln, und zwar so gut, dass man auf den Inseln ringsum bisweilen Jahre zubringen kann, ohne an sie zu denken.

Genau das geschah im Jahr 1723. Auf Versalay, einer anderen Insel jener Familie, erwachte eines Morgens ein Mann – nehmen wir einmal an, er war Schuster – und dachte: Mensch, ich hab schon seit einem Jahr nichts mehr von den Leuten auf Mirhalay gehört. Dabei kaufen sie doch bei mir ihre Schuhe. Bei ihnen gibt's keinen Schuster. Also ging er raus und traf einen Nachbarn, zu dem er sagte: »Ich habe gar keine Neuigkeiten von den Leuten auf Mirhalay.« Und der Nachbar antwortete: »Ich auch nicht, dabei kaufen sie bei mir ihren Schnaps, bei ihnen gibt's keine Brennerei.« Daraufhin riefen sie einen dritten Mann hinzu, dann einen vierten, bevor sie beschlossen, zum Bürgermeister zu gehen. Gegen Mittag desselben Tages war klar, dass niemand, absolut niemand, auf Versalay im vergangenen Jahr Kontakt zu den Bewohnern von Mirhalay gehabt hatte, und gegen zwei Uhr hatte man befunden, dass da etwas faul sein müsse.

Ein Schiff voller Soldaten legte auf Geheiß der Dame MacNeil am folgenden Tag ab, um sich nach dem Wohlergehen der Vergessenen zu erkundigen. Als die Männer sich Mirhalay näherten, herrschte zu schwere See, um in die Rinne zum Inneren der Insel einzufahren. In einem Beiboot schickten sie einen jungen Soldaten namens MacPhee an Land.

Als dieser den Fuß auf den Strand setzte, war die Stille fürchterlich. Manchmal, auch wenn die Natur all ihre Geräusche entfesselt (Wellen, Wind, Vögel), nimmt man eine Stille wahr, die erstarren macht: die Abwesenheit aller menschlichen Geräusche. Normalerweise erspähten die Bewohner Mirhalays die Schiffe von Barra schon von Weitem und versuchten, als Erste am Strand zu sein, um Neuigkeiten zu erfahren, Waren zu begutachten, ein vertrautes Gesicht wiederzusehen.

MacPhee schrie, man kann es sich vorstellen, mehrmals: »Ist da jemand?«, doch niemand antwortete. Er nahm den Weg zum Dorf. So nannte man es. Das Dorf. Wenn man auf einer kleinen Insel lebt, kann die fehlende Notwendigkeit, etwas zu benennen, und die mangelnde Freude, die normalerweise damit einhergeht – nämlich die Dinge neu zu erfinden, indem man ihnen einen Namen gibt –, sich als außerordentlich deprimierend erweisen. Auf Mirhalay existierten die Dinge meist nur in einer einzigen Ausführung, und daher hießen sie so wie im Wörterbuch. Es gab das Dorf, die Kapelle, die Schule, den Strand, den Hügel, die Wiese und – kleiner Lichtblick – zwei Steilküsten zu beiden Seiten der Insel, die sich deshalb jedoch ganz einfach Nördliche Steilküste und Südliche Steilküste nannten. Dem Leben auf Mirhalay fehlte es an Poesie.

Im Jahr 1723 war dieser poetische Mangel jedoch kein Problem, noch nicht. Und MacPhee hätte Inselbewohner sehen müssen, er hätte sie jetzt, in diesem Moment, sehen müssen, als er sich dem Dorf näherte.

Da war niemand.

In diesem Augenblick bemerkte er den Geruch. Oder vielleicht sah er auch sofort eine Leiche. Einen vom Salz ausgedörrten Kadaver, zusammengebrochen vor einem Handkarren oder über einen Brunnenschacht geneigt.

Man weiß nicht genau, was der junge MacPhee auf seinem einsamen Erkundungsgang über die Insel erblickte. Man weiß nur, dass er allmählich den treffenden Schluss zog, es gäbe kein einziges lebendes Wesen mehr auf Mirhalay. Alle waren an der Schwarzen Pest gestorben.

Er eilte dem Strand zu und von dort in sein Ruderboot und mit dem Boot dann zum Schiff, in heller Panik. Das weiß man von den Soldaten, die an Bord auf ihn warteten.

»Sie sind alle tot! Retten wir uns!«, schrie der junge MacPhee, auf sie zurudernd.

Auf dem Schiff wollten sie ihn nicht zurück an Bord lassen. Sie sagten: »Du bist verseucht, MacPhee, du würdest uns alle umbringen.« Und sie stießen sein Boot mit einer Stange oder einem Ruderblatt von sich und versuchten, so wenig wie möglich zu atmen, während sie sich über die Reling beugten, um ihn am Hochklettern zu hindern. MacPhee blieb auf dem Wasser, in seinem Boot, das von der See durchgeschüttelt wurde, als hätte sie Schluckauf. Schließlich beschloss er, umzukehren und zurück nach Mirhalay zu rudern. Er hielt sich bereits für tot, dazu verdammt, schon bald von Beulen bedeckt zu werden, und er sah keinen Sinn mehr darin, weiterzumachen, zu schlafen oder in den Speisekammern nach Essen zu suchen. Dennoch tat er all dies, angetrieben von seinem Überlebensinstinkt.

Nach einem Jahr entschied der MacNeil-Clan auf Barra, dass man sich wieder gefahrlos auf die Insel wagen konnte. Man schickte erneut ein Schiff. Und bei ihrer Ankunft fanden die Soldaten MacPhee. Er hatte überlebt.

Dem Herrn MacNeil – die Dame war inzwischen tot – gefiel die Geschichte vom Durchhaltevermögen des jungen Mannes. Vielleicht hatte er auch nur ein etwas schlechtes Gewissen. Er schenkte ihm als Entschädigung ein Stück der Insel. Dieses erhielt so seinen ersten richtigen Namen: Von nun an nannte man einen Teil der Wiesen bei der Nördlichen Steilküste die MacPhee-Wiese. Die Geschichte verrät nicht, ob MacPhee sich dort niederließ. Ob er Gefallen an dem Ort gefunden hatte. Oder ob er schleunigst nach Barra zurückkehrte und Mirhalay niemals wiedersah. Nicht mal mehr einen Blick in Mirhalays Richtung warf.

Nach MacPhee bevölkerte sich das Dorf langsam wieder. Es erlebte Kinderschreie in der großen, weißen Schule, dröhnende Messen in der Kapelle, Tanz am Freitagabend, wo die Jungen den Mädchen, die sie später heiraten würden, Küsse stahlen, Frühlingsfeste, auf denen man Blumengirlanden wand, und sogar den Besuch eines Zirkus, der, so wird erzählt, ohne seine Tiere anreiste, die unter Seekrankheit litten. Es erreichte die Anzahl von dreihundertachtundvierzig Bewohnern. Dann, zu Beginn des zwanzigsten Jahrhunderts, leerte es sich erneut, ganz ohne Epidemie oder Naturkatastrophe.

Die Einwohner hatten es satt, vom Rest der Welt abgeschnitten zu sein. Manchmal war die See so rau, dass man eine Überfahrt nach Barra oder die Rückkehr nach Mirhalay um einen ganzen Monat aufschieben musste. Es war ein unmögliches Leben. In den Dreißigerjahren begannen die Menschen fortzugehen, zunächst unter dem Vorwand von Besuchen, wichtigen Erledigungen, familiären Angelegenheiten. Niemand traute sich, offen zuzugeben, dass er Insel und Dorf für immer den Rücken kehrte. Also ließen die Leute ihre Möbel zurück, und sogar zwei, drei verderbliche Lebensmittel, um den Eindruck zu erwecken, als wäre es bloß vorübergehend. Als behielte man das Haus für die Ferien. Für die Ferien war Mirhalay vielleicht ein bezauberndes Fleckchen. Und dann, plötzlich, gab es hier zwar noch Möbel und einen Schinken, Marmelade im Schrank und auf dem Nachttisch ein Hochzeitsfoto, aber niemanden mehr, der das alles sah.

Für etwa zwanzig Jahre – einen Zeitraum, den man nachher als »das Vergessen« bezeichnen würde – war die Insel nichts anderes als den Tieren überlassenes Gebiet: von ihrem Hirten verlassene Schafe, dunkel gefiederte Kormorane, am Strand herumtollende Robben.

Man musste schon Galwin Donnell sein, dieser einsame Kraftmensch, um den Weg der Verlassenheit in die Gegenrichtung beschreiten zu wollen und wieder

Leben nach Mirhalay zu bringen. Als der Schriftsteller nach seiner Scheidung im Jahr 1963 beschloss, sich von der Welt zurückzuziehen, wurde ihm von einem Freund – einem Erben des MacNeil-Clans – dieser abgelegene Kiesel angeboten, den die Menschheit vergessen hatte. Donnell nahm sofort an. Der junge Duke of Alberg bezahlte einen Wächter, um aus Mirhalay wieder einen bewohnbaren Ort zu machen, die Tiere zu vertreiben, die sich in den Gebäuden breitgemacht hatten, und die Vegetation zu bändigen, die noch das kleinste Steinchen erklomm. Doch die wahre und vornehmliche Aufgabe des Wächters bestand darin, so sagten die Leute, Donnells Depression im Auge zu behalten. Der Duke war sich nicht sicher, ob der Schriftsteller den Mut des jungen MacPhee besitzen und allein auf Mirhalay überleben würde. »Ich wollte ihm gern zur Flucht verhelfen, aber nicht zum Selbstmord«*, erklärte er.

Auf der vergessenen Insel konnte Donnell aus all den Ruinen auswählen. Er beschloss, sich in der Kapelle niederzulassen, einem kleinen Bauwerk außerhalb des Geisterdorfs und so weit entfernt wie möglich von der ehemaligen Räucherei gelegen, die Cormag Morrison, der Wächter, mit seiner Familie bewohnte. Anfangs sollte sie wohl ein übergangsweiser Rückzugsort sein, bis der Schmerz und die Wut über die Trennung vergingen. Aber letztlich lebte Donnell hier über zwanzig Jahre, bis zu seinem Verschwinden.

* Zitat aus Arthur Revan, *Die letzten Tage Galwin Donnells*, Cover & Welsh, London 2009, S. 212.

Es gelang ihm – durch seine bloße Anwesenheit –, Mirhalay erneut auf den Landkarten und in den Köpfen auftauchen zu lassen. Auch wenn die Insel weiterhin durch Wellen verborgen blieb, wussten die Leute nun, dass sie da war. Sie waren nicht länger in der Lage, sie zu vergessen. Es war die Insel Donnells, die Insel des Schriftstellers.

Nach dem Tod des Autors wurde die ehemalige Kapelle, die seine Anhänger von nun an *writing shack* nannten, in eine Gedenkstätte umgewandelt. Dem Duke war es wichtig, den berühmtesten Einwohner Mirhalays zu würdigen. Er finanzierte auch eine Veranstaltungsreihe zu dessen Ehren: die Internationalen Galwin-Donnell-Studientage. Sie fanden alle drei Jahre auf der Insel statt, im ehemaligen Schulhaus. Und dann und wann erhielt ein junger Wissenschaftler ein Aufenthaltsstipendium, um sein Forschungsvorhaben erfolgreich beenden zu können. Er bekam Bezahlung, Unterkunft, Verpflegung und musste im Gegenzug einen Teil seiner Zeit der Tagungsorganisation widmen. In diesem Jahr war das Émilie.

DIE BRAUT DES HERRN

»Nein, er ist nicht hier. Er ist nicht zurückgekommen. Er wird nicht zurückkommen. Er ist tot. Punkt. Er ist tot, und ich wünsche, dass man mich in Ruhe lässt.«

Lorna Foley,
Telefoninterview, 1. August 1985

Émilies Konzentrationsfähigkeit konnte erschreckend sein. Wenn sie in ihre Überlegungen abtauchte, war sie in der Lage, alles andere um sich her augenblicklich verschwinden zu lassen. Das Einzige, was niemals verschwand – egal, wie sehr sie sich auch konzentrierte –, war Émilie selbst. Sie löste sich nicht in ihrem Interesse für ein Thema auf, im Gegenteil, sie existierte als dessen Gegenüber, nahm eine Beziehung zu ihm auf, zwang das Thema – in gewisser Weise –, mit ihr in Dialog zu treten.

Dadurch unterhielt Émilie mit den unterschiedlichen Themen und Autoren, mit denen sie sich während ihres Studiums beschäftigte, eine persönliche und intime Beziehung, die das Maß an Engagement, das die Universität von ihren Forschern erwarten durfte, weit überstieg. Sie stellte das nicht aus. Sie verbarg es sogar hinter einem ernsten und kühlen Äußeren.

Zum Beispiel hätte niemand beim Anblick der hervorragend belegten Artikel, die sie in diversen kritischen und literaturtheoretischen Fachzeitschriften über Galwin Donnell veröffentlicht hatte, geahnt, dass sie in ihrem Portemonnaie sorgsam eine Fotografie des Autors aufbewahrte, die 1961 in Edinburgh entstanden war.

Auf diesem Bild ist Donnell achtunddreißig Jahre alt. Er schaut nicht zu Fotograf oder Fotoapparat. Er blickt starr auf einen weiter entfernten Punkt – vielleicht auf Émilie, die sein Foto aufmerksam betrachtet. Auf seiner hohen, breiten Stirn zeichnen sich Falten ab, denen man ansieht, dass sie schon einige Zeit dort geschwebt sein müssen, nahezu unsichtbar, bevor sie sich in die Haut eingruben. Er hat braune, fast schwarze Augen, wie abgestandener Kaffee. Sein Stoppelbart kündet von einer weit zurückliegenden Rasur in einem schlecht beleuchteten Badezimmer. Die Nasenflügel zu beiden Seiten der breiten, markanten Nase sind gebläht. Er ist schön. Oder zumindest findet Émilie ihn schön. Sie weiß, dass andere ihn für affenartig, derb halten. Sie nicht. Das Foto steckt seit ihrem Studienbeginn in ihrem Portemonnaie, seit 1998. Es ist schon ein wenig abgenutzt.

Als sie im Juni 2003 ihre Abschlussarbeit verteidigte, sprach Émilie klar und elegant über den Deformationsprozess der Welt im Werke Donnells – sie nannte das bei dieser Gelegenheit »diabolischen Realismus«. Die Prüfungskommission schätzte ihre präzisen Formulierungen und treffenden Beispiele. Émilie behielt, ganz tief in ihrem Herzen, von dem die Fotografie nie sehr weit entfernt ist, die heimliche Überzeugung für sich, dass sie – hätte sie Donnell 1940 gekannt, hätte er bei einem seiner Fronturlaube nicht Lorna, sondern sie, Émilie, kennengelernt – fähig gewesen wäre, einen glücklichen Mann aus ihm zu machen. Und niemals wäre er vor der Vollendung von *Die Brücke der Aale* gestorben. (Émilie glaubt, dass Donnell sich umgebracht hat. Sie könnte sich nicht für einen Autor begeistern, der einfach *aus Versehen* ins Meer abgerutscht ist.)

Auch Franck hat sie nie von dieser Überzeugung erzählt. Sie kann so etwas gut trennen. Doch sie tritt in die Doktorarbeit ein wie ins Kloster: um zur Braut des Herrn zu werden.

NOCH SCHÖNER

»Die bräunlichen Sprenkel an der Hotelwand stammten von unkontrollierten Bewegungen blutverklebter Haare. Als hätte jemand den Kopf im Rhythmus seines Lieblingsliedes hin- und hergeschüttelt, nachdem man ihn mit einem stumpfen Gegenstand heftig auf den Schädel geschlagen hatte.«

Galwin Donnell,
Blut geleckt

In dem kleinen Boot, das sich der Küste Mirhalays näherte, war Francks Aufregung fehl am Platz. Jede seiner nervösen Bewegungen trug ihm einen düsteren Blick des Steuermanns ein. Zwischen dem Schiffer und seinem Passagier fand keinerlei Unterhaltung statt, und das verstärkte Francks Angst nur noch. Er hätte gern über den Knoten in seinem Bauch gesprochen.

Er ersehnte und fürchtete das Wiedersehen mit Émilie. So etwas war immer ein komplizierter Moment. Bei der Ankunft war er so voller Hoffnung, überzeugt davon, sie noch schöner anzutreffen als in seiner Erinnerung. Doch er wusste, dass dieses Du-bist-noch-schöner-als-in-meiner-Erinnerung nur in acht von zehn Fällen funktionierte. Blieben zwei Gelegenheiten, bei denen es ganz und gar nicht klappte. Émilie tauchte vor ihm auf, und er war enttäuscht. Ihre Augen waren geschwollen und bläulich umschattet, gezeichnet von einer Müdigkeit, die er am liebsten nicht gesehen hätte, ihre Haare waren platt, oder sie hatte einen Pickel auf der Stirn, gleich beim Augenbrauenansatz. Der Pickel war winzig, rosa und hatte – wenn man so darüber nachdachte – gar nichts Hässliches an sich. Er nahm nicht mehr als zwei Quadratmillimeter ein, und doch zog er Francks ganze Aufmerksamkeit auf sich, schien die Vollkommenheit von Émilies Gesicht zu zerstören. Franck verstand nicht, wie einem trotz der Liebe derartige Überraschungen widerfahren konnten.

Als er sie zum ersten Mal sah, am 15. März 2005, inmitten der Menge bei einem Konzert, war er von ihrer Schönheit wie geblendet gewesen. Sie hatte unglaublich weiße Haut, die im Lichtschein silbrig wirkte. Ihr langer Hals verlieh ihr etwas Vogelhaftes und schien zu zart, um ihr rundes Gesicht und die fast schon beunruhigende Masse dichter, brauner Haare zu tragen. Man hätte meinen können – oder zumindest hatte Franck das in einem Anflug plötzlicher und unbegründeter Panik gedacht –, dass dieser zierliche Hals jeden Augenblick ohne Vorwarnung zerbrechen konnte und dass Émilies Licht somit verlöschen würde, ebenso unvermittelt, wie es aufgeschienen war. Er hatte das dringende Bedürfnis verspürt, zu ihr zu gehen und sie in die Arme zu schließen, sie mit seinem Körper zu beschützen, dafür zu sorgen, dass das Konzertpublikum nicht länger – mit einer Unbekümmertheit, die Franck wehtat, die ihm unbegreiflich schien – die Schönheit dieses Mädchens anrempeln konnte, das noch nicht Émilie hieß.

Als sie den Kopf in seine Richtung gewandt hatte (das heißt: in Richtung der Bar, wo ihre Freundin gerade zwei Bier holte, aber Franck hatte es nicht anders deuten können als seine ganz persönliche Richtung), offenbarten sich ihm ihre dunkelgrünen Augen, von feuchter Farbe, wie frisch gemalt, Augen, die, wenn sie auf einem ruhten, einen Raum der Stille und der Langsamkeit erschufen. Sie waren riesig. In einem anderen Gesicht hätten sie Furcht einflößend gewirkt. Die Tatsache, dass sie sich *ausgerechnet* in einem Gesicht befanden, das sie abmilderte, oder – anders ausgedrückt – das Wunder, dass Émilies Augen Émilies Gesicht gefunden hatten, machte laut Franck das Fundament, die Bedingung und den Beweis ihrer Schönheit aus.

Am Abend des 15. März hatten sie für einen kurzen Augenblick auf ihm geruht und sich mit einem Glanz belebt, der wie Neugier wirkte. »Sie hier?«, schienen diese Augen zu fragen, gerade als die Menge sich wieder schloss und Franck auf fast schmerzvolle Weise von Émilie trennte. Von dieser Sekunde an war er verliebt gewesen.

Franck war ein Romantiker, das wusste er. Und er spürte sehr genau, wie lächerlich es war, dass man ihm sowohl seinen völlig durchschnittlichen Vornamen als auch jene antiquierten Gefühle verpasst hatte, die in erhabener Verwirrung Liebe, Tod und den majestätischen

Aufschwung eines schwarzen Schwans in die Lüfte vermengten. Er konnte nichts dafür. Er wollte, dass die Liebe ihn außer sich machte, dass sie eine Art fortgesetzte Offenbarung war, ein reißender Schmerz, eine Häutung.

Sachte, sagte Émilie am Anfang ihrer Beziehung mit verlegenem Lächeln zu ihm. Sie wusste nicht, wie sie sich unter Francks intensivem und unablässigem Blick verhalten sollte, einem Blick, der entschieden zu haben schien (aber konnte ein Blick irgendetwas entscheiden?, fragte sie sich manchmal), dass sie perfekt war, und der ihr seine Verbundenheit in jeder Sekunde neu bestätigte. Sehr bald jedoch war ihr Francks Art, sie zu lieben, als die einzige erschienen, die diesen Namen verdiente, und sie hatte begonnen, die anderen Paare um sich her mit leichtem Mitleid zu betrachten, die nur dann verliebt zu sein schienen, wenn sie die Zeit dafür fanden oder wenn die Umstände günstig waren, sodass sie sich eigentlich nicht wirklich liebten, dachte Émilie, sondern bloß die Umstände selbst, die Gelegenheiten, die sich ihnen, beispielsweise, boten, um gemeinsam ins Kino zu gehen oder sich hübsch zu machen oder sich einmal mehr ihren so ähnlichen Musikgeschmack zu bescheinigen. »Also, Franck liebt mich *ganz und gar*«, sagte sie manchmal zu einer Freundin, indem sie das Adverb nachdrücklich betonte, und die Freundin deutete ein ironisches Lächeln an, verließ das Café jedoch erregt und neidisch.

Am Abend des Konzerts hatten sich die Rempeleien schließlich zu Francks Gunsten ausgewirkt und ihn näher zu Émilie gebracht, bis er, als das Bier stärker wurde als die Scheu, schließlich den Mut fand, zunächst mit ihr zu tanzen und sie dann zu küssen. Ihm blieb die vollkommene Abfolge all ihrer Bewegungen im Gedächtnis, bis ihre Lippen sich berührten, er eine Hand ihren Rücken entlanggleiten ließ und die Erde sich beinahe zu drehen aufhörte angesichts der schrecklich schlichten Schönheit dieses Kusses.

Als der Steuermann das kleine Boot stoppte, an genau der Stelle, wo zweieinhalb Jahrhunderte zuvor der junge MacPhee angelegt hatte, spürte Franck, dass seine Aufregung inzwischen an Panik grenzte. Indem er aufstand, um Émilie zu winken, die ihn am Strand erwartete, machte er das Boot gefährlich schwanken. Er setzte den Fuß auf den hölzernen Landungssteg, und der Schiffer reichte ihm sein Reisegepäck. Franck nahm es, ohne an ein Dankeschön zu denken, die ganze Aufmerksamkeit auf Émilies schmale Gestalt gerichtet, nur wenige Dutzend Meter von ihm entfernt. Das Boot legte sogleich wieder ab, mit trockenem, nervtötendem Motorenlärm.

Während Franck den Steg entlangging, betrachtete er, ohne sie recht zu sehen, die Klippen, die sich kesselförmig um den Strand aus weißem Sand gruppierten, und die kleine Treppe, die auf sie hinaufführte. Das Meer war ruhig. Durch die geografische Beschaffenheit des Ortes geschützt, plätscherte es zu ihren Füßen, in grünlichem Dunkelgrau. Aus dem Augenwinkel bemerkte Franck einen großen, rothaarigen Mann, der in der Nähe einer vom Salz zerfressenen Reihe Ruderboote saß. Der Mann kehrte ihm den Rücken zu und hatte weder bei Ankunft noch Abfahrt des Bootes eine Regung gezeigt. Die Anwesenheit eines weiteren menschlichen Wesens auf der Insel überraschte Franck, schockierte ihn fast. Das Leben des rothaarigen Mannes schien ihm eine erstaunliche Kraft zu besitzen, als würde es seine Ausdünstungen bis zu ihm verströmen, wie ein schweres Parfum. In Paris konnte er seine Haut in einer überfüllten Metro dicht an die der anderen pressen, ohne sie eigentlich zu sehen, ohne die Wirklichkeit ihrer Existenz zu empfinden. Doch auf Mirhalay war das andere Ende des Strandes nicht weit genug entfernt, um ihn vor dem Leben dieses Fremden zu schützen. Dann erinnerte er sich, dass Émilie ihm von einem Wächter erzählt hatte, der auf der Insel lebte. Die Unangemessenheit von dessen Gegenwart ließ nach, und der rothaarige Mann wurde zu einem Teil der Kulisse, fast so natürlich wie der Sand und die Felsen.

Franck ging langsam über die losen Holzbohlen und fürchtete, genau jetzt zu stürzen, so kurz vor dem Ziel. Dabei wäre er am liebsten gerannt. Er wollte sein Gepäck von sich schleudern und Émilie entgegeneilen. Sie war noch zu weit entfernt, als dass er erkennen konnte, welche Wirkung das Wiedersehen auf ihn haben würde. Er kniff die Augen zusammen, um sie besser zu sehen. Als sein Fuß in den weichen Sand einsank, wusste er es.

Sie war noch schöner als in seiner Erinnerung.

DIE BEFRIEDIGUNG DES HUNGERS

»Es war eine Epoche der literarischen Riesen. Aber es gab nur ein einziges Genie, und das war Donnell.«

Saul Bellow,
aufgezeichnet von Alan Bloom

Über zwanzig Jahre nach seinem Tod thronte Galwin Donnell noch immer an der Spitze der Welt der Kriminalliteratur und der Buchverkäufe, mit der gleichen Arroganz, dem gleichen unverschämten Vorsprung vor seinen Kollegen wie zu Lebzeiten. Tatsächlich hatte er gut daran getan zu sterben. Falls sein Ertrinken Selbstmord gewesen war, hatte Donnell den perfekten Zeitpunkt gewählt.

Er hinterließ eine Leserschaft, die er niemals enttäuscht hatte, weil er keine Zeit dazu gehabt hatte: Die zehn Bücher, die er binnen dreißig Jahren veröffentlichte, waren allesamt Erfolge gewesen. Doch vor allem überantwortete er seinen Lesern, wie einen auf ewig zum Nachhallen bestimmten Zuruf, die Zerbrechlichkeit seines letzten Romans, den er vor seinem Tod nicht mehr hatte vollenden können.

Die Brücke der Aale war kennzeichnend für Donnells letzte Schaffensphase. Nachdem er fünfzehn Jahre auf Mirhalay gelebt hatte, verlor er seine Aggressivität, sein Stil wurde ruhiger, beinahe geläutert. Manche seiner Kapitelanfänge, so Helen Wright, erinnerten an Haikus. Als Beleg zitierte sie: »Weiß des Schnees auf den hohen Ästen des Baumes. Glasscherben am Boden, Spritzen. Langer Mantel geht lautlos voran.«*

Außerdem hatte die Natur eine bedeutendere Rolle in seinem Werk eingenommen. Zuvor war Adrian Dickson Carr, der von Donnell erschaffene Detektiv, bloß Abschaum der Großstädte gewesen. »Er ist niemals allein, der Mann, der zur Schlichtheit seines tierischen Fleisches zurückzukehren vermag«, deklamiert der alte Blinde aus *Die Klage*. In den letzten Büchern spürte man das Verlangen nach einer Symbiose mit den Elementen. Vor allem das Wasser kehrte immer wieder, das gleiche schwarze, blaue und gelbe Wasser, das ihn schließlich verschlingen, den Fischkindern darbieten würde. *Die Brücke der Aale* trieb diesen neuen Duktus noch etwas weiter. Das sei quasi Symbolismus, meinte Wright. Der letzte Teil seines Werks trägt übrigens die Überschrift: »Maeterlinck auf dem Kommissariat«.

Donnell war gestorben, ohne *Die Brücke* zu vollenden, die er seinem Verleger für den Folgemonat verspro-

* Galwin Donnell, *Sterben bis zuletzt*, Bantham House, London 1982, S. 35.

chen hatte, doch die fehlende Auflösung – weit davon entfernt, das Buch zu verstümmeln – machte es nur umso größer. Der Name des Mörders blieb unbekannt, das schon. Doch vor diesem allzu kurzen Werk war auch jenes unglaubliche Gefühl unbekannt gewesen, jener Durst, der von der Kehle in den Bauch ausstrahlte, ein Wissensdurst, ein für immer offenes Klaffen. Das Ende ohne Ende der *Brücke* markierte auch das Ende – brutal und endgültig – des Zeitalters der Naivität. »Man fasst die Mörder nicht mehr«, schrieb ein hoher Polizeibeamter anonym in einem offenen Brief*. Darin schilderte er ausführlich den Mangel an Bedeutung in seinen Arbeitstagen: Mangel an großen Bösewichten, Mangel an Geheimnissen, Mangel an Ungeheuern, Banalität – Schäbigkeit? – der Verbrechen, eingestellte Verfahren aufgrund mangelnder Spuren, mangelnder Mittel, aufgrund von Verfahrensfehlern. Es sei schön, – zum ersten Mal – einen Kriminalroman ohne Aufklärung zu lesen. Denn die üblichen Krimis wögen die Leser in der Illusion, überall auf der Welt gäbe es Genies, die jeden Fall zu lösen imstande seien, obwohl sich der Polizei- und Justizapparat in Wahrheit einer Unmenge von Fallakten gegenübersehe, die vollkommen unaufgeklärt geschlossen würden. »Der typische Krimi richtet es so ein, dass der Ermittler stets die nötige Anzahl an Beweisen findet, um seine heimliche Überzeugung vor Ende des Buches zu untermauern«, bedauerte der

* Kriminaloberrat X, »Man fasst die Mörder nicht mehr«, *The Guardian*, August 1985.

Verfasser des Briefes. »Bei allem Realismus der Schauplätze, der Figuren und trotz vorzüglicher Kenntnisse der Polizeimethoden aufseiten der Autoren spielt sich der typische Krimi also in einer Parallelwelt zu der unsrigen ab.«

In einer im Wandel begriffenen Gesellschaft – »Statt Idealen Epauletten«, hatte Donnell geschrieben – fand *Die Brücke der Aale* ein überaus starkes Echo. Die Leute vergaßen bereitwillig, dass der Tod des Autors der Grund für die Nichtvollendung des Romans gewesen war. Sie beschworen sein Genie angesichts dieses Endes, das keine Ruhe brachte.

KÖRPER MIT KURZEM GEDÄCHTNIS

»Ich habe seine Jacke auf einem Felsen am Rand der Steilküste gesehen, als ich meinen Rundgang machte. Ich hab ihn gerufen, aber da war niemand. Das fand ich komisch. Ich bin zur Kapelle gegangen. Aber da war er auch nicht. Ich habe noch mal gerufen. Bin über die ganze Insel gelaufen. Jetzt ist es so weit, hab ich mir gesagt, er ist durchgedreht.«

»Wollen Sie damit sagen: Er hat sich umgebracht? War das Ihr erster Gedanke?«

»Na ja … ja. Viel mehr Möglichkeiten hat man hier ja nicht.«

Zeugenaussage von Cormag Morrison,
aufgenommen von der Polizei von Barra, Juli 1985

Die Straße, die sie von der Anlegestelle zur Schule nahmen, war eher ein einfacher, unbefestigter Pfad durchs Gras. Hier fuhr kein einziges Fahrzeug, und Franck und Émilie folgten ihr ganz automatisch, denn auf Mirhalay hätte man im Grunde überall entlanglaufen können.

Allerdings hatte diese Straße im vergangenen Jahrhundert, als man ihren Verlauf festlegen musste, Zwist und Zwietracht verursacht. Aus Kostengründen wollte man sie so einfach und kurz wie möglich haben, obwohl die Gebäude kreuz und quer dort verstreut lagen, wo das Gelände Schutz vor dem Wind bot. Man hatte eine Entscheidung fällen und die Anlieger der Straße – Sinnbild der Modernität und Zukunftshoffnung – von jenen Insulanern scheiden müssen, die man der Weite aus Weiden und Felsen überließe. Kurz nachdem ein Konsens gefunden worden war, hatte das Vergessen die Insel geleert, und die Straße war niemals mehr geworden als eine Skizze, das Vorzeichen einer Straße zu größeren Träumen. Von ihrer Trasse gingen noch immer beinahe unsichtbare Pfade ab, die zu einigen Ruinen im Gras weiter unterhalb führten. Pfade so schmal wie ausgetrocknete Rinnsale, die einst, vor langer Zeit, für dreihundertachtundvierzig Einwohner der Weg nach Hause gewesen waren.

Franck und Émilie gingen so dicht nebeneinanderher, dass ihre Hüften zusammenstießen. Bei jedem Aufprall lächelten sie einander an. Sie sprachen wenig. Sie wussten nicht, womit sie anfangen sollten.

Sobald sie die Schule erreicht hatten, liebten sie sich in dem kleinen Zimmer, in dem Émilie die letzten drei Monate verbracht hatte.

Es war nicht die Explosion der Begierde, die perfekte Choreografie, die sie sich hatten erträumen können, sondern deren unbeholfene Nachahmung. Franck gestand sich nur ungern ein, dass man den Körper des anderen so schnell vergessen konnte, die Art, ihn instinktiv zu berühren. Dennoch spürte er, dass seine Finger fehlgingen, in ihren Liebkosungen stockten, bisweilen verrutschten. Er lauschte, leicht durcheinander, Émilies Atem, wie den Audiokommentaren zu einer Landkarte, die er nicht mehr lesen konnte. Er konzentrierte sich auf diesen Atem, um die leise Stimme in seinem Kopf nicht zu hören, die ihm die Abfolge winziger und dennoch peinlicher Missgeschicke auflistete. Er spürte eine feine Kluft zwischen ihnen, einen Hauch, eine Verschiebung, die es zuvor nicht gegeben hatte, die jedoch nicht mehr verschwinden wollte, selbst wenn sie sich aneinanderpressten, selbst wenn er sein Gesicht zwischen Émilies Beinen vergrub und versuchte, mit ihr zu verschmelzen, seine Zunge und seine Finger so tief gleiten ließ wie möglich.

Drei Monate reichten aus, um die Harmonie verschwinden zu lassen, als hätten sich ihre Körper in ihrer Einsamkeit ungefragt neu ausgerichtet, engstirnig, hochmütig. Franck sah die Mauern beinahe vor sich, die von Neuem um sie her eingerissen werden mussten. Er hielt einen Augenblick inne und richtete sich auf, um Émilie anzusehen: Er suchte an ihrem Hals, in ihrer Armbeuge, auf ihren Brüsten nach den vertrauten Muttermalen. Er legte seine zitternden Finger auf jedes einzelne von ihnen, dann seine Lippen, glücklich, sie an Ort und Stelle wiederzufinden. Die Muttermale erinnerten ihn daran, dass er diesen Körper in- und auswendig kannte. Émilie sah ihm erstaunt dabei zu, ein wenig ungeduldig. »Komm«, murmelte sie und drehte sich auf den Bauch. Er drang in sie ein und kam sehr schnell, mit einem leisen Grunzen, für das er sich schämte.

Schon war es vorbei. Sie hatten sich stundenlang auf diesen Moment vorbereitet (eigentlich monatelang). Und schon war es vorbei. Er empfand so etwas wie Ungerechtigkeit darüber, das gleiche Gefühl, dachte er, das Turner empfinden mussten, die im Wettkampf bei der Kür stürzten und in deren Endwertung sich nichts von all den Jahren des Trainings widerspiegelte, in denen sie die Figuren, unzählige Male, perfekt ausgeführt hatten.

Émilie rollte auf die Seite und klaubte ihr T-Shirt vom Boden, wollte aus dem Bett steigen. Er hielt sie am Arm fest und zog sie sanft zu sich zurück. Als sie wieder auf die Matratze fiel, lächelte sie ihn mit einer Mischung aus Lust und Resignation an.

Franck hätte ihr gern gesagt, dass dieses erste missglückte Mal überhaupt keine Bedeutung hatte, weil er nun wusste, dass er sein ganzes Leben mit ihr verbringen und jeden Tag mit ihr schlafen wollte, bis die Missgeschicke sich in der unendlichen Zahl ihrer sexuellen Begegnungen verlören. Aber für eine solche Ansprache war es noch zu früh, wo doch die Mauern der Körper noch standen. Er wollte lieber warten.

Das zweite Mal gelang ihnen besser. Er sah, wie Émilies Blick sich langsam verschleierte, als hätte sie ihn nach innen gekehrt, dann bettete er den Kopf in ihre langen braunen Haare und sah nichts mehr, hörte nur noch ihre und seine rauen Atemzüge, die sich mischten und beschleunigten, dann das Blut, das ihm in den Ohren rauschte, bis es alle anderen Geräusche überdeckte, während Émilies Fingernägel rote Mondsicheln entlang seiner Wirbelsäule hinterließen, sich immer tiefer in seine Haut gruben, bis sie sich endlich wieder lösten.

Während er immer schläfriger wurde und auf einen Riss in der Zimmerdecke starrte, der durch seine Müdigkeit zu tanzen schien, auf verworrene Weise glücklich, eher noch satt als glücklich, erschöpft und satt (was einer Form von Glück gleichen konnte), aber in Wahrheit noch mit leichter Unruhe im Bauch, stand Émilie auf und setzte sich an ihren Schreibtisch, klappte ihren Laptop auf. Das bläuliche Licht des Bildschirms überflutete das Zimmer, unterbrach Francks Dämmerzustand.

»Was machst du?«

»Ich muss noch eine Mail abschicken.«

»Mach das doch morgen.«

»Das geht nicht.«

Er vernahm das leise, nervige Klappern der Tastatur, erkannte das dumpfere und gewichtigere Geräusch der Leertaste, von dem es durchsetzt war.

Selbst hier, auf dieser mehrmals vergessenen Insel, gab es Internet. Dieser Gedanke beunruhigte ihn, ohne dass er es sich ganz erklären konnte. Er verbrachte immerhin einen Gutteil seines Lebens online, kaufte Dinge, die er geliefert bekam, ohne dass er die leiseste Ahnung von ihrer Herkunft hatte, richtete die meisten seiner Fragen an Suchmaschinen und überließ seine

Bildung Wikipedia. Doch das Internet erschien ihm nur dann als praktisches Fenster zur Welt, wenn er es vom vertrauten Schutzraum seiner Wohnung aus benutzte. Befand sich die Verbindung anderswo, erweckte das in ihm den unangenehmen Eindruck, dass das Internet ihm *folgte*. Ihn manchmal sogar *ver*folgte.

»An wen schreibst du?«

»Martin Stafford. Er hilft mir sehr, seit ich hier bin.«

An der Art, wie sie den Namen aussprach, merkte er, dass er Stafford hätte kennen müssen. Er konnte sich jedoch nicht entsinnen. Die Leute, die Émilie ihm gegenüber erwähnte, bildeten in seiner Erinnerung eine ferne und unübersichtliche Galaxie, die sich Gesichtern verweigerte. Er fragte weiter: »Bei deiner Doktorarbeit?«

»Ja. Und bei der Organisation der Studientage. Eigentlich hilft er mir überhaupt sehr.«

Hörte er da einen Vorwurf in ihrer Stimme? Er hoffte, oder hätte gern gehofft, dass sie ihren letzten Streit vergessen hatte. Seit sie abgereist war, hatten sie nicht mehr darüber geredet. Franck schreckte davor zurück, das Thema per Skype anzusprechen, bei einer jener Unterhaltungen, in denen ihre Bilder und Stimmen plötzlich einfroren. Ganze Sätze verschwanden, ohne dass er wusste, ob sie in all dem Geknister bis zu Émilie gedrungen waren. Um Katastrophen zu vermeiden, sprachen sie per Skype daher nie über heikle Themen. Es war neutrales Gebiet, eine Art virtuelle Schweiz.

Er kramte in den Taschen seiner neben das Bett gefallenen Hose und schickte eine Nachricht an Leila, um zu erfahren, wie es dem Dieb ging, den er am Tag vor seiner Abreise im Bichat-Krankenhaus aufgenommen hatte. Das tat er allerdings eher aus dem Bedürfnis, sich zu beschäftigen, als aus echtem Interesse. Franck stellte fest, dass er sich noch nie so sehr vom Krankenhaus losgelöst gefühlt hatte wie hier auf Mirhalay.

Émilie war ins Verfassen ihrer E-Mail vertieft. Er dachte an die vielen Stunden, die er im Laufe der Jahre damit zugebracht hatte, sie in genau dieser Haltung zu betrachten, in genau diesem vom Bildschirm geworfenen Lichtrechteck. Zwei oder drei Stunden am Tag, jeden Tag, seit acht Jahren. In den ersten drei Jahren ihrer Beziehung, als sie noch nicht zusammengewohnt hatten, vielleicht weniger, aber zumindest in den letzten fünf. Was in etwa viertausend Stunden ergab, in denen er sie beobachtet hatte wie ein Voyeur, der verborgen in einer anderen Wohnung hockte. Viertausend Stunden, in denen er sie schön gefunden hatte. Auf sie wartete.

Er ging ans Fenster. Das Brausen des Meeres erreichte ihn immer, von ferne, wie das weiße Rauschen eines Elektrogeräts, das nicht mehr richtig funktionierte. Es gab wohl keinen einzigen Ort auf der Insel, wo man den Wellen, der Brandung, entkommen konnte. Franck dachte an die unendliche Weite des Atlantiks, den er sich gestern Abend auf der Landkarte angesehen hatte und der sich nun draußen befand, verborgen in der Dunkelheit lauerte.

SEINE EIGENE NEMESIS

»Es war so kalt, dass Adrian von Eisbären träumte.«

Galwin Donnell,
Sterben bis zuletzt

Der erste Roman Donnells, in dem Adrian Dickson Carr auftrat, war 1947 erschienen. Zu jener Zeit, und trotz des wachsenden Erfolgs Raymond Chandlers auf beiden Seiten des Atlantiks, war es verpönt, Kriminalromane zu lesen. Das Genre schien immer noch zu den Pulp-Magazinen zu gehören, Heftchen, die man in der U-Bahn rasch überflog und dann in die Jackentasche stopfte. Und auch wenn sich der Krimi durch ein anerkennenswertes Streben nach Qualität allmählich von diesem Image entfernte, versäumte es die literarische Intelligenzija nie, ihm seine Ursprünge wieder ins Gedächtnis zu rufen; die Niederungen, aus denen er sich hervorgequält hatte und die sie ihm nicht vergeben mochte. Zudem hatte man in den gebildeten Kreisen in jenem Jahr vor allem über *Unter dem Vulkan* gesprochen, das aufgrund mangelnder Zeit und Entschlossenheit allerdings niemand zu Ende gelesen hatte. Doch jeder beteuerte, dass es sich um ein Meisterwerk handele: Malcolm Lowry schildere die Menschheit und Mexiko darin auf außergewöhnliche Weise. Und nachdem sie ein oder zwei Stunden von der unglaublichen Tierwelt aus schwarzen Hunden und Geiern oder vom Alkoholdelirium geschwärmt hatten, das im Text geradezu *körperlich* spürbar wurde, gingen ebenjene Bewunderer der schönen Literatur nach Hause und lasen Galwin Donnell, mit all der Erregung von Lesern, die sich einbilden, der Lichtkegel ihrer Nachttischlampe schneide sie vom Rest der Welt ab.

A. D. Carr war ein besonderer Detektiv. Denn er war nicht intelligent. Er war nicht schön. Er war außerdem weder Journalist noch Alkoholiker, noch konnte er sonderlich schnell rennen. Er besaß wenig Schlagfertigkeit und keinerlei sechsten Sinn. Er war ein vollkommener Ausgestoßener. Donnell war der Erste gewesen, der sich der krankhaften Seite der Figur des Superdetektivs angenommen hatte. Während die kanonischen Krimis sich damit begnügten, diesen Detektiven ein wenig Arroganz und Misanthropie zuzuschreiben, die durch außergewöhnliche Intelligenz ausreichend entschuldigt wurden, schrieb Donnell ganz klar, dass man schon sehr verschroben sein müsse, um sein Leben lang in anderer Leute Scheiße zu wühlen.

Adrian Dickson Carr, der Detektiv, dem eine ganze Leserschaft dreißig Jahre lang hingebungsvoll folgte, litt unter Sexsucht. Er verbrachte seine schlaflosen Nächte auf der Straße, in Bars, Clubs, Waschsalons, auf Kinderspielplätzen, an unzähligen verdächtigen Orten, nicht etwa aus beruflichen Gründen, sondern weil seine Entzugserscheinungen ihn zwangen, sich dort aufzuhalten. Er hätte lieber friedlich geschlafen, hätte lieber die Fernsehzeitung gelesen, gestand er in *Das Schweigen der Emily Rose*. Er konnte es nicht.

Seine Ermittlungen dienten ihm als Schmerzmittel. Sie waren für ihn die einzige Möglichkeit, an etwas anderes zu denken. Keine Dummheiten zu machen. Denn Carrs Sucht drohte ihn zu den schlimmsten Dummheiten zu verleiten. »Es war klar, dass es bei seiner Visage und bei einem solchen Mundgeruch, dass man beim Einatmen seiner Atemluft glaubte, seine Zähne zählen zu können, für Adrian nicht reichte, einem Mädchen einen Drink zu spendieren und dann zu hoffen, dass sie seinen Hunger stillte. Er musste andere Lösungen finden«, schrieb Donnell in *Süchtig(e)*. Manchmal reichten Carr die Ermittlungen kaum aus, und der Leser verfolgte seinen Abstieg in die Nacht, bis an den Rand des Abgrunds. In *Die Zeit der Toten* konnte er sich zum Beispiel nur mit Mühe zurückhalten, sexuelle Beziehungen zu einer Minderjährigen aufzunehmen. Einer echten Minderjährigen. Einer *minderjährigen* Minderjährigen. Als das Buch einen Skandal auslöste, begnügte Donnell sich mit dem Hinweis, dass sein Held seine pädophilen Neigungen mit einigen berühmten Künstlern teile, etwa mit William Burroughs, den niemand mit der Frage behellige, was er eigentlich in Tanger treibe. Der amerikanische Autor, der sowieso schon vom gesamten äußeren konservativen Rand gehasst wurde, machte sich noch ein paar neue Feinde, indem er nicht dementierte. Als man Donnell später zu seiner Denunziation befragte, erklärte er, dass er Burroughs verabscheue. Nicht wegen dessen sexueller Neigungen, über die er letztlich nicht viel wisse, sondern weil der Typ den ganzen Tag mit Heroin vollgepumpt sei und glaube, mit seinem *Copy/Paste* Literatur zu produzieren.* Burroughs' Bewunderer zuckten die Achseln und sahen darin die klassische Haltung des Autors von Populärliteratur, der sich über mangelnde Anerkennung durch die Eliten grämt.

Das Werk Donnells hatte die Schwellen der Universitäten damals noch nicht überschritten. Dazu musste man seine letzten Lebensjahre abwarten sowie die eindrucksvolle Pionierarbeit, die zuerst Helen Wright und dann Martin Stafford in Oxford leisteten. Sie setzten sich über die Grenzen hinweg, die den Krimi außerhalb der Unimauern hielten, und konnten sich als Erste der Romane Donnells bemächtigen, um deren Originalität, Kraft und manchmal sogar deren Avantgardismus ins Rampenlicht zu rücken.

* An einer anderen Stelle des gleichen Interviews, die der Herausgeber des Blattes umgehend zensierte und die erst Anfang der 2000er-Jahre wieder zum Vorschein kam, setzte Donnell noch hinzu: »Das einzig minimal Interessante, was Burroughs in seinem Leben je gemacht hat, ist das Wilhelm-Tell-Spiel mit seiner Frau, bei dem er ihr eines Abends besoffen eine Kugel in den Kopf gejagt hat. Alles andere ist meiner Meinung nach nur das endlose Gewimmere eines Bürgersöhnchens.«

Adrian Dickson Carrs Sexsucht war spannend, weil sie den schlimmsten Feind des Detektivs darstellte. Einen inneren Feind. Er brauchte keine Nemesis, wie Holmes bisweilen Moriarty brauchte. Er war seine eigene Nemesis. Sein eigenes Ungeheuer. Was die Kritiker sich von da an als durch und durch modern anzusehen gestatteten. In gewisser Weise, so erläuterten sie, war A. D. Carr der Vorläufer von Helden wie Dexter oder Yosuke Kobayashi aus *MPD Psycho*: Ermittler und Verbrecher in einem.

DER MANN IM SCHORNSTEIN

»Steig aufs Pferd, beeile dich,
Und reite schnell zur Stadt.
Die Flut, die Flut wird fangen dich,
macht mir schon die Knöchel nass,
krallt meinen Arm, umklammert mich.
Steig aufs Pferd und warte nicht.«

Traditioneller Abzählreim der Hebriden

Émilie war aufgewacht. Franck wusste es nicht, spürte es nicht. Er schlief und träumte vielleicht, dass Émilie neben ihm schlief.

Doch sie war hellwach, die offenen Augen ins Schwarze gerichtet. Das Grün ihrer Augen schwarz geworden in der tiefen Nacht Mirhalays.

Sie lauschte dem Geräusch, wie ein Geheul, das durch die alte Schule hallte. An den ersten Abenden hatte sie sich schrecklich vor diesem Geräusch geängstigt. Sie war liegen geblieben, unfähig, auch nur einen Finger zu rühren, als wäre ihr ganzer Körper gelähmt, mit Ausnahme ihres Herzens und ihres Zwerchfells, denen ebenfalls Versteinerung drohte.

Das Geräusch war der Wind im Schornstein, dessen Abzug durch die Mauer ihres Zimmers verlief, bevor er sich im Erdgeschoss zu einem Maul aus geschwärzten Ziegeln öffnete. Doch für Émilie war es an jenen ersten Abenden – natürlich – Donnell.

Wenn Wind aufkam, konnte sie nicht schlafen. Sie hörte Donnell im Schornstein heulen und kreischen. Sie hatte Mitleid mit ihm. Sie dachte, dass seine Stimme sich, bei seinem letzten Schrei, über die Fluten erhoben hatte, während sein Körper versank, und dass Körper und Stimme somit brutal voneinander getrennt worden waren. Das eine irgendwo am Meeresgrund, das andere verloren auf der Inseloberfläche. Die Stimme würde nicht verstummen, bis man ihren Herrn wiedergefunden hätte. Sie würde zur Kugel zusammengerollt in das Gerippe zurückkehren und den Schornstein verlassen, aus dem heraus sie Émilie so ängstigte.

Manchmal sang Émilie der Stimme Wiegenlieder, aufrecht im Bett sitzend, in der Nacht so schwarz, dass sie ihr die Augen auffraß. Doch an jenem Abend wollte sie Franck nicht wecken. Er schlief. Er träumte, wahrscheinlich, dass auch sie in Schlummer lag, sehr tief, an seiner Seite. Und vielleicht schlief sie in dem Moment ein, als sie sich vorzustellen begann, auf welche Weise sie in Francks Traum schlafen mochte.

VERSPRECHUNGEN

»Ich habe dieses Gefühl«, sagte Adrian, »dass, würde ich aufhören, mich in Gesellschaft zu beherrschen, ich sehr schnell allen Männern mitten ins Gesicht schlagen und allen Frauen an die Brüste fassen würde. Ich weiß nicht, ob das wahr oder nur ein Albtraum ist. Ich hatte noch nie den Mut, es auszuprobieren. Ich behalte immer einen Funken Selbstbeherrschung.«

Galwin Donnell,
Die Klage

Die alte Schule von Mirhalay, die inzwischen als Hauptquartier der Internationalen Studientage diente, war ein längliches weißes Gebäude, gedeckt mit sehr dicken Schieferziegeln, als hätte man sie einfach am Wegesrand zusammengesammelt und ins Dach gerammt. Ihre mächtigen Mauern, auf denen im Erdgeschoss eine relativ hohe Decke lag, im ersten Stock dagegen eine ungewöhnlich niedrige, hinterließen pulvrige Spuren auf der Kleidung. Die Tonfliesen des Bodens lösten sich teilweise und knirschten aufgrund weniger Millimeter Spiel unter den Füßen. Ohne den Schatten Donnells, der über diesem Ort schwebte, hätten die Symposiumsgäste die Unterkunft wohl als schäbig empfunden, vielleicht sogar als heruntergekommen. Doch der Schatten war da. Er war überall. Er hätte noch den ärmlichsten Winkeln der Insel Charme verliehen.

Im Erdgeschoss gab es einen großen Speisesaal, ein Gemeinschaftszimmer, ein Büro und zwei zu Schlafzimmern umgebaute Klassenräume, deren große Fenster wie ein Verrat jeglicher Intimsphäre auf die Terrasse hinausgingen. Oben sechs kleine Zimmer, alle identisch, fast schon Mönchszellen. Émilies lag am Ende des Ganges, das Fenster aufs Meer. Es grenzte an ein Badezimmer, wo die Wandfarbe abblätterte und Stockflecken Karten von anderen Inseln auf die Wände zeichneten.

Gegenüber, auf dem alten Schulhof, ergänzten zwei Nebengebäude gleichen Aussehens – weiße Wände, schwarze Dächer, keinerlei Zierrat – die verfügbaren Übernachtungsplätze für die Teilnehmer der Studientage. Eines der Gebäude, so glaubte Émilie zu wissen, war eine Krankenstation gewesen, das andere das Wohnhaus des Lehrers.

Wenn Franck irgendwo ankam, sah er sich dort gern erst einmal in Ruhe um. Versuchte, etwas über die früheren Bewohner herauszulesen oder über jene, die einen Platz umgestaltet hatten. Wenn er bei jemandem eingeladen war, verbrachte er sehr viel Zeit damit, die Titel im Bücherregal zu studieren und sich anhand dieser Informationen eine Vorstellung von der Persönlichkeit zu machen. Und als Émilie und er in ihre erste gemeinsame Wohnung gezogen waren (eine winzige Zweizimmerwohnung in der Rue Albert-Thomas 50), setzten sie sich manchmal auf das Wohnzimmersofa und taten nichts anderes, als lächelnd den Ort zu betrachten, an dem sie von nun an zusammenlebten, einen Ort, der ihnen etwas über sie selbst und ihre Beziehung *erzählte*, sowohl durch ihre Kleider, die durcheinander über den Stuhllehnen hingen, als auch durch die an die Wand gepinnten Fotos und die Gerüche nach Wäsche, Sex, Toast und Zigaretten, die sich mischten, bis sie nur noch einen einzigen ergaben, den sie als ihren eigenen erkannten, als wäre es der Geruch ihrer Geschichte oder ihres Lebens zu zweit.

Doch hier, in der alten Schule von Mirhalay, schwieg die Einrichtung. Dem Duke war es gelungen, eine gewisse Aktivität auf der Insel zu bewahren, indem er die Studientage begründete, aber er hatte hier kein *Leben* aufrechterhalten können. Das war es, was die lange Reihe Zimmer Franck erzählte. Er umrundete die Schule, dann die Nebengebäude. Seit den frühen Morgenstunden erfüllte Sprühregen die Luft, verdichtete sie beinahe. Der Niesel legte sich auf die Kleidung, schien jedoch nicht die Kraft zu haben, sie beim ersten Anlauf zu durchdringen. Dennoch fühlte sich Franck, nachdem er die Umgebung abgeschritten hatte, durchnässt und beschwert.

Auf dem niedrigen Mäuerchen um den Hof entdeckte er eine Biene, die sich mühsam von einem Stein zum nächsten schleppte. Er blieb stehen und beobachtete sie. Vielleicht starb sie gerade. Doch sie war ihm so fremd, dass Franck nicht in der Lage war, die Zeichen des Todeskampfes von jenen – zum Beispiel – des Erwachens oder einer durch die Kälte verursachten Starrheit zu unterscheiden. Er hätte ihr gern geholfen, schneller voranzukommen, aber er wusste nicht, wo sie hinwollte. Er dachte an Timothy Treadwell aus *Grizzly Man*, einem Dokumentarfilm von Werner Herzog, den er mit Émilie angeschaut hatte. Treadwell war so in Natur und Tierwelt verliebt, dass er beim Anblick einer toten, an eine Blume gekrallten Hummel in Tränen ausbrach. Ruhig erklärte Herzog aus dem Off (mit seinem unverkennbaren Akzent, den Franck fürchterlich fand), dass er persönlich das Leben für ein zerstörerisches Chaos halte, in dem der flüchtige Sieg des Guten einem Zufall und manchmal gar einem Wunder gleichkomme. Als der Film zu Ende war, hatte Émilie verkündet: »Du bist Timothy, und ich bin Werner.« Er hatte aufgelacht. Ein paar Wochen lang hatten sie sich so genannt. *Timothy? Ja, mein Wernerchen?* Und dann hatte der Scherz sie nicht länger amüsiert, oder vielleicht hatten sie auch andere Spitznamen gefunden (in acht Jahren hatte es viele gegeben, aber keiner war haften geblieben). Er ließ die Biene bedauernd auf dem Mäuerchen zurück, in dem feinen, unsichtbaren Nieselregen Mirhalays, und ging wieder in die Schule.

Émilie war am Telefon, als Franck ins Zimmer kam. Er küsste sie auf den Nacken, und sie verjagte ihn mit einer Handbewegung und zog eine entschuldigende Miene.

»Dieser Typ ist unausstehlich«, sagte sie, als sie aufgelegt hatte. »Er will einem echt nicht helfen.«

»Wer?«

»Der Inselwächter«, erklärte Émilie. »Er muss die Tagungsgäste mit dem Boot von Barra abholen, aber er wehrt sich immer wieder gegen die Hin- und Rückfahrten … So ein Idiot!«

Sie stieß einen unterdrückten, schrillen Wutschrei aus und griff erneut zum Hörer. Franck zog es vor, sich ins Erdgeschoss zu verkrümeln, wo er seine Untätigkeit besser verbergen konnte.

Er setzte sich in einen Sessel des kleinen Salons und lauschte erneut dem fernen Meeresrauschen, blätterte dabei in einem Buch von Donnell, das neben ihm lag.

Während er hier und da ein Wort, manchmal einen Satz aufschnappte, fragte er sich, was die Leute – eigentlich Émilie – an Donnell fanden, an der trostlosen Schroffheit seines Universums. Ein Schriftsteller hatte, in Francks Augen, die Aufgabe, seine Vorstellungskraft in den Dienst einer Vergrößerung der Welt zu stellen, statt sich darauf zu kaprizieren, sie zu verkleinern. Nun vermittelte ihm Donnell jedoch immer den Eindruck, eine Welt zu beschreiben, die er aus allzu großer Nähe gesehen hatte und ohne Liebe. Er schrieb wie ein kurzsichtiger Depressiver. Franck dachte an seine eigenen Romananfänge zurück, Sagas, die imaginäre Kontinente umfassten und jeder Figur ihrem Ehrgeiz gemäß gewisse Zauberkräfte zuschrieben.

Zeig mir deine Macht, Saruman!, so begann einer seiner ersten Texte, frei nach *Der Herr der Ringe*. Das war natürlich nicht besonders gut – das war Franck schon klar –, aber dieser Eröffnungssatz verhieß doch immerhin Schlachten und Zauberei. Ein solcher Anfang konnte nicht durch und durch schlecht sein. Bei Galwin Donnell schien keine Figur irgendeine Macht zu besitzen, die sie hätte vorzeigen können, nicht einmal eine Briefmarkensammlung. Sie alle waren vom Leben ausgeplündert worden und schleppten sich von Seite zu Seite, wie Gammler des Glücks. Franck legte *Blut geleckt* auf die Armlehne seines Sessels zurück. Nicht ohne Stolz sagte er sich, dass der Autor in ihm sich nicht mit Donnell vertrug – und dass er, trotz der systematischen Nichtvollendung seiner Werke, noch immer als Autor las.

Am frühen Nachmittag begegnete er den ersten Tagungsteilnehmern und kostete den Umstand aus, dass er schon länger da war als sie, bereits die Treppen und Flure kannte, ein Zimmer mit Émilie teilte, die dort im Laufe von drei Monaten eine ganz persönliche Unordnung geschaffen hatte. Er war hier zwar nicht *zu Hause*, fühlte sich jedoch wohl genug, um den Gastgeber zu spielen. Die Neuankömmlinge hingegen machten einen verlegenen Eindruck. Sie grüßten einander zurückhaltend und versuchten, sich mithilfe der Fotos aus dem Tagungsprogramm wiederzuerkennen, das man ihnen zugeschickt hatte. Franck lächelte in die Runde und fand Gefallen an der Vorstellung, dass diese Menschen ihn für einen der Referenten hielten. Galant half er einer alten Dame, ihren Koffer in den ersten Stock zu bringen.

Als er wieder nach unten kam, sah er Émilie mit einem etwa fünfzigjährigen, braunhaarigen Mann die Schule betreten, dessen Größe ihn zwang, sich unter dem Türrahmen zusammenzufalten.

»Darf ich Ihnen den Mann vorstellen, den man nicht mehr vorstellen muss«, sagte Émilie mit einem nervösen Lachen, das Franck augenblicklich verabscheute, »den großartigen Martin Stafford.«

Die paar Akademiker, die nach Verstauen ihres Gepäcks über den Flur streiften, lächelten ergriffen. Es gab zaghaften Beifall.

Franck erinnerte sich plötzlich an alles, was dieser Name umfasste, den Émilie am Vorabend so gleichgültig genannt hatte. Martin Stafford, Literaturprofessor in Oxford oder Cambridge – eine dieser großen Universitäten, die Franck niemals kennenlernen würde –, hatte Anfang der Achtzigerjahre eine gewisse Berühmtheit erlangt. Während er seine Doktorarbeit über Donnell schrieb, hatte er eine Korrespondenz mit dem Autor begonnen, in der Absicht, diesen davon zu überzeugen, ihm seine Entwürfe zu zeigen (Stafford war, eine Seltenheit in der englischen Universitätslandschaft, von der Gültigkeit der *Critique génétique* überzeugt), und nach einigen Monaten des Briefwechsels war er unerwartet zu Donnells Rechteinhaber geworden. »Da es Sie so sehr interessiert«, hatte dieser ihm geschrieben, »können Sie von mir aus alles haben. Es ist mir egal. Ich werde keine Kinder haben, und ich würde meine Rechte lieber einem Hund übertragen, als zu riskieren, dass sie Lorna in die Hände fallen oder diesen ordinären Fremden, die sich als meine Brüder und Schwestern bezeichnen.«* Die Presse hatte sich begeistert auf die Sache gestürzt, denn sie erkannte darin alle Elemente einer Erfolgsgeschichte, die ihre Leser um den Finger wickeln würde. Sogar über eine eventuelle Verfilmung war gemunkelt worden. Die Journalisten beschrieben lang und breit die Verblüffung des jungen Studenten (Martin Stafford im Alter von zwanzig Jahren), der wie ein Eremit in seiner Mansarde hockte, hungrig, schlaflos, sich ganz der Exegese von Donnells Büchern aufopfernd, und der plötzlich dieses feudale Geschenk erhielt. Sie betonten auch das Geheimnisvolle an der Angelegenheit, denn nach Übersendung der offiziellen Dokumente hatte der Autor nicht mehr geantwortet, weder auf Staffords Protest noch auf seinen Dank. Er hüllte sich erneut in Schweigen. Schließlich betonten sie nachdrücklich, dass diese unverhoffte Himmelsgabe Stafford kein bisschen von dem Weg abbrachte, den er für sich vorgesehen hatte, und dass er nach seiner Doktorarbeit – »in aller Bescheidenheit«, wie einige schrieben – seine Lehrtätigkeit fortsetzte.

In Wahrheit hatte es niemals eine Mansarde gegeben (Staffords Eltern besaßen ein nettes Haus neben der Universität) noch Nahrungsentzug (Staffords Mutter kochte sehr gut). Was die Bescheidenheit des Profes-

* Zitiert aus *Galwin Donnell, zwischen Nihilismus und Leidenschaft*, Martin Stafford, Nick Hern Books, London 2002, S. 77.

sors betraf, der in Cambridge inzwischen den Fachbereich Literaturwissenschaft verantwortete, so wurde sie von manchen angezweifelt, die fanden, dass seine Art, mit den Schultern zu zucken und »*Sic transit gloria mundi*« zu murmeln, nur unzureichend über das Vergnügen hinwegtäuschte, das er darüber empfand, eine Figur der Donnell'schen Legende geworden zu sein. Allerdings erkannten selbst seine entschiedensten Gegner an, dass Stafford ein brillanter Wissenschaftler war und dass die drei Bücher, die er über Donnell veröffentlicht hatte, bis dato unübertroffen geblieben waren.

Der Mann, der im Flur der Schule stand, ganz nah bei Émilie, verströmte eine magnetische Aura, wie sie nur ein unbedingtes Selbstbewusstsein vermitteln konnte, so stark, dass es von keinerlei Arroganz beschmutzt wurde.

Franck spürte, während er Stafford musterte, wie sich ihm die Kehle zuschnürte, und er wusste nicht, ob aus Bewunderung oder Eifersucht. Stafford war ein Mann, über den er als kleiner Junge vielleicht gesagt hätte: »Wenn ich groß bin, will ich so werden wie er.« Aber er war bereits groß, und er war nicht Stafford, und in diesem einfachen Tatbestand zeichnete sich der grausame Schatten eines Versagens oder eines Unrechts ab.

Als die Akademiker spontan eine Schlange bildeten, um dem Professor die Hand zu schütteln, ging Franck lieber die Treppe zu dem kleinen Zimmer im ersten Stock hoch. Nachdem er die Tür hinter sich geschlossen hatte, wobei ihm das Herz bis zum Hals schlug, lehnte er sich mit dem Rücken dagegen und atmete tief ein. Die Stimmen aus dem Erdgeschoss waren bloß noch ein Durcheinander, das sich mit dem ständigen Wellenrauschen vermischte. Franck öffnete seinen Koffer und vergewisserte sich, dass im Innenfutter noch immer die kleine Schachtel steckte. Er ließ sie zwischen den Fingern hindurchgleiten. Er hoffte, demnächst ein wenig von dem Selbstvertrauen zu finden, das Martin Stafford verströmte, und den Mut aufzubringen, sie Émilie am Ende der Studientage zu überreichen.

DER SCHWARZE STEIN

Die im Juli 1985 unter Krebsscheren und schmarotzenden Fischmündern verschwundenen Finger hatten auch den schweren goldenen Ring mitgenommen, der stets an Donnells kleinem Finger gesteckt hatte. Dieser Ring *war* Donnell oder zumindest sein Sinnbild. Er gehörte zu seinem Körper, war Symbol seines Körpers, genau wie seine lockigen Haare oder die großen Zähne.

Seine Fassung wurde von einem schwarzen Stein geziert, auf dem ein *D* stand. Nicht etwa für Donnell, wie man hätte annehmen können, sondern für Charles Altamont Doyle, einen unbekannten und trunksüchtigen Maler, der eine Weile vom Ruhm träumte und diesen Siegelring im Jahr 1850 von einem Juwelier in Edinburgh schmieden ließ, in Erwartung üppiger Tage, die niemals kamen. Er vererbte ihn an seinen Sohn Arthur, der im Gegensatz zu seinem Vater internationale Berühmtheit erlangen sollte. Charles hatte keine Gelegenheit mehr, sich daran zu erfreuen. Als Arthur *Eine Studie in Scharlachrot* veröffentlichte, war er bereits wegen Depressionen und Epilepsie in die Sunnyside-Klinik eingewiesen, wo er wie besessen Kometen kurz vor dem

Zusammenstoß mit der Erde und brennende Häuser zeichnete. Sir Arthur Conan Doyle – denn dieser trieb den Ruhm so weit, dass er geadelt wurde – hatte den Ring fast sechzig Jahre lang getragen. In seiner Augenarztpraxis, die ihm zufolge niemals ein Patient betreten hat, polierte und liebkoste der Ring die Manuskriptseiten von Sherlock Holmes. Deshalb hatte Galwin Donnell ein solches Verlangen gezeigt, ihn seinerseits zu tragen. Den Ring des Größten und Besten unter ihnen.

Er war 1951 bei Sotheby's versteigert worden, zusammen mit dem Füllfederhalter des Schriftstellers und einem Brief an seinen Verleger. Der Füller wäre für einen Autor wie Donnell vermutlich symbolträchtiger gewesen, er aber richtete sein Augenmerk sofort auf den Siegelring und erwarb ihn für fünfzigtausend Pfund. Das war nahezu die Summe, die er für die Rechte von *Süchtig(e)* erhalten hatte, seinem ersten Erfolg – die erste Geschichte über Detektiv Carr, der ihn niemals enttäuschen und all seinen Romanen beeindruckende Verkaufszahlen sichern sollte –: eine Ausgabe von fünfzigtausend Pfund, um sich den Ring von Arthur Conan Doyle zu verschaffen, dem Schöpfer von Sherlock Holmes.

Diese Geste Donnells wurde unterschiedlich ausgelegt. Einige sahen darin ein Zeichen der Verehrung und der Liebe für den Vater des Kriminalromans. Man fand es großartig, dass der junge Galwin Donnell mit vierunddreißig Jahren weniger am Geldverdienen interessiert war als daran, sich in die literarische Stammlinie Arthur Conan Doyles einzuschreiben. Er hatte dafür gesorgt, begeisterten sich seine Leser, dass die kommerzielle Seite der Literatur – seine Urheberrechte – zur Literaturliebe zurückfand.

Andere waren von der Schönheit der Geste nicht so überzeugt. Ihnen zufolge war sie weniger eine Liebeserklärung als ein Schlag in Doyles Gesicht. Auf arrogante und brutale Art zeigte Galwin Donnell, dass es ihm der Erfolg eines einzigen seiner Bücher finanziell erlaubte, sich der Vergangenheit Sir Arthur Conan Doyles zu bemächtigen. Er bewies durch diesen Kauf seine Macht, seine Überlegenheit. Er tötete den Vater, wie ein Psychoanalytiker erklärte.

Was auch immer seine Gründe gewesen sein mochten, sich den Siegelring anzueignen, danach trennte er sich nie mehr davon. Er war auf allen Fotos zu sehen, die man von Donnell kannte. Als der Autor Arthritis bekam, schwoll sein Finger rund um das Schmuckstück an und verbarg es beinahe. Nur das in den schwarzen Stein gravierte *D* trat noch hervor. Ein Journalist hatte ihn eines Tages gefragt: »Schlafen Sie auch damit?«, und Donnell hatte geantwortet: »Frag das deine Mutter.«*

Doch nun war der Siegelring verloren, verborgen auf dem tiefsten Meeresgrund oder im engen Magen eines Leichen fressenden Fisches. Wenn ihn nicht doch jemand abgezogen hatte, raunten die Verschwörungstheoretiker, bevor er Donnell den Kopf unter Wasser drückte.

* Interview von Peter Spencer mit Galwin Donnell, *By the Book* Nr. 25, Edinburgh 1963, S. 18.

In dem Museum, das man dem Autor auf Barra gewidmet hatte – eines der vielen kleinen Museen ohne echte Sammlung, die Ende der Achtzigerjahre ihre Blütezeit erlebten und die man eigentlich eher *Souvenirläden* nennen sollte –, am Hafen, wo die Boote nach Mirhalay ablegten, verkaufte man Nachbildungen dieses Rings, auf denen das *D* durch eine große Auswahl an Initialen ersetzt worden war. Sie lagen zu Dutzenden in einer kleinen Wanne an der Museumskasse. Franck hatte kurz gezögert, während er auf den Schiffer wartete, der ihn auf die Insel übersetzen sollte, und mit dem Blick rasch nach einem Ring mit einem *E* darauf gesucht. Da er Émilie sagen wollte, dass er sie nie mehr verlassen würde, konnte er es auch mit einem Ring tun (mit einem *Plastik*ring, denn so würde ihn die klägliche und ulkige Anmutung seines Geschenks schützen und könnte, falls er abgewiesen wurde, nichts als ein alberner Scherz gewesen sein). Auf seinem künftigen Antrag lastete nun also ein Nippes, der ihn 7,50 Pfund gekostet hatte und seither geduldig am Grund seines Koffers wartete.

DAS ABENDMAHL

»Da war kein Mensch. Nicht mal ein Möbelstück. Eigentlich war es kaum zu glauben, dass dieser Ort jemals von irgendeinem menschlichen Wesen bewohnt worden war. Eine Plastikplane schlängelte sich aus einer Ecke des Wohnraums bis vor seine Füße.«

Galwin Donnell,
Nicht sein/noch sein

Die Internationalen Galwin-Donnell-Studientage würden erst am Folgetag offiziell eröffnet werden. Doch schon an diesem Abend aßen die Tagungsgäste alle gemeinsam im Speisesaal. Sie saßen um einen langen Tisch, dessen Platte von zahlreichen Lackschichten klebrig geworden war. Ihre Gesichter schwebten über weißen Tellern, gleich einer Blaskapelle aus bunt zusammengewürfelten Instrumenten ohne verbindende Harmonie.

Da war Solange Théveneau, Professorin der Komparatistik an der Sorbonne, die vor allem auf afrikanische Literaturen spezialisiert war, sich aber auch für die Thematik innerer Dämonen und für das Exorzismusvokabular bei Galwin Donnell interessierte. Denn für sie war es eindeutig, dass die Sexsucht Adrian Dickson Carrs aus einem religiösen und animistischen Blickwinkel behandelt wurde, weit entfernt von Medizin oder Psychoanalyse. Was Philipp Anderson von der Universität Michigan, mit von den Schläfen in feinen Geheimratsecken zurückweichendem weißen Haar, nur bestreiten konnte – er, dessen Forschung sich ausgerechnet mit einer Lacan'schen Lesart Donnells befasste. Sie saßen daher nicht nebeneinander.

Da war Judith Maroon, Professorin der Gender Studies, knallige Halbrandbrille und altersloses Gesicht, die ihrem Tischnachbarn, Markus Mann, vom Vormarsch der Transidentität und dem Rückzug des Feminismus erzählte. Mann war ein Kriminologe aus Berlin, den sein Bauch in einigem Abstand zum Tisch hielt.

Da war Anton Likiewicz mit einer seiner Studentinnen, von der man munkelte, sie sei seine Geliebte.

Da war Martin Stafford, der aus Höflichkeit den ihm zugewiesenen Platz mittig am Tisch abgelehnt hatte, dem sich jedoch ständig alle Gesichter zuwandten, sodass die Unterhaltungen Schieflage bekamen. Bei jedem Lachen von ihm richteten sich die Köpfe neu aus, stockten die Gespräche.

Da war Émilie, unsicher und in einem grünen Kleid, das Franck noch nie an ihr gesehen hatte. Sie scherzte mit einer alten Dame zu ihrer Linken über das Unterrichten am Collège – Patricia Blacksmith, die englische Verlegerin, die Donnells erstes Manuskript abgelehnt hatte.

Da war Alec MacMillan, ein aus Barra stammender schottischer Dichter, von dem man nicht recht wusste, was er hier eigentlich zu suchen hatte, und der auf Fragen zu Donnell mit Infos über seinen eigenen Werdegang oder seinen neuesten Gedichtband antwortete. Er war die heimische Garantie, dank der man an regionale Fördergelder gekommen war.

Da war Arthur Revan, Autor von *Die letzten Tage Galwin Donnells*, einer sehr kontroversen Biografie, hochpolemisch – vor allem hinsichtlich der Darstellung, wie Stafford an die Rechte von Donnells Werk gelangt war. Revan wurde von zwei italienischen Professoren in dunklen Anzügen flankiert, die diese Nähe verlegen machte, weil sie den Eindruck erweckte, sie gehörten einem feindlichen Clan an. Sie versuchten, es hinzunehmen, indem sie einen vagen Trotz zur Schau trugen, der niemanden überzeugte.

Da war eine Gruppe Literaturstudenten von der Universität Edinburgh, die das Publikum der Studientage stellte.

Da war Franck, kläglich und klitzeklein, der versuchte, kein bisschen aufzufallen.

Kurzum, und um ein paar Zahlen zu nennen: Fünfundzwanzig Personen waren für zehn Tage auf Mirhalay versammelt – für zwei Vorträge pro Tag mit anschließender, ausführlicher Diskussion –, und aus der Veranstaltung würde, wie jedes Mal, ein Tagungsband hervorgehen, eine Art vierhundertseitige Donnell'sche Bibel, die die Regale der Universitätsbibliotheken weiter anwachsen ließe, von wo sie regelmäßig und stets respektvoll entliehen würde, ein nüchternes Buch, beige und schwarz, das sich ähnlichen Bänden früherer Ausgaben anfügte, sodass sie nebeneinander auf einem Regalbrett an lauter kleine Grabsteine auf einem Friedhof erinnerten, auf dem Galwin Donnell der einzige Tote war, wieder und wieder beerdigt, nur wenige Zentimeter von seinem vorigen Grab entfernt, durch Totengräber, deren Namen man vergaß, während der seine sich auf den ehrenden Gedenksteinen, die ihm die Teilnehmer der Studientage errichteten, endlos wiederholte.

Die Schüsseln wanderten von einem Ende des großen Tisches zum anderen und hinterließen rötliche Saucentropfen auf der Tischdecke. Die Weinkaraffen, zunächst unangetastet, waren ebenfalls in Bewegung geraten und kreisten seither ohne Unterlass, als wollten sie den Blicken entgehen, die ihnen von Glas zu Glas folgten. Niemand wollte die Gelegenheit verpassen, zurück an seinem Institut, berichten zu können: »Ich habe X getroffen. Natürlich ist er brillant, aber der Herzinfarkt ist nicht mehr fern.« Oder: »Y ist nur noch ein halb so guter Wissenschaftler, seit er angefangen hat zu trinken.« Oder auch: »K ist eine echte Mastgans, die fährt doch nur wegen des Essens auf Konferenzen.« Es war ein Abendessen falscher Geselligkeit, bei dem die aus vorgeblicher Glückseligkeit halb geschlossenen Augenlider lauernde Blicke verbargen.

Sie kannten sich alle vom Sehen oder vom Namen her, würden jedoch niemals die Vertrautheit langjähriger Freunde gewinnen. Sie bekämpften einander, um ihre Eroberungsflaggen auf das gleiche Gebiet zu setzen: das Werk Galwin Donnells (zehn Romane, dazu ein paar wenig beachtete Kurzgeschichten und ein Gesprächsband), ein literarischer Kadaver, der ihnen als Weidefläche für ihre Studien, ihr analytisches Denken, ihre Sezierverfahren diente.

Trotz der Würde ihrer grau melierten Haare, ihrer blitzenden Brillengläser und der feinen Stoffe ihrer Jacketts zeigten sie die Reflexe von Halbwüchsigen, taxierten den Wert ihres Platzes am Tisch und träumten davon, woanders zu sitzen, in der Nähe von Martin Stafford oder – als Trostpflaster – in der Nähe seiner erklärten Gegner, etwa Revan. Niemand wollte zugeben, dass er nur eine Nebenrolle spielte.

Sie sprachen in Fußnoten, ohne dass ihre Unterhaltung je den *Körper* des Textes enthüllte. Sie korrigierten einander bei Erscheinungsdaten, verwiesen auf Artikel, die die Welt in eine kleinteilige Collage aus Zeitschriftenausgaben, kommentierten Werkverzeichnissen und Anhängen zu zerlegen schienen. Sie redeten sich den Mund fusselig: »Ihnen ist sicher bekannt …«, »Falls Sie sich damit auf XY beziehen …«, »Ich möchte damit zum Beispiel belegen …«. Für Franck war es unmöglich, den quer über den Tisch fliegenden Zitaten zu folgen. Er spürte, dass sich hier etwas für alle Tischgäste Packendes, Erregendes abspielte. Er sah es an ihren erhitzten Gesichtern, den gehobenen Augenbrauen, an Émilies halb geöffnetem Mund. Er hörte es an den Stimmen, die wie die Dünung aufwogten. Aber er verstand die Spielregeln nicht, und das ganze Gespräch wirkte wie eine Fremdsprache auf ihn. Er hätte sich gern zu Émilie gebeugt und ihr Scherze über die Tischrunde ins Ohr geflüstert – besonders Philipp Anderson amüsierte ihn, mit seiner unfreiwilligen Science-Fiction-Frisur. Doch er wusste, dass sie ihm das komplizenhafte Lächeln, das er sich erhoffte, nicht schenken würde. Also behielt er seine Witze für sich und senkte den Kopf, um seine Belustigung zu verbergen. Er spielte mit der Gabel herum und ließ sie mehrmals zu Boden fallen, wie ein allzu hibbeliges Kind.

Als das Dessert serviert wurde, hörte er, wie die ältere Verlegerin Émilie fragte, was ihr Lebensgefährte eigentlich beruflich mache, und Émilie antwortete, nach einem kaum merklichen Zögern, dass er Arzt sei. Er rief nicht dazwischen, dass das nicht stimmte. Nach dem Abendessen schlug Judith Maroon mit vom Wein gesteigerten Enthusiasmus einen Spaziergang vor. Die Tischgesellschaft erhob sich und zog die Mäntel an, in wogenden Schattierungen von Braun, Schwarz und Grün.

Draußen hatte sich der Nebel auf das kurze Gras und das Heidekraut gesenkt, eine feine Dunstschicht, die die niedrige Pflanzendecke überlagerte, denn der Wind hinderte hier alles daran, in die Höhe zu wachsen.

Kaum aus der Tür, versuchten sich die Grüppchen wieder um die dominanten Elemente zu formieren. Im Dunkeln leuchteten Handydisplays auf und erhellten den Weg. Franck hielt sich ein wenig abseits.

»Es wäre doch schön«, sagte Solange Théveneau, »wenn wir alle zusammen zum *writing shack* gingen, um Donnell unsere Ehre zu erweisen. Finden Sie nicht auch?«

Die Gruppe gab ein zustimmendes Gemurmel von sich. Émilie entfernte sich ein paar Schritte vom Weg, um eine Wildblume zu pflücken, die sie auf den Gedenkstein legen wollte. Andere taten es ihr nach. Die Studentin von Anton Likiewicz schnitt sich die Finger an einem besonders feinen Halm. Martin Stafford kam ihr galant zu Hilfe. Sie erinnerten an eine Schulklasse, die zu einer pflanzenkundlichen Exkursion aufbrach, nachdem alle hinter der Sporthalle heimlich ein paar Flaschen Bier gekippt hatten. Hier und da ertönte leises Lachen, und mindestens zwei schottische Studenten torkelten ein wenig.

»Émilie«, sagte Stafford, als er auf den Pfad zurückkam. »Geben Sie mir eine Zigarette.«

Zu Francks großer Verblüffung kramte sie in ihrer Tasche. Émilie hatte eigentlich vor zwei Jahren zu rauchen aufgehört. (Theoretisch hatte auch Franck vor zwei Jahren zu rauchen aufgehört. Praktisch begnügte er sich damit, in ihrer Wohnung nicht mehr zu rauchen.) »Ich muss sie wohl vergessen haben«, meinte sie nervös.

»Ach, die seligen Zeiten, als Französinnen immer Zigaretten dabeihatten …«, seufzte Martin Stafford.

Solange Théveneau ergriff die Gelegenheit und hielt ihm ihre Packung Dunhills hin. Stafford griff mit reuigem Lächeln zu.

»Wann soll das gewesen sein?«, fragte Solange.

»Was meinen Sie?«

»Diese seligen Zeiten.«

Stafford lachte auf. »Zufällig fallen sie mit den seligen Zeiten zusammen, als es Krebs noch nicht so richtig gab.« Das schien ihm plötzlich etwas in Erinnerung zu rufen. Er legte Émilie eine Hand auf die Schulter. »Übrigens, wo ist denn Ihr Arzt, Émilie? Lässt er unseren Gesundheitsspaziergang aus?«

»Ich weiß nicht«, erwiderte sie und sah sich leicht beunruhigt um. »Vielleicht ist er schon ins Bett gegangen.«

Franck wurde klar, dass er im Halbdunkel verborgen war. Die Mobiltelefone leuchteten nicht bis zu ihm. Er überlegte kurz, ob er sich zeigen sollte, aber der Gedanke, diese Leute nicht bis zur Kapelle begleiten zu müssen – sich nicht einmal dafür *entschuldigen* zu müssen, weil Émilie sein Fehlen bereits zur Kenntnis genommen hatte –, flößte ihm umgehende Erleichterung ein. Es störte ihn nicht so sehr, von den Gesprächen ausgeschlossen zu sein, begriff er, vielmehr befürchtete er, dass man ihn auffordern würde, daran teilzunehmen. Sein Stolz sträubte sich bei der Vorstellung, dass er sich zum Trottel machen könnte. Vor Émilie. Vor Émilie, die ihn soeben zum Arzt befördert hatte, als würde sie sich für ihn schämen. Er machte sich in die entgegengesetzte Richtung auf, die Südliche Steilküste entlang. Als er zu der Stelle kam, wo die Insel oberhalb des Wassers plötzlich endete, entdeckte er den rothaarigen Mann, der bei seiner Ankunft am Strand gewesen war.

Dieser rauchte eine Zigarette, ließ die Beine ins Leere baumeln und bedeutete Franck näher zu kommen.

»Probleme mit der feinen Gesellschaft?«, fragte er mit spöttischem Grinsen.

»Ich pass da nicht so richtig rein«, erwiderte Franck und setzte sich neben ihn an den Rand der Klippe.

»Was arbeitest du normalerweise?«

»Krankenpfleger.«

Nicht Arzt, nein. Er fragte sich, warum er Émilies Lüge nicht richtiggestellt hatte, und musste sich eingestehen, dass er sich in Gegenwart all dieser Akademiker und renommierten Wissenschaftler geschämt hatte, auch er selbst – und das zum ersten Mal in seinem Leben –, keinen angeseheneren Beruf auszuüben. Er *glaubte* zwar daran, dass man in der Medizin geduldig sein musste (und Geduld war die Tugend des Krankenpflegers), er glaubte an die ursprünglichen Bedeutungen der Wörter »hegen« (umzäunen, schützen, bewahren) und »pflegen« (sich für etwas einsetzen), die von den Medizinern längst vergessen worden waren, doch dieses Plädoyer, das er schon so oft mit Herzblut gehalten hatte, war ihm an dem großen Tisch läppisch erschienen, als wäre es bloß eine Rechtfertigung, und er hatte geschwiegen. Er schämte sich für seine Scham. Neben ihm nickte der Rothaarige anerkennend.

»Hast du schon mal gesehen, wie jemand stirbt?«

»Wie bitte?«

Der andere winkte ab, um deutlich zu machen, dass es nicht so wichtig war.

»Und was machst du?«, fragte Franck.

»Ich bin der Wächter.«

Franck fiel Émilies Abneigung gegen diesen Mann wieder ein. Er spürte den Impuls, sich umzusehen und sicherzugehen, dass sie nicht hinter ihm stand. Diese Unterhaltung kam ihm wunderbar verboten vor.

»Was bewachst du denn?«

»Weiß ich auch nicht so genau. Die Schafe. Die Insel. Die Unileute …«

Franck lachte kurz auf. »Würden die sich sonst prügeln?«

Er konnte es sich lebhaft vorstellen. Der Esstisch als Schlachtfeld. Jegliche Würde dahin. All der Groll, der plötzlich wieder hochkam: *meine* Studie, *mein* Posten, *meine* Fördergelder. Sectio mit dem Tranchiermesser. Durchtrennte Halsschlagadern. Spritzendes Blut. Sie alle hatten wieder und wieder eine Menge Krimis voller Gewalt gelesen. Sie mussten wissen, wie man anderen wehtat.

»Die würden sich eher ins Meer stürzen. Um Donnell nachzueifern. Oder wenn dieser Schwachkopf von Martin Stafford es von ihnen verlangte. Alle, auf einen Schlag. Da wette ich drauf.«

»Kennst du ihn gut? Stafford, meine ich.«

Franck stellte die Frage wie ein schüchterner Groupie. Während des Abendessens hatte er dem Professor viele verstohlene Blicke zugeworfen. Der Wächter zuckte die Achseln.

»Ach, nein, ich kenne hier niemanden. Mich sieht ja keiner.«

»So ähnlich geht's mir auch«, gab Franck zu.

»Jock«, sagte der Wächter und hielt ihm die Hand hin. »Jock Morrison.«

»Franck.«

Er war vergnügt. Er hatte soeben jemanden kennengelernt, dessen Vorname ihn seinen eigenen vergessen ließ.

EIN LOCH ANSTELLE GRUND-LEGENDER ERINNERUNGEN

Studientage – Philipp Anderson

Philipp Anderson begann seinen Vortrag, indem er ein Paradox in den Raum stellte: Warum hatte das Leben Donnells Anlass zu so vielen Publikationen gegeben, wo doch gerade dessen *Abwesenheit* in den Romanen nahelegen müsste, dass der Verfasser keinerlei Bedeutung für die Auseinandersetzung mit dem Werk hatte?

Nach kurzem Schweigen fuhr Anderson mit einem weiteren Schwung Fragen fort:

»Wie kommt es, dass wir uns wünschen, diese Abwesenheit möge bedeutsam und besonders sein?«

»Warum verlangen wir vom Schweigen, mehr preiszugeben als Worte?«

»Was für ein Leben wollen wir aufdecken, indem wir Donnell biografisch lesen?«

»Was hat Donnells wahres Leben ausgemacht? Die ersten fünfundvierzig Jahre, die er unter uns in der Welt verbrachte, oder, im Gegenteil, die zweiundzwanzig letzten, die er hier, auf Mirhalay, vor der Welt versteckt hat, ohne ein einziges der Versatzstücke, an denen der Biograf sich gewöhnlich weidet?«

Er hielt erneut inne, ein so gelassenes und bestimmtes Schweigen, dass Franck sich eine Sekunde lang vorstellen konnte, wie der Psychoanalytiker gleich ungerührt das Rednerpult verlassen und sich zu ihnen ins Publikum setzen würde, um über seine eigenen Fragen nachzudenken.

Doch der Vortragende fuhr fort, mit feinem Lächeln, und sprach von einer Bündelung des Interesses auf die Kindheit – einer Kindheit, über die man weder aus seinen Büchern noch aus Interviews etwas wusste, also nichts von Donnell persönlich, einer Kindheit, die einem *aus zweiter Hand* durch Zeitzeugen, Dokumente oder bloß durch Gegenstände vermittelt wurde, die bei der Rekonstruktion geholfen hatten:

»Donnell wuchs in Gairloch auf, einem kleinen Küstendorf, wo sein Vater auf Lachsfang ging und seine Mutter ›nichts tat, als Kinder zu kriegen‹, wie es eine Nachbarin beschrieben hatte. Die Donnell'sche Kinderschar war tatsächlich umfangreich: sieben Stück, von denen Galwin der Älteste war. Sieben Kinder in einem winzigen Haus,

(Powerpoint, Slide 1, das Haus)

man kann sich das ständige Wuseln des Lebens vorstellen, das Geplärre und Geheul, auch das Lachen. Und besser stellt man es sich vor, als zu hoffen, etwas darüber zu *erfahren*: Sie werden bei Donnell nicht eine einzige solche Szene finden. Er beschreibt eine Welt ohne Kinder. Einige seiner Figuren haben welche bekommen, einige Frauen gebären oder sind schwanger, sexuelle Beziehungen gibt es viele, doch niemals läuft das auf die *Gegenwart* von Kindern in den Romanen hinaus. Wenn man so will, erkennt Donnell den biologischen Vorgang der Fortpflanzung an, jedoch keinerlei Dimension von Elternschaft oder Familienleben.

Dennoch weiß man, dass er sich in seiner Jugend nicht von seiner Familie abkapselte: Er erfüllte seine Rolle. Zunächst einmal ökonomisch, denn nachdem er die Schule verlassen hatte, half er seinem Vater, indem er in den Flüssen die Fischbrut ausfindig machte, die im Frühjahr schlüpfte und, einige Jahre später, zu silbernen Junglachsen werden würde, die zum Meer wanderten. ›Mit zwei oder drei Jahren‹, erklärt er in einem seltsamen Interview, das er 1958 der Zeitschrift *Geo* gab, ›prägen sie sich ihren Fluss ein, den Ort, an den sie später immer wieder zurückkehren werden, um sich fortzupflanzen.‹

Doch Galwin hat sich auch gefühlsmäßig in seine Familie eingebracht. Vor allem kümmerte er sich sehr um seinen jüngeren Bruder Robert, von dem die Zeugen einhellig berichten, er sei geistig ein wenig zurückgeblieben gewesen. (Auf welche Weise wurde nie näher geklärt. Die Leute aus Gairloch waren offensichtlich nicht sehr geneigt, psychiatrische Studien anzustellen.) Laut Moira, der Jüngsten der Familie, reizte Robert besonders ihre Mutter, weil er ›nie etwas wie die anderen machen wollte‹, und sie zeigte sich ihm gegenüber besonders streng (Beispiel: ›Sie schlug ihn mit dem Besenstiel.‹). Galwin nahm den kleinen Bruder stets in Schutz, auch wenn dieser im Unrecht war, was zu schrecklichen Auseinandersetzungen zwischen ihm und seiner Mutter führte, die regelmäßig in körperliche Gewalt und zertrümmerte Möbel ausarteten und die manchmal – da sich der Vater gewöhnlich im Pub aufhielt – ein Eingreifen der Nachbarn erforderlich machten.

Meiner Meinung nach findet man eine Spur dieser abgründigen Familienverhältnisse nur *an einer einzigen Stelle* in Donnells Werk, nämlich in dem kurzen Kapitel aus *Das Schweigen der Emily Rose*, in dem Carr erstmals einen Psychoanalytiker aufsucht. Dieser drängt den Detektiv, natürlich, über seine Mutter zu sprechen, und Carr bestreitet auf aggressive Weise, sich an irgendetwas erinnern zu können. Donnell schreibt dazu: ›Wie hätte er mit diesem kleinen, nichtswürdigen Mann das einzige Bild teilen können, das das Wort *Mutter* in ihm auslöste? Nämlich das Loch ihres Mundes, der sich öffnete, um mit unerklärlichem Hass seinen Namen zu brüllen.‹ Es steckt natürlich alles in diesem Satz, der eine ansonsten fast komische Szene beschließt. Alles: die Mutter als Loch, also als Reproduktionsmaschine, die Mutter als Schrei und Gewalt, und außerdem (vor allem!), in diesem *unerklärlich*, das Eingeständnis, dass dort eigentlich Liebe hätte sein müssen, dass der Hass, trotz aller Verachtung, die Donnell gegenüber seiner Mutter an den Tag legte, nicht als normales Gefühl erscheint: Er ist eine Überraschung und eine Verirrung, er ist *Schmerz*.«

Hier fuhr Philipp Anderson einmal rasch mit der

Handkante durch die Luft, eine Geste des Triumphs. Da waren sie also. Im Allerheiligsten. An dem Ort, wo Donnell, durch seine Sprache, wieder zu einem traurigen Kind werden konnte, zehn Jahre alt sein und weinen durfte. Andersons Geste war die eines Fechters, der mit seiner Klinge eine Frucht halbiert, um den Anwesenden das verborgene Fleisch zu zeigen.

»Es wird also kaum verwundern«, fuhr er nun ruhiger, beinahe mitfühlend fort, »dass der junge Galwin dieses überbevölkerte Heim und diese alles verschlingende Mutter gern verlassen wollte. Allerdings mag es überraschen, dass er mit achtzehn Jahren die Armee als Ausweg wählte. Und was noch mehr erstaunt: Es gelingt ihm, seinen jüngeren Bruder Robert ebenfalls verpflichten zu lassen, obwohl nichts darauf hindeutet, dass dessen psychische Probleme sich gebessert haben. Hier sieht man die beiden jungen Männer

(Powerpoint, Slide 2, die Brüder Donnell)

in Uniform, eine Woche nach ihrem Eintritt in die Armee. Sie wirken glücklich. Endlich wirkt Galwin glücklich. Und vielleicht ist Robert es auch, hat jedoch eine andere Art des Glücklichseins, vielleicht ist es seine Art von Glücklichsein, gerade *nicht* zu lächeln, das kann man nicht wissen. Die ersten Jahre beim Militär sind eine freudige Zeit. In den wenigen Briefen, die Donnell nach Hause schreibt – alle an Moira adressiert, nicht an ihren Vater oder ihre Mutter –, berichtet er voller Begeisterung von seinem Leben auf dem Stützpunkt, seinem Gefallen an der Disziplin (unglaublich!, der gleiche Mann, der zehn Jahre später den Anarcho-

Nihilisten Adrian Dickson Carr erschaffen wird) und vor allem von seinen dort geknüpften Freundschaften. In der Armee lernt Donnell auch Edward Evans kennen,

(Powerpoint, Slide 3, Edward Evans)

›einen so außergewöhnlichen Menschen‹, wie er an Moira schreibt, ›dass es mir manchmal so scheint, als wäre er der einzige echte Mensch, der auf unserem Planeten wandelt, und als hätte ich bisher nur mit Hunden und Schweinen verkehrt‹. Hunde und Schweine, beachten Sie die Wortwahl. Evans ist es, der Donnell, den Sohn des Fischers, der häufig die Schule schwänzte, zum Lesen bringt – eine Beschäftigung, die jener bis dahin als ›lahm, langweilig und nur für Frauen‹ ansah. Evans leiht ihm *Haben und Nichthaben* von Hemingway, den er von nun an wie einen Meister zitieren wird, und *Schall und Wahn*, das er sein Leben lang immer wieder liest, ›weil man es nicht verstehen kann‹. Und Evans liefert uns durch sein Tagebuch letztlich auch die schönsten Zeugnisse von dem Mann, der Galwin Donnell war.

Alle drei, Galwin, Eddie und Rob – dessen psychische Probleme sich, glaubt man Evans, kurz nach Eintritt in die Armee verschlechtern –, trinken Unmengen, reden viel, zetteln bisweilen Schlägereien an (aus denen Galwin die beiden anderen heraushauen muss, da sie lausige Kämpfer sind) und reißen Frauen auf. Selbst der Kriegsbeginn tut ihrem Enthusiasmus keinen Abbruch. ›ENDLICH!‹, schreibt Galwin an Moira, in einem Brief, der nichts als dieses eine Wort enthält. ›Das schien uns damals das einzig Wahre zu sein‹, wird Evans seelenruhig bemerken.

Bei einem Fronturlaub in London, im Jahr 1940, lernt Galwin Lorna kennen, eine junge Theaterschauspielerin, die sich ihren Lebensunterhalt damit verdient, in einer bei Soldaten beliebten Bar zu singen. Lorna stammt aus einem Nachbardorf von Gairloch. Offenbar reicht dieser Zufall aus, die beiden einander in die Arme zu treiben. Man kann sagen, dass Donnell sich in diesem Augenblick auf dem Höhepunkt seines Lebens, seiner Kraft, seiner Männlichkeit wähnt. Er schreibt an Eddie Evans, der einige Monate zuvor zum Nachrichtendienst geraten war: ›Ich habe eine Frau mit Feuerhaaren, einen Bruder, den ich beschützen, und einen Freund, dem ich schreiben kann. Ich wüsste nicht, was ich mir noch wünschen sollte, außer dem kleinen Hitler eine dieser kolossalen Kerzen aus der Kirche von Gairloch in den Arsch zu treiben.‹

Eine Frau. Ein Bruder. Ein Freund. Er würde alle drei verlieren. Es würde mehr oder weniger lange dauern, aber er würde sie alle verlieren. Wie sollte es also verwundern, dass *das Leben* – in dem Sinne, wie wir das Wort normalerweise verstehen – in Donnells Werk nicht vorkommt?

Im Juni 1944 nehmen Galwin und Robert Donnell an der Landung der Alliierten an der französischen Küste teil. Im grauenhaften Durcheinander des Angriffs stirbt Robert, noch ehe er den Strand erreicht. Galwin Donnell wird diesen tragischen Verlust niemals erwähnen. Er thematisiert in seinen Büchern noch nicht einmal den Krieg: kein einziger Soldat, kein Veteran, nichts, eine Leerstelle. Die treffendste Analyse, die über dieses Schweigen angestellt wurde, stammt meines Erachtens einmal mehr vom zartfühlenden Evans: ›Galwin hat nie darüber geschrieben, weil er glaubte, kein Recht dazu zu haben. Er glaubte, da er den Krieg überlebt hatte, hätte er ihn nicht wirklich *er*lebt. Den Krieg erleben hieß, darin zu sterben. So wie der arme Rob.‹

Jedes größere Trauma in Donnells Leben findet sich also lediglich zwischen den Zeilen seiner Romane, die eine Art Negativübersetzung dieses Lebens darstellen. Hier sagt das Schweigen tatsächlich am meisten aus, die Intensität des Schmerzes wird durch Abwesenheit bemessen. Und das bringt uns zurück zu dem Bild aus *Emily Rose*, zu diesem *Loch, das sich immerfort öffnet, voll unerklärlichen Hasses*, dieses Loch, das die Metapher für das Leben ist oder, besser: für das Verhältnis zum Leben, denn das Leben Donnells, will man es in seinem Werk finden, zeigt sich dort lediglich durch seine Abwesenheit, durch das Loch, das es darin hinterlässt.«

REALITÄT DER FIKTION

Es ist ein seltsamer Gedanke, dass auf Mirhalay ein Toter (Galwin Donnell) oder eine fiktive Figur (Adrian Dickson Carr) eine ebenso reale Existenz haben – wenn nicht eine noch realere – wie die Lebenden, die sich jenseits des Meeres befinden. Barack Obama zum Beispiel oder Francks Mutter.

Es ist schwer zu entscheiden, welche der beiden folgenden Aussagen wahrer ist:

- Die Leute von Mirhalay existieren für den Rest der Welt nicht.
- Der Rest der Welt existiert für die Leute von Mirhalay nicht.

Natürlich könnte beides wahr sein, doch das würde zwei zeitgleiche, wenn auch voneinander verschiedene Fälle des Verschwindens unterschiedlicher Orte voraussetzen, und das findet Franck zu kompliziert.

DIE VERSCHLUCKTEN SEELEN

»Es gibt keinen Durst im Menschen, der sich unterdrücken ließe. Das Bedürfnis nach Fleisch, nach Aufmerksamkeit, nach Gewalt, nach Trost … alle gleich unstillbar. Der Verdammte vereinigt sie in sich, Hundsschwein der Gesellschaft.«

Galwin Donnell,
Süchtig(e)

Sie stiegen zur Südlichen Steilküste hinab und folgten ihr dann östlich, die schwarzen Strände entlang.

Auf dieser Seite der Insel gab es keinen Sand. Die Kiesel, groß und eingedellt, kullerten dumpf klackend unter ihren Schuhen.

»Schau mal, der Leuchtturm«, sagte Émilie.

»Ja«, erwiderte er platt. Der Geruch der zwischen den Steinen verrottenden Algen hing schwer in der Luft. Er wagte nicht zu sprechen. Er fühlte, wie die Wörter in seinem Kopf, seinem Mund, seiner Kehle durcheinanderpurzelten, ein Übermaß an Wörtern, in die er keine Ordnung bringen konnte. Er wusste, dass Émilie ihm ihre letzten Stunden widmete, dass sie schon bald nicht mehr bei ihm sein, nicht mehr *seine* sein könnte. Dieser Rückzug hatte bereits am Vortag begonnen, doch nach diesem Strandspaziergang wäre er vollkommen. Der Stress rund um ihren Vortrag würde sie völlig verschlingen. Seit Émilie erkannt hatte, dass jegliches Dagegen-Ankämpfen aussichtslos war, ließ sie der Angst freien Lauf. Sie bot sich ihr sogar dar, weil sie hoffte, dass die Angst so schneller verginge. Bald würde er Émilie nur noch von ferne sehen, ohne zu ihr vordringen zu können. Er versuchte, sich also auf den Augenblick zu konzentrieren, dessen Intensität zu steigern. Doch stattdessen schien es ihm, als würde er sich jedes Mal, wenn er sich zum Im-Moment-Sein aufforderte, mehr davon lösen. Der Satz kam ihm wie in Dauerschleife immer wieder in den Sinn: Sei *im Moment*. Sein Hirn folgte dem Rhythmus der Wörter bloß mechanisch, ohne die eigentliche Anweisung zu beachten.

Die Sonne verschwand hinter ein paar Wolken, über dem Meer. Das Licht war grau und bewegt.

»Ich weiß nicht, ob es schön ist oder schaurig«, sagte Émilie und griff nach Francks Hand.

Bei der Berührung ihrer Haut tosten die Sätze, die er in sich hatte, noch heftiger los, versuchten, ungeordnet hervorzubrechen, im Bedürfnis, ihr zu sagen: »Lass uns jetzt fliehen oder uns für die nächsten Tage in deinem Zimmer einschließen, ich habe jedes Mal Angst, wenn du dich entfernst, ich habe Angst, dass du nicht mehr zurückkommst. Jedes Mal, wenn das Band zwischen uns unter Spannung gerät, ist es, als würde es reißen, es ist jedes Mal für immer.« Mit Mühe hielt er die Worte zurück und tat, als hätte er in einer der Mulden voll Seewasser einen Aal entdeckt. Er ließ Émilies Hand los, um sich zu dem Becken hinabzubeugen und die Spiegelungen zu belauern.

Sie kauerte sich auf den Kieseln hin und suchte nach Muscheln, ganzen Schneckenhäusern mit rosiger Innenseite. Doch es gab bloß Bruchstücke, Splitter.

»Möchtest du baden?«, fragte Franck. Er wusste, dass sie Nein sagen würde. Das Wasser war zu kalt. Eigentlich hatte auch er keine große Lust. Es war bloß ein Mittel, sich zu beruhigen. Sich Zeit zu verschaffen, um zu ihr zurückkehren zu können und, vielleicht, endlich im Moment zu sein.

Er faltete seine Kleider zusammen und ging ohne abrupte Bewegungen ins Wasser. Er lief immer geradeaus, bis ihm das Meer bis zu den Schultern reichte. Nur der Kopf schaute noch heraus. Und weiter, er musste das Kinn heben.

Er hasste diese Art an sich, schöne Momente nicht genießen zu können. Er wurde stets vom Gedanken an ihr Ende verfolgt. Schon als Kind. Er erinnerte sich ans Ferienlager. Am ersten Tag war alles perfekt. Er schaute sich die neue Umgebung an. Er schloss Freundschaften. Doch kaum war der zweite Tag angebrochen, begann Franck, den Gedanken zu fürchten, dass all das bald wieder verschwinden würde, dass alles, was er sich hier aufbauen konnte, was er sich vertraut machte, ihm am Ende der Woche wieder genommen würde. Und er konnte nicht schlafen. Er konnte nicht mehr sprechen.

Er ballte die Fäuste, schüttelte den Kopf und betete, dass die Welt früher enden würde als das Ferienlager, dass die Zeit in den Pausenmodus schalten könnte.

Sein Wunsch, Émilie zu sagen, dass er *für immer* mit ihr zusammenbleiben wollte, und vor allem sein Bedürfnis, das Gleiche von ihr zu hören, speisten sich geradewegs aus dieser Angst, die seit der Zeit der Ferienlager eigentlich nur noch größer geworden war. Es war seine Art, auf Pause zu drücken. Denn in diesem idealen »für immer«, das Franck vorschwebte, gab es keine echte Zukunft und keine folgenden Jahre, es gab bloß die Gegenwart, so weit das Auge reichte, endlich erstarrt, endlich ewig. Er brachte seine Gedanken wieder unter Kontrolle und befahl sich, erst eine Minute in die eine, dann in die andere Richtung zu schwimmen, bevor er wieder aus dem Wasser steigen würde, um Émilie auf selbstsichere, schlichte Art zu küssen, auf eine Art, die ihr all seine Liebe mitteilen würde, ohne sie jedoch anzuflehen, diese auch anzunehmen. Entschieden. Zuversichtlich. Er tauchte ins graue Meer, das von Wind und Wellen bewegt wurde. Falls es unter Wasser ein Leben der Fische, der Krustentiere und Mollusken gab, blieb es Franck verborgen. Ihm brannten die Augen.

Vom Strand aus, wo Émilie auf den kalten Steinen saß, konnte sie die Wasserspritzer ausmachen, die Franck erzeugte. Er schien weit weg zu sein. Häufig verschwand er zwischen zwei Wellen. Es war, als gäbe es ihn nicht mehr. Nahezu unbewusst stapelte sie Kiesel aufeinander.

Er kam zu ihr zurück, mit blauen Lippen und vor Kälte gesträubten Härchen. Er beugte sich vor, um sie zu küssen. Entschieden. Zuversichtlich. Doch als er die Haarsträhnen beiseiteschob, die ihr Gesicht umspielten, ließen Émilies besorgte Augen ihn innehalten.

»Ich muss dir was sagen.«

Die Panik kehrte zurück. Er setzte sich unbeholfen neben sie, setzte sich, als würde er fallen, oder fiel, ganz einfach, fiel unvermittelt neben ihr nieder. Émilie holte tief Luft.

»Martin bietet mir eine Stelle in Cambridge an.«

Er antwortete nicht. Verstand nicht einmal den Satz.

»Als Assistentin, für zwei Jahre. So lange, wie ich noch für meine Doktorarbeit brauche. Das … das ist eine unglaubliche Chance.«

Obwohl sie sich Mühe gab, sie nicht zu zeigen, hörte er die Freude heraus, die bei ihren letzten Worten mitschwang. Sie wandte ihm den Kopf zu, doch er mied ihren Blick. Er starrte zum Ende des Strandes, in der irren Hoffnung, dort eine Herde Wildpferde, ein Heer, einen Waldbrand auftauchen zu sehen. Irgendetwas, das ihn von der Pflicht entbunden hätte, etwas zu sagen. Er nagte an seinen Lippen und wartete, dass sich seinem stummen Geist eine Antwort darböte.

»Es tut mir leid«, murmelte Émilie. »Ich weiß, dass ich damit deine Pläne durcheinanderbringe.«

»Ja«, sagte er so kalt wie möglich.

»Es ist nur vorübergehend.«

Er lachte hämisch, bloß um sie zu verletzen (ihm war überhaupt nicht nach Lachen zumute, er zwang sich dazu, ein Geräusch auszustoßen, das ihm mühsam durch die Nase entwich). Sie senkte den Blick auf die kleinen Steinhäufchen, die sie um sich herum errichtet hatte.

»Ich liebe dich«, sagte sie wie zur Entschuldigung.

»Ich dich auch.«

Er war unfähig, auf diesen Satz nichts zu erwidern. Manchmal beneidete er die geheimnisvollen Männer, die darauf zu schweigen wussten oder bloß »Ich weiß« sagten, wie Han Solo in *Star Wars*. Ihm selbst schien das Herz immerzu auf der Zunge zu liegen, zu jedem Gefallen bereit. Er hätte sich ausschweigen, seine Enttäuschung unterstreichen sollen, indem er Émilies Liebeserklärung in den Böen verklingen ließ, und *vielleicht* hätte er dann Einfluss auf sie gehabt; alles, was er nach ihrem verstümmelten »Ich liebe dich« gesagt hätte, hätte ein anderes Gewicht erhalten, einfach, weil es nicht die erwartete Antwort war, nicht das »Ich dich auch«, doch diese Gelegenheit hatte er vergeben.

Er dachte, dass dies ihr letzter gemeinsamer Augenblick vor Ende der Studientage war. Er dachte, dass er bis zur nächsten Überfahrt des Bootes auf dieser Insel festsaß. Er dachte an Émilies strahlende Schönheit bei ihrer ersten Begegnung. Er dachte, dass er Streit verabscheute. Und er sagte sich, dass an diesem schwarzen, windgepeitschten Strand nichts anderes infrage kam als bedingungslose Kapitulation.

»Vielleicht brauchen sie in England ja Krankenpfleger …«

Er ergänzte, ein wenig grausam (bedingungslose

Kapitulation war, in der Praxis, unglaublich schwer): »Oder Ärzte.«

Émilie beachtete die winzige Auflehnung nicht. Sie fiel ihm um den Hals und schmiegte den Kopf an seine Brust. »Danke. Danke, danke, danke, danke.«

Sie bedeckte ihn mit einem Schauer begeisterter und nervöser Küsse, die ihm zeigen sollten, wie glücklich sie war, wie glücklich *er sie machte*. Obwohl er wusste, dass es teils Schmeichelei war, ließ Franck sich von der Zurschaustellung ihrer Freude überzeugen. Émilies Lächeln ließ – auf paradoxe Weise – die Furcht verstummen, dass er ausschließlich für dieses Lächeln gehandelt haben könnte, denn selbst wenn dies sein einziger Beweggrund gewesen sein sollte, war er doch vollkommen gerechtfertigt, vielleicht sogar der einzige Grund, der eine Entscheidung wert war: Émilie lächeln zu sehen und zu wissen, dass es dank ihm geschah, dass dieses unermessliche Lächeln ihm galt.

Sie hielten einander weiter im Arm, ausgestreckt auf den Kieseln, trockene Algen verfingen sich in ihrem Haar. Émilie schob ein Bein zwischen seine und ließ es dort gefangen. Sie roch das Meer auf Francks Haut, eisig und metallisch, ein fremder Geruch, den sie gern ausgelöscht hätte. Sie schmiegte sich noch enger an ihn. »Du zitterst«, flüsterte sie ihm ins Ohr. Sie standen wieder auf und gingen weiter am unnachgiebigen Meer entlang.

Ein Stück vor der Küste, auf einer felsigen Schäre, schüttelten sich Kegelrobben. Ihre Körper bogen sich und fielen dann schwer zurück. Eine von ihnen glitt ins

Wasser, um wenige Meter vom Strand entfernt wieder aufzutauchen. Franck hatte eine Robbe noch nie so nah gesehen. Das Tier hatte große schwarze, glänzende Augen, erstaunlich menschlich.

»Hier tötet man sie nicht«, sagte Émilie. »Das ist ein Sakrileg.«

»Warum?«

»Es gibt einen alten Volksglauben, dass die Seelen ertrunkener Seeleute von Robben verschluckt werden, wenn sie zum Meeresgrund sinken. Also sind die Robben … auch irgendwie Menschen.«

Das Tier tauchte immer wieder ab und kam ihnen bei jedem Auftauchen näher, vielleicht durch ihre Anwesenheit neugierig gemacht. Franck sah der Robbe tief in die Augen und versuchte, hinter dem schimmernden Pelz und der schwarzen Schnauze eine eingeschlossene Seele auszumachen.

»Die da könnte also Donnell sein«, sagte er.

Émilie lächelte. »Armes Tier. War bestimmt nicht leicht zu schlucken.«

Sie griff nach seiner Hand, und er zog sie nicht zurück. Diesmal war er tatsächlich im Moment. Das fühlte er.

»Komm«, sagte sie und zog ihn zum Meer.

»Was machst du?«

Sie rannten ins kalte Wasser, ließen spritzende Fontänen aufschießen.

»Ich will die Robbe Donnell sehen. Wenn er es wirklich ist, vielleicht hat er den Ring noch!«

Émilies Worte erinnerten ihn an das in seinem Koffer versteckte Plastikschmuckstück. Wäre dies der Moment gewesen? Franck vergaß, im Wasser die Knie zu heben, und stolperte. Émilie lachte laut auf und fiel dann ebenfalls hin. Ein paar Meter vor ihnen tauchte die Robbe ab und wirkte verstimmt. Neben der Schäre kam sie wieder zum Vorschein und robbte an ihren Platz zurück.

»Oh«, machte Émilie enttäuscht.

Zu beiden Seiten ihres weißen Gesichts rieselte es aus ihren Haaren. Franck küsste sie. Er entschied, dass das Leben in England wunderbar und perfekt sein würde. Er hatte überhaupt keine Vorstellung, was er tun würde, wenn er erst einmal dort war, aber daran wollte er nicht denken. Nicht jetzt. Er wollte in einer Utopie von wenigen Quadratzentimetern leben, die durch Émilies Augen begrenzt wurde, und alles andere vergessen. Mirhalay besaß die Fähigkeit, seine Bewohner von der Außenwelt abzuschneiden, und Franck gedachte, diese Welt so lange wie möglich außen vor zu lassen.

RECHT UND MORAL BEI DONNELL

Studientage – Markus Mann

»Ach je, die Welt ist böse, und wenn ein kluger Mann sein Hirn für Verbrechen einsetzt, dann ist sie am schlimmsten.«

Markus Mann hatte eine herrische, aber mitreißende Stimme. Sie füllte den Saal und weckte seine Zuhörerschaft, die vom Mittagessen in einen Halbdämmer gestürzt worden war. Während des Vortrags schritt er von einer Seite des kleinen Podiums zur anderen und hielt dabei ständig mit einer Hand seine Hose fest, die ihn zu stören schien.

»Diese Worte legt Arthur Conan Doyle dem berühmten Sherlock Holmes in den Mund. Im gesamten Werk des Autors, der für Donnell, wie wir wissen, eine Art geistiger Mentor war, wird die Frage nach der Entscheidung zwischen dem Verbrechen und seiner Bekämpfung häufig gestellt, meist von Dr. Watson, den die Vorstellung des perfekten Verbrechers, der Sherlock Holmes unter anderen Umständen hätte werden können, erzittern lässt.

Der Kriminalroman, wie ihn Conan Doyle sieht, beruht auf einem klassischen Widerstreit zwischen Gut und Böse, in dem das Böse letztlich stets bestraft wird. Wir haben es hier mit einem zutiefst *moralischen* Werk zu tun, denn die Bestrafung der Bösewichte ist für Doyle so wesentlich, dass er sie um jeden Preis herbeiführt, selbst wenn das englische Rechtssystem dafür mit Füßen getreten werden muss. Daher verstößt Sherlock Holmes wiederholt gegen das Gesetz, etwa in *Der blaue Karfunkel*, als er sich damit begnügt, die falsche Anschuldigung gegen einen Unschuldigen zu entkräften, den wahren Dieb dann aber mit folgendem Satz entkommen lässt: ›Ich begehe wahrscheinlich ein Verbrechen, aber vielleicht rette ich damit eine Seele.‹ Hier wandelt er sich zur Figur eines Pfarrers oder gar eines erlösenden Christus, statt als Diener der Justiz zu handeln. Schlimmer noch: Als Holmes und Watson sich in *Charles Augustus Milverton* im Haus des Erpressers verstecken, lassen sie eines seiner Opfer Milverton mit dem Revolver töten und dann auf dem Leichnam herumtrampeln. Watson will Milverton zu Hilfe eilen, aber Holmes hält ihn zurück mit den Worten: ›Das geht uns nichts an, die Gerechtigkeit hat einen Schurken ereilt.‹«

»Eine seltsame Gerechtigkeit, finden Sie nicht? Ja, eine seltsame Gerechtigkeit, die es den Beteiligten erlaubt, die Sache direkt unter sich und mit der Waffe in der Hand zu klären.«

Sobald der Kriminologe seinen Gürtel losließ, trat

die Hose langsam, fast unmerklich, wieder ihre Rutschpartie die Hüfte hinab an. Franck begriff, dass er Schwierigkeiten haben würde, dem Vortrag zu folgen; seine ganze Aufmerksamkeit wurde von dem unauffälligen Kampf gefangen genommen, der sich zwischen dem Vortragenden und seiner Kleidung abspielte.

»Der Fall Sherlock Holmes ist widersprüchlich: Er ist ein Mann, der meint, eine so anspruchsvolle Vorstellung vom allgemein Guten zu haben, dass er zu dessen Wahrung nicht den gleichen Gesetzen unterworfen ist wie die anderen. Holmes arbeitet größtenteils Hand in Hand mit der Polizei, aber er kann ebenso gut beschließen, ihr seine Informationen vorzuenthalten, damit sich seine *persönliche* Version von Gerechtigkeit durchsetzt. Die Frage des Zusammenspiels von Gesetz und Moral ist in der Kriminalliteratur ein wiederkehrender Topos, sie liegt jedem Roman noir zugrunde. Sie ist überall … außer im Werk Donnells.«

Mann ergriff seinen Gürtel mit beiden Händen, offenbar entschlossen, ihn bis zum Ende des Vortrags nicht mehr loszulassen. Erstaunlicherweise stand ihm diese cowboyhafte Pose gut. Er hatte die Männlichkeit einer anderen Zeit (*vintage*, dachte Franck, wie eine über Jahre abgewetzte Lederjacke).

»Detektiv Carr«, versetzte Markus Mann, »widmet sich einer Ermittlung nicht, um das Gleichgewicht zwischen Gut und Böse wiederherzustellen. Er ist ein *Privat*detektiv und als solcher völlig frei von Moral. Er hat kein ihm eigenes Wertesystem, das er dem Gesetz seines Landes entgegenzusetzen hätte, falls er diesem

Beschränktheit oder Korruption unterstellen wollte: Er beugt sich lediglich dem Gesetz seiner Auftraggeber. Man wird also Zeuge, wie er, je nachdem, wer ihn bezahlt, innerhalb der Grenzen des Gesetzes agiert oder diese gewissenlos übertritt. Zum Beispiel in *Die Zeit der Toten*, als er vom Boxer Billy Edward beauftragt wird, einen allzu diensteifrigen Polizeiermittler von dessen Spur abzubringen, oder in *Bleiche Lippen*, als er sich bereit erklärt, Silence dabei zu helfen, dem Mörder Tom Kerry die Flucht aus dem Gefängnis zu ermöglichen. Hier zählen nur Geld und dessen Fähigkeit, sich nach Belieben Dienstleistungen zu erkaufen. Anstelle von Moral oder Gerechtigkeit herrscht lediglich eine Art Berufsethos: nicht etwa ›jede Arbeit verdient einen Lohn‹, sondern ›jeder Lohn verdient eine Arbeit‹. Eine Aussage, die Carr höchstpersönlich dem Barmann des Sour und so zugleich dem Leser erläutert: ›Wenn man mich nach meinem wahren Wert bezahlt, habe ich keinen Grund, die Arbeit zu verpfuschen. Wenn man mich nicht nach meinem wahren Wert bezahlt, wäre ich ein Idiot, den Job anzunehmen. Glaub mir, man kommt leichter auf seine Kosten, wenn man nach Stundensatz abrechnet, als wenn man auf Grundlage der Erklärung der Menschenrechte kalkuliert.‹* Häufig sehen Interpreten des Werkes in diesen Sätzen eine liberale Abdrift, eine Kritik der modernen Welt, in der der Gott des Geldes jedes Gesetz menschlichen Zusammenlebens ersetzt hat. Meines Erachtens sind wir davon weit ent-

* Galwin Donnell, *Und für immer schweigen*, 1980, S. 75.

fernt. Carr bewegt sich nicht in einer Welt des Reichtums, und Donnell, der Junge aus Gairloch, ist nicht Bret Easton Ellis; er ist sogar mit Sicherheit unfähig, sich die Welt der Börsenmakler und des Konsums vorzustellen, die der Amerikaner Ende der Achtzigerjahre beschreiben sollte. Carr stammt aus jenem armen Milieu, wo man extrem sparsam mit Geld umgeht und wo der Umstand, jemanden für etwas zu bezahlen, den Stellenwert eines absolut bindenden Vertrages hat, denn Geld ist teuer, wenn ich mir diesen seltsamen Pleonasmus erlauben darf. Wird Carr von einem Kunden beauftragt/bezahlt, betrachtet er das als Beweis, dass der andere ihn auf grundlegende Weise braucht, dass er für ihn *blutet*. Und das reicht, damit er sich an die Arbeit macht.«

KLEINE ARRANGEMENTS MIT DER MORAL

Sich bereit zu erklären, Émilie nach Cambridge zu folgen, war ein Opfer Francks, allerdings eins von der Sorte, aus denen er seinen Vorteil ziehen konnte. Émilie stand dadurch in seiner Schuld. Für sie verließ er ein Land, eine Sprache, eine Arbeit und alles, was eine persönliche Welt ausmacht: die bekannten Windungen eines Flusses, die Buslinien, die Hausschlüssel, die flüchtig hinter Fenstern erblickten Gesichter der Nachbarn, die Öffnungszeiten des Lebensmittelgeschäfts, die Vertrautheit der Tauben und die Straßennamen, die zu Vorzimmern des eigenen Zuhauses geworden waren – Rue Ramey, Duc, Vauvenargues, Cloÿs, Damrémont, La Jonquière.

Sie war ihm auf die eine oder andere Weise etwas schuldig. Er wusste, dass sie dem nachkommen würde: Émilie war von Grund auf anständig.

Mit anderen Worten: Was wie ein Umsturz all ihrer Pläne für ein gemeinsames Leben aussah (Cambridge), konnte sich in Wahrheit als das beste Mittel herausstellen, dieses gemeinsame Leben doch noch zu erreichen (das »für immer« oder das Kind), da Franck, indem er jenes Opfer bereitwillig erbrachte, sich zugleich das Recht auf einen Ausgleich sicherte.

Mit nochmals anderen Worten: Noch während er selbst vom Opfergeist seines Opfers hingerissen war, entwarf Franck mehr oder weniger bewusst einen Handel, der auf dem Grundsatz des Gebens und Nehmens beruhte und somit dem *Wesen* jedes Opfers vollkommen zuwiderlief.

EIN KORMORAN IM BRUSTKORB

»Es reicht nicht, ums Aussterben zu buhlen;
wir streben danach, niemals gewesen zu sein.«

Killian Turner
Unsichtbare Horizonte / Verlorene Ufer

Zum Abschluss des zweiten Studientages waren die Teilnehmer zu einer Filmvorführung von *Süchtig(e)* geladen, in der Fassung von 1955. Die Rolle des Adrian Dickson Carr spielte Ernest Borgnine – von dem Donnell später sagte, er sei ein schrecklicher Besetzungsfehler gewesen und »sein Mondgesicht und seine schiefen Zähne« hätten einer »ansonsten gut gemeinten« Interpretation geschadet.*

Trotz der Kritik des Autors, der keine einzige Verfilmung seiner Werke jemals leiden konnte (bis auf die pornografische Umdeutung von *Emily Rose*, die er an-

* Zitiert von Anton Likiewicz in *Fokus des Leidens: Donnell und das Kino*. Jagiellonenpresse, Krakau 2002, S. 207.

geblich genial fand), hatte sich der Film unter Donnells Bewunderern eine gewisse Aura bewahrt. Er war der erste in einer langen Reihe von Kinoadaptionen, in denen Adrian Dickson Carr von mehr Schauspielern verkörpert wurde als James Bond. Die Zuschauer liebten den Film mit zarter Melancholie, wie man das Jugendfoto eines erst im Alter kennengelernten Liebhabers liebt.

Als Franck den Saal betrat, war er überrascht, dass Jock sich hinter dem Projektor zu schaffen machte. Der Wächter trug zu diesem Anlass ein Hemd, und der Ausdruck »tragen« war Franck nie passender erschienen: Jock schien von diesem Hemd nicht gekleidet zu werden, er stellte es distanziert und verlegen aus, wie ein Zeichen seiner Teilnahme an einer unangenehmen Maskerade. Jock trug *und* verriet zugleich sein Hemd, auch wenn dieser Protest völlig umsonst stattfand: Die Unileute gingen an ihm vorbei, ohne ihn zu sehen. Franck winkte ihm rasch zu und begab sich dann zu Émilie in die erste Reihe aus Plastikstühlen. Sie schmiegte sich an ihn, und am Ärmel ihres Pullovers entdeckte er eine winzige, trockene Algenfaser, die seit dem Strand dort festhing. Er legte ihr den Arm um die Schultern und lächelte die leere Leinwand an.

Der Film begann mit einer beinahe religiösen Atmosphäre. Zuerst sah man die Totale einer Stadt in Schwarz-Weiß, die nicht so ganz Edinburgh, nicht so ganz London, auch nicht New York war, mit ihrem Straßenlabyrinth, ihren Docks und anonymen Passanten. Dann hielt die Kamera vor einer grauen Hausfassade, fuhr die Stockwerke ab, durch ein Fenster in das fünfte hinein und fokussierte, sich in einem nahezu leeren Apartment vorwärts bewegend, langsam auf die erste Leinwandverkörperung Adrian Dickson Carrs. Er lag auf einem Sofa, mit dunklen Ringen unter den weit geöffneten Augen. Direkt neben seinem Kopf schrillte ein Wecker und zeigte sieben Uhr morgens an. Er machte ihn traurig aus und rollte sich murrend auf die Seite.

Der Film folgte treu der Romanhandlung: Auftritt des Seemanns in Not, Bootsfahrten, eine falsche Fährte, die Carr zum Albino-Dealer führte. Franck war überrascht, dass auch er die Geschichte aus dem Effeff kannte, obwohl er sie seit seiner Jugend nicht mehr gelesen hatte.

Bei Minute dreiundvierzig des Films ging ein leises Raunen durch den Saal, aus kurzen Lachern, zurückhaltenden Buhrufen und Turtellauten. Émilie beugte sich zu Franck hinüber und erklärte ihm, dass die Frau, die soeben in der Rolle eines Animiermädchens auf der Leinwand erschienen war, Lorna war, Donnells Ex-Frau, diejenige, die ihn *verlassen* hatte. Sie war eine kräftige Rothaarige, nicht unbedingt hübsch, aber Körper und Gebaren verströmten eine provokante Großspurigkeit. Franck fand, man sah dieser Frau sofort an, dass sie Ärger bedeutete.

Lorna Foley, die einundzwanzig Jahre lang Lorna Donnell gewesen war, auch wenn kein einziger Leser ihres Mannes sie freiwillig so nannte, war seit der Scheidung im Jahr 1963 das Hassobjekt aller Fans des Autors (sie hatte ihn urplötzlich für einen Schiffsbauingenieur verlassen). Man warf ihr nicht nur die Trennung vor, die einigen zufolge zu Donnells Selbstmord geführt hatte, sondern auch die Veröffentlichung ihrer dreibändigen Autobiografie – ein Werk, in dem Donnell wie ein gewöhnlicher Mensch erschien, mehr mit seinem Glück als mit der Literatur beschäftigt, über den Erfolg seiner Bücher lachend, und der im kleinen Kreis manchmal gestand, dass er nicht sicher war, solch schwärmerische Verehrung zu verdienen. Doch man hasste sie vor allem für die Phase aus Kohle, Koks und Orgien, die das Paar Anfang der Sechzigerjahre in San Francisco durchlebt hatte, unmittelbar vor der Trennung, als Donnell dem Roman kurzzeitig den Rücken kehrte, um sich, auf Lornas Anraten, dem Drehbuchschreiben zu widmen. Sie trat damals in weißem Fuchspelz und zu kurzen Kleidern auf, hing high an der Seite ihres Mannes und zeigte Fotografen den Stinkefinger. Ihre wenigen Bewunderer behaupteten, Lorna habe den Punk erfunden.

Unter Francks Arm versteiften sich Émilies Schultern, wurden fremd. Er beobachtete sie verstohlen. Sie neigte ihr angespanntes Gesicht unmerklich der Leinwand zu. In diesem Augenblick ließ Émilie den Hass erkennen, den sie für diese Frau empfand – eine Frau, der sie niemals begegnet war, niemals begegnen würde; eine Frau, die für sie bloß als »die Frau von« existierte und die man dafür hasste, »die Frau von« gewesen zu sein, aber auch dafür, dass sie irgendwann nicht mehr »die Frau von« hatte sein wollen (als wäre es, für Donnells Jünger, *undenkbar*, Donnell nicht mehr zu lieben, als wäre das an sich schon ein Verbrechen und kein leicht zu erklärender Überdruss, als wäre noch keine Beziehung vor dieser in die Brüche gegangen), eine Frau, die ihr Leben in einer Villa an der Algarve beschloss, alt und verbraucht, vermutlich voller Reue unter der brennenden Sonne, und die von niemandem etwas wollte. Émilies Eifersucht auf Lorna war absurd und ohnegleichen, mit Ausnahme der Eifersucht, die Franck in diesem Augenblick durch eine Art Kettenreaktion für Donnell empfand.

Er nahm seinen Arm von der Stuhllehne und tat, als würde er aufmerksam dem Film folgen. Seine Anwesenheit bei den Studientagen, dachte er, war unangebracht, vielleicht sogar obszön. Die fast schon chirurgischen Titel der verschiedenen Wortbeiträge konnten nicht über die Tatsache hinwegtäuschen, dass er in Wahrheit dazu eingeladen war, die Liebesspiele einer ganzen Gruppe zu beobachten (seine Partnerin eingeschlossen), Spiele, die nicht *zwischen* den verschiedenen Gruppenmitgliedern stattfanden, sondern die einen Abwesenden anhimmelten oder sich *mit* einem Abwesenden abspielten, einem Toten, einem abwesenden und toten Autor. »Was mache ich hier eigentlich?«, fragte er sich. Auf der Leinwand kam Lorna mit einem unzweideutigen Lächeln für Ernest Borgnine aus der Bar, der ihre wogenden Hüften betrachtete. Sobald sie verschwunden war, löste sich auch die Anspannung im Publikum. Franck geduldete sich mehr schlecht als recht bis zum Ende des Films, während er sich mantraartig die Worte »Opfer« und »für immer« wiederholte, ebenso wie »neues Leben« und »Selbstlosigkeit«.

»Hat es dir gefallen?«, fragte Jock, als er den Saal verließ.

Franck nickte bedächtig (auf das Ende des Films hatte er sich nicht mehr konzentrieren können). »Werden hier oft Filme gezeigt?«

»Alle drei Jahre«, antwortete der Wächter düster, »alle drei Jahre der gleiche Film. Manchmal noch ein paar andere, aber der immer.«

Die Gäste der Studientage fanden sich zusammen, um im Speisesaal über *Süchtig(e)* zu diskutieren. Émilie zog Franck gegenüber ein entschuldigendes Gesicht, das ihm zu verstehen gab, dass sie sich der Unterhaltung nicht entziehen konnte. Er lächelte ihr nervös zu und versuchte, den unangenehmen Eindruck zu vergessen, der ihn während des Films beschlichen hatte.

»Willst du was trinken?« Jock zeigte die unaufdringliche Miene desjenigen, der die Antwort bereits kannte, ein bisschen wie ein Kellner, der die Tischgäste fragt, ob sie schon gewählt haben. »Gib mir zehn Minuten, um hier alles wegzuräumen, dann treffen wir uns draußen«, fügte er noch hinzu.

Franck bedeutete Émilie, dass er einen Spaziergang machen würde, verließ die Schule durch die Hintertür und atmete in tiefen Zügen die kalte Abendluft ein.

Es war schwarz und silbrig. Der Vollmond erleuchtete alle hellen Formen und beließ die anderen in hartnäckiger Dunkelheit. Immer wieder blitzten die feuchten Kiesel auf. Franck dachte, dass es zu viel war. Dass es wie eine romantische Beschreibung der Nacht wirkte. In diesem Anblick lag eine dunkle und diffizile Schönheit. Alles hier schien intensiver als anderswo.

Gegen seinen Willen begann er, über Donnell nachzudenken. Wie viele Nächte wie diese hier hatte er wohl auf der kleinen Insel verbracht? Und warum war er eines Abends ins Wasser gegangen? Hatte er diesen Ausblick irgendwann nicht länger ertragen? Franck konnte sich vorstellen, dass die Schönheit, wenn man sie mit niemandem teilte, möglicherweise zu einem unermesslichen Schmerz wurde. Dass die umfassende Eitelkeit einem letztlich mitten ins Gesicht prallte. Dass das Alleinsein nahezu darauf hinauslief, nicht zu existieren und letzten Endes nichts zu sehen.

Das gehörte zu den Dingen, die er lieber nicht zu lange in seinem Kopf herumwälzte. Franck hielt Selbstmord für eine Art Virus, den man sich durch allzu freizügige Gedanken einfangen konnte. Er fühlte sich davor nie ganz sicher.

Er lief bis zur Kapelle, dem *writing shack*, mit seinen sandfarbenen Mauern und dem kleinen Fensteroval. Im Inneren befand sich eine Nachbildung von Donnells Schreibstube, in der Émilie während ihrer drei Recherchemonate hatte arbeiten dürfen. Die Tür war verschlossen, und Franck umrundete das Gebäude. Auf der Rückseite stand ein Gedenkstein für den Autor. Martin Stafford persönlich hatte die Inschrift ausgewählt, weil sich sonst niemand getraut hatte. Es war schwierig, für einen Schriftsteller zu schreiben. Für den – vielleicht – berühmtesten Schriftsteller aller Zeiten. Mit Gedanken an den Siegelring hatte Martin Stafford beschlossen, den Grabstein von Sir Arthur Conan Doyle zum Vorbild zu nehmen, auf dem stand:

TREU WIE STAHL
GERADE WIE EINE KLINGE
ARTHUR CONAN DOYLE
RITTER
PATRIOT, ARZT & LITERAT

Er hatte den offiziellen Tonfall von Doyles Gedenkstein abgemildert, indem er einen Teil der Inschrift direkt aus Donnells Prosa übernahm. Und in die kleine weiße Marmorplatte vor Francks Augen war Folgendes eingraviert worden:

GROSS WIE DIE WELT
HUNDSSCHWEIN DER TRAURIGKEIT
GALWIN DONNELL
MISANTHROP, EREMIT & SCHRIFTSTELLER

Die Wiesenblume, die Émilie am Vortag als Opfergabe mitgebracht hatte, lag noch immer da, den Stängel unter einem Kiesel festgeklemmt, damit sie nicht fortgeweht wurde. Franck setzte sich neben den Stein. Seine Finger glitten gedankenverloren darüber, verschoben den Kiesel, und die Blume flog davon. Er versuchte, den dünnen Stängel noch zu fassen zu bekommen, doch der Wind hatte ihn schon zu weit fortgetragen.

»Schöne Nacht, was?«

Jock hatte eine Art Jagdjacke über sein Hemd gezogen, und in jeder Jackentasche steckte eine Bierdose. Er gab eine davon Franck. »Ich hab dich überall gesucht. Du solltest deine Zeit nicht neben diesem

Scheißhaufen verbringen.« Er machte eine wegwerfende Handbewegung in Richtung *writing shack*. »Es gibt jede Menge andere Orte auf der Insel, die interessanter sind.«

Franck trank einen Schluck Bier.

»Es sei denn, du bist auch ein Fan von diesem Vollidioten Donnell.«

»Nein«, sagte Franck, »nicht so richtig.«

»Das ist gut«, erwiderte der Wächter. »Morgen zeig ich dir was.«

»Können wir das nicht jetzt ansehen?«

»Nein«, antwortete Jock bestimmt, »können wir nicht.«

Sie blieben, wo sie waren, zu beiden Seiten des Gedenksteins, schweigend, die Hintern im feuchten Gras. Die Augen des Wächters wanderten ständig zu Franck, schienen etwas von ihm zu erwarten. Franck wusste nicht, was, aber diese nachdrückliche Forderung machte ihn nervös. Er trank schnell, um seine Verlegenheit zu vertreiben, und füllte die Stille nach jedem Schluck mit lauten Seufzern der Zufriedenheit.

Als die Biere leer waren, zog Jock aus einer anderen Jackentasche eine kleine Flasche hervor und hielt sie Franck hin. Der nahm sie widerwillig und fragte sich, wann diese seltsame Besäufnispantomime ein Ende nehmen würde (er wollte nicht trinken, und der schweigsame Wächter war ihm nur eine halbe Gesellschaft). Durch den dünnen Flaschenhals erschnupperte er ein wenig von dem Alkohol, irgendetwas, das ähnlich wie Whisky roch, aber keiner war. Doch vielleicht kannte er sich auch nur nicht gut genug mit Whisky aus. Er hatte ihn zu oft mit Cola gemischt.

»Ist es nicht ganz schön hart«, fragte er schließlich geradeheraus, als Jock sich noch immer nicht anschickte, etwas zu sagen, »ganz allein auf dieser Insel zu leben? Hattest du nie Lust, etwas anderes zu machen?«

»Was denn zum Beispiel?«

»Ich weiß nicht. Leute treffen. Heiraten. Oder einfach … einfach mal andere Lebewesen sehen als Schafe und Robben.«

Jock zuckte mürrisch die Achseln.

»Also, ich fände das beängstigend, jahrelang hier zu sein«, sagte Franck. »Aber wenn's dir gefällt …«

»Was juckt dich das denn?«, fragte der Wächter unwirsch und nahm ihm die Flasche wieder weg. »Was juckt es dich, was aus mir, den Schafen und den Robben wird? Erfährst du's vielleicht, wenn wir hier alle verrecken, auf Mirhalay? Sicher nicht.«

Franck, den der plötzliche Ausbruch des Wächters überraschte, murmelte, dass ihm das leidtäte.

»Weißt du, wie sie die Leute finden, die auf Geisterinseln sterben?«, fragte Jock. »Indem sie den Kormoranen folgen, die sich ihr Nest in deren Brustkorb gebaut haben, zwischen die Rippen. Das erwartet mich auch, am Ende.«

Franck musste hicksen. Ein wenig Flüssigkeit, die er kurz zuvor zu sich genommen hatte, stieg ihm wieder in den Mund. Er spuckte sie zur Seite.

»Und für wen? Sag mir das mal«, fuhr Jock fort. »Für dieses Arschloch von Duke, der glaubt, dass er mit seinem Geld alles kaufen kann, sogar meine Seele? Oder für euch und euren Schwachsinn mit Galwin Fucking Donnell?«

Franck versuchte, seinen Protest dazwischenzunuscheln. Er war kein offizieller Gast der Studientage. Er war, wie Jock, ein Außenseiter. Fast ein Gegner. Der Wächter beruhigte sich, reichte ihm schweigend erneut die Flasche. Die Flüssigkeit darin schien jetzt nach Erbrochenem zu schmecken. Franck wusste, dass es ihm nur so vorkam, aber es graute ihm trotzdem ein bisschen vor diesem Getränk, das den Geschmack änderte.

»Ein oder zwei von seinen Schinken hab ich gelesen«, seufzte Jock nach einer Weile. »Das musste ich für die Arbeit hier.«

»Ich musste auch«, sagte Franck.

Doch er sagte es lächelnd. Sein Mantra hatte gewirkt. Die Jahre, die er damit zugebracht hatte, Émilies Verehrung für Donnell verstehen zu wollen (Opfer), lagen hinter ihm, und von nun an galt seine ganze Aufmerksamkeit der Aussicht auf ein glückliches Leben (für immer). Jock zog eine angeekelte Grimasse.

»Verstehst du vielleicht, wie man einen Sexgeilen anhimmeln kann, der kleine Mädchen fickt? Und warum? Weil er irgendeinen Scheißfall erfolgreich aufgeklärt hat. Was ändert das an den Gräueln der Welt, hä?«

Franck schüttelte mitleidig den Kopf. Der Whisky – oder was auch immer für ein Alkohol in dieser Flasche war – begann, ihn auf angenehme Weise zu erwärmen. Er spürte, wie sich winzige goldene Bläschen unter sein Blut mischten, wie Honig. Er und Jock tranken beide noch je einen kräftigen Schluck und wiegten weiter nachdenklich die Köpfe, als wollten sie abstreiten, dass dieses Schweigen das Ende ihrer Unterhaltung markierte. Tatsächlich wusste Franck nicht einmal mehr, was er mit dieser Kopfbewegung eigentlich befürworten, oder missbilligen, wollte.

»Ich sag dir, was ich glaube«, nahm Jock den Faden wieder auf. »Ich glaube, es gibt Typen, die Mythen wie diesen Adrian Dickson Carr oder Superman erschaffen, damit die Leute voll darauf abgehen, was diese Übermenschen im Kleinen alles schaffen, und damit alle vergessen, dass der Kampf eigentlich im Politischen und mit den Massen geführt werden muss.«

»Genau«, sagte Franck.

»All die Massaker und die Sklaverei werden nicht von einem Schwachkopf in Strumpfhosen beendet, wenn du verstehst, was ich meine.«

»Da ist was dran.«

Sie tranken erneut. Jock zündete sich eine Zigarette an.

Nach einigen Minuten stand Franck auf, um hinter dem *writing shack* pinkeln zu gehen. Als er wieder zum Wächter zurückkam, stellte er fest, dass er Schwierigkeiten hatte, geradeaus zu laufen.

»Du bist besoffen, Mann.«

»Sch-schtimmt«, gab Franck zu, der nicht aufhören konnte zu grinsen.

Er ließ sich unelegant wieder auf seinen Platz plumpsen. Der große, rothaarige Mann sah ihn noch einmal kurz mit diesen Augen an, die auf irgendetwas warteten, dann brach er in Gelächter aus und stieß Franck in die Rippen. Die Besäufnispantomime hatte ihren realen Höhepunkt erreicht, dachte Franck: Er war *wirklich* dabei, sich ordentlich zu besaufen, und fand immer mehr Gefallen an der Sache.

»Weißt du«, sagte er mit der Überzeugung derer, die ihre Trunkenheit zu kaschieren versuchen, »ich glaube, du hast recht. Ich glaube, das ist schon seit Robin Hood so. ›Oh, Robin, Robin, rette mich! Robin, dein Federhut, dein Bogen, deine Pfeile!‹ Und während alle von Robin Hood träumten, die Bauern und die Frauen, hat keiner sich zusammengetan, um gegen Prinz John vorzugehen.«

Seine Stimme hatte Ausreißer ins Hysterische, was ihn erheiterte.

»Ganz genau!«, polterte der Wächter. »Vielleicht konnte sich sogar nur wegen Robin Hood die Monarchie in England halten. Für die war er die perfekte *Ablenkung.*«

»Dieser Dreckskerl …«

Jock wirkte von diesem Gedanken ehrlich bestürzt. Er stützte den Kopf in die Hände und raufte sich mit allen zehn Fingern den roten Haarschopf.

»Und ich«, fügte Franck hinzu, »ich hab in meinem Job auch so meine Probleme mit Superhelden, weißt du?«

»Gibt es denn viele Krankenpflegersuperhelden?«

»Nein …« Franck zog die Schultern hoch, für den Moment ein wenig enttäuscht, dass niemand seine Arbeit so richtig anerkannte. »Aber es gibt Dr. House.

Und mit ihm ist es das Gleiche, er hat uns die Arbeit versaut.«

»Wie das?«, fragte der Wächter.

»Na ja … die Leute glauben jetzt, sie brauchen einen großen Mann, ein Genie, um die Krankheit zu besiegen. Verbände, Medikamente, das schert sie alles einen feuchten Dreck, verstehst du? Sie wollen einfach, dass der intelligenteste Mensch der Welt sie als Schema auf ein Whiteboard wirft und eine Diagnose stellt. Sie bringen alles durcheinander. Als ob die Medizin nur aus Geistesblitzen bestünde. Als ob man durch eine geniale Schlussfolgerung gesund werden könnte. Niemand würdigt mehr die kleinen Schritte, das Eins-nach-dem-anderen. Und darum sind sie auch bereit, alle Macht, alle Autonomie in die Hände eines kleinen Chefarztes abzugeben, von dem man ihnen erzählt hat, dass er über dem Rest der Menschheit stehe.«

»Die Superhelden sind alle Adolf Hitlers«, sagte der Wächter.

»Dr. House auch«, ergänzte Franck, der einen besonderen Groll hegte.

»Und Adam Dickson Carr.«

»Adrian.«

»Der kann mich mal am Arsch lecken, egal, wie er heißt!«

Franck lachte laut auf und griff erneut nach der Flasche.

Als sie leer war, standen die beiden mit Mühe auf und betrachteten die Nachtschwärze ringsum, durch die nichts hindurchdrang.

»Komm morgen auf die MacPhee-Wiese«, sagte Jock, als berge die Geografie der Insel keinerlei Geheimnis für Franck, »dann gebe ich dir mal eine richtige Führung über Mirhalay.«

Sie trennten sich mit einem Händedruck, dem der Alkohol eine schreckliche Kumpelhaftigkeit verlieh, und Franck stapfte trällernd zur Schule zurück.

Als er in das kleine Zimmer kam, fand er Émilie beim erneuten Lesen von *Nicht sein/noch sein* vor, Donnells viertem Roman, vielleicht der einzige, der nicht allgemeine Zustimmung fand. Trotz der Konzentration, die ihre angespannten Züge offenbarten, hob sie den Blick und lächelte Franck an. Er trug immer noch diese vage Vergnügtheit zur Schau, die ihm die Unterhaltung mit dem Wächter eingeflößt hatte.

»Was hast du gemacht, du treulose Tomate?«

Franck zog sich ums Bett hoppelnd aus.

»Ich hab mich mit Jock getroffen. Morgen will er mir die Insel mal *so richtig* zeigen.«

Sie runzelte die Stirn. »Ach, dieser Kerl.«

»Er ist nett«, protestierte Franck.

»Er ist echt ein bisschen komisch. Du solltest aufpassen.«

Er streckte sich neben ihr aus und legte den Kopf auf ihren Bauch. Durch das T-Shirt, das sie zum Schlafen trug, konnte er die Wärme ihrer Haut spüren und das leise Gluckern ihres Magens hören – das Leben in Émilies Innerem. Der herbere Geruch ihres Geschlechts, den er unter der hellen Schlafanzughose erahnte, mischte sich mit dem milchigen, fast kindlichen Duft ihres Bauches. Er atmete tief ein, lächelnd, von diesem Aroma beruhigt und erregt. Er hatte diese Vertrautheit mit den Geheimnissen ihres Körpers schon immer geliebt. Seine Nachtdienste zwangen sie viel zu oft dazu, das Bett abwechselnd zu benutzen, sodass sie sich dort kaum begegneten. Sie lebten wach und am Tage miteinander, ohne ihre Schlafenszeit zu teilen, obwohl der andere doch gerade in diesen Momenten der Selbstaufgabe, so dachte Franck, während er Émilies Bauch lauschte, zum Heim und zur Wohnstatt, zum Ankerpunkt wurde. In England würde er es so einrichten, dass sie immer gemeinsam schlafen konnten, ihre Nächte wären heilig.

»Liest du mir vor?«

Émilie nickte. »Es ist das Kapitel über das Fußballspiel«, erläuterte sie, »das, in dem Carr versucht, den Mord an dem alten Polizisten zu verhindern.«

Und sie fing an, mit klarer und gleichmäßiger Stimme zu lesen: »Als er sich dem Stadion näherte, fühlte Carr sich plötzlich von einer Massenpanik angeweht. Gerade noch ging er neben anderen Passanten die Straße entlang, alles Individuen, durch die hauchdünne Schranke seines Ichs von ihm getrennt, und plötzlich befand er sich in einer konfusen, lärmenden Masse, unfähig, selbst seine Richtung zu bestimmen, sogar unfähig zu denken.

Das gefiel ihm nicht. Noch nie war bei einer Zusammenkunft von Rangers-Fans etwas Gutes herausgekommen, das wusste er. Die Männer tranken zu viel. Die

Frauen machten es den Männern nach, vielleicht um ihre Anwesenheit zu rechtfertigen, vielleicht um die Männchen dahin gehend zu beruhigen, dass ein Fußballspiel noch immer ein Ausbruch von Testosteron war, wo sie sich in aller Brutalität ausleben konnten.

Das alte Stadion war gefährlich. Zerbrochene Glühbirnen in den Treppenaufgängen, rostige Tribünenumzäunungen, enge Gänge. Es war ein baufälliger und schäbiger Ort, ein riesiges Pissoir, wo die Stadt trotz allem zusammenkam, um in Massen zu feiern, im Schweißgestank von Siegen und Meisterschaften zu träumen und sich im Rausch des Abends bisweilen umzubringen. Der ideale Ort, um einen Mord als Unfall zu tarnen.

Carr versuchte, trotz des Gedränges voranzukommen, inmitten dieses Schwarms blau-weißer Fische wieder seiner eigenen Bahn zu folgen. Und die an ihm reibenden Leiber (Brüste, Hüften, Frauenschultern unter in Mannschaftsfarben bepinselten Gesichtern) weckten in ihm ein Durcheinander aus Begehren und Angst, den Kopf zu verlieren. Er musste vor dem Anpfiff Finn wiederfinden, oder er könnte für nichts mehr garantieren. Sobald das Geschehen auf dem Spielfeld anfinge, würde die Menge sich in eine wilde, entfesselte Horde verwandeln. Und, schlimmer noch, auch Carr selbst wäre entfesselt und könnte sich angesichts der Brandungswelle aus Fleisch und Gewalt nicht länger zügeln.«

KAMASUTRA

An ihrem ersten Tag in der Vorbereitungsklasse, die sie für den Wettbewerb um einen Platz an einer Eliteuniversität besuchte, hatte Émilie so etwas wie eine Offenbarung. Oder, besser gesagt, verabreichte man ihr eine, sofern diese Formulierung irgendeinen Sinn ergab.

Folgendes war an jenem Tag geschehen: Émilie setzte sich in ein Klassenzimmer, das aus einem Film über die studentische Jugend der Siebzigerjahre hätte stammen können, mit einer grünen, von einer feinen Schicht Kreidestaub überzogenen Tafel und zweifarbigen Stühlen, in denen sich die Haare verfingen, setzte sich ohne besondere Erwartungen und mit einem Lerneifer, der dem Durchschnitt entsprach. Als die Französischlehrerin den Raum betrat, dachte sie sich nicht viel, außer vielleicht, dass diese Frau – angesichts der perfekten Unterkante ihres Pagenschnitts – eine Perücke trug.

Und dann begann die Hohepriesterin zu sprechen. Sie eröffnete diese erste Sitzung, und das ganze Jahr, das sie mit diesen noch unbekannten Eleven verbringen würde, indem sie ihnen verkündete: »Literatur ist intellektuelles Kamasutra.«

Émilie hatte gezögert, sich Notizen zu machen. Sie wusste nicht, wie man Kamasutra schrieb. »Literatur ist eine Form des Genusses, die von Schriftstellern zu ihrer höchsten Vollendung getrieben wurde, weil die gewohnte Beziehung zur Sprache sie nicht mehr befriedigte.«

Nach dieser Lehre lebte Émilie über Jahre. Sie versuchte, sich von keinerlei Formalismus entmutigen zu lassen, die obskursten Werke als Genussmaschinen zu behandeln, die in unerwartete Richtungen gelenkt wurden. Aus ihrer Sicht hatte sie mal länger, mal kürzer andauernde Affären mit avantgardistischen Autoren, deren Perversionen sie eine Weile bezaubern konnten.

Als sie sich dazu entschloss, ihre Dissertation den weiblichen Figuren im Werk Donnells zu widmen, war ihr bewusst, dass sie noch immer nach dem Ort suchte, an dem die Grenze zwischen Literatur und Kamasutra am dünnsten war. Dass Literatur für sie seit jener Offenbarung nur in dem Maße fesselnd geworden war, in dem man sich von ihr erhoffen durfte, sie werde einem (ein wenig) Genuss nach Art des Kamasutra verschaffen. Und Donnell erschien diesbezüglich als der ideale Liebhaber.

»Ich versteh nicht ganz«, bemerkte eines Tages Romain, der am Collège von Argenteuil, wo Émilie drei Jahre lang gearbeitet hatte, Spanisch unterrichtete, »willst du mit dieser kranken Metapher etwa sagen, dass du beim Lesen feucht wirst?«

»So ein Quatsch«, erwiderte Émilie.

Aber manchmal schon.

DAS GEISTERDORF

»Eine rot-weiße Katze, die früher am Nachmittag von einem Auto angefahren worden war, krümmte ihren kleinen, blutbefleckten Körper auf dem Bürgersteig. Als Adrian vorbeiging, blinzelte sie matt.«

»Du solltest besser gleich verrecken«, schimpfte der Detektiv vor sich hin, »woran klammerst du dich noch, hä?«

Galwin Donnell,
Und für immer schweigen

Es hatte die ganze Nacht geregnet, und die Insel war von Rinnsalen aus Schlamm und Kies überzogen. Franck lief im Kreis und wartete auf Jock. Er hatte den Morgen damit zugebracht, träge aufzuwachen und wieder einzuschlafen, während er Fetzen seines ausfransenden Traums zu erhaschen versuchte, in dem ein Krokodilzüchter, eine amerikanische Schauspielerin und, da war er sich allerdings nicht ganz sicher, sein Cousin Clément mit dem Gesicht eines anderen aufeinandertrafen. Wenn er länger nicht ins Krankenhaus musste, rief das bei ihm gewöhnlich eine mehrtägige Teil-Narkolepsie hervor, und er war liegen geblieben, in die Bettdecke gewickelt, bis Émilie seine Anwesenheit nicht länger ertrug. Sie feilte an ihrem Vortrag und stoppte ihre Redezeit, schaffte es jedoch nie, die ihr zustehenden zwanzig Minuten einzuhalten, und der Klang ihrer Stimme wiegte Franck sacht, in noch unausgereiftem Schlummer versunken. »Raus«, hatte Émilie schließlich gesagt, »raus hier.« Als er gehorchte, hatte sie sich entschuldigt, wohl wissend, dass der Stress sie unausstehlich machte – sie nannte es: *unmenschlich*. Er hatte ihr zerstreut einen Kuss gegeben, mit noch vernebelten Gedanken, und war zur MacPhee-Wiese aufgebrochen, bis ihm auffiel, dass es für sein Treffen mit Jock noch viel zu früh war. Da er sonst nirgends hinkonnte, war er dort geblieben.

Er ging von einem Felsen zum anderen und ließ sich mitunter vom Auftauchen eines Schafs überraschen, merkwürdig weiß vor dem grauen Himmel. Ihr Blöken schwankte zwischen Lachen und Hilferuf. Er versuchte, eines von ihnen aufzuscheuchen. Das Tier sah ihn verächtlich an und rührte sich kaum vom Fleck.

Er schaute auf sein Handy und entdeckte eine Nachricht von Leïla. Sie informierte ihn über den Tod des Diebes, des neunzehnjährigen Jungen, den Franck vor seiner Abreise in die Notaufnahme bekommen hatte. »Heul nicht wie ein Schoshund«, befahl die Nachricht.

»Leïla ist die totale Analphabetin«, pflegte Émilie zu sagen, wenn sie hin und wieder einen Blick auf Schnipsel von Leïlas Prosa warf. »Deine Ische ist die totale Zicke«, sagte Leïla ihrerseits, ohne einen besonderen Anlass dafür zu brauchen. Die zwei Frauen waren sich mehrmals begegnet, bei Abendessen, die Franck für seine Kollegen bei sich zu Hause gab. Sie schienen sich, von der ersten Sekunde an, in- und auswendig zu kennen und nicht sonderlich zu mögen. Franck hatte eine Zeit lang hartnäckig dagegengehalten, dann aber aufgegeben, denn weder Émilie noch Leïla schienen ihre beiderseitige Abneigung als Problem anzusehen und hatten nicht die Absicht, sich um eine Lösung zu bemühen. »Man kann nicht jeden mögen«, sagte Émilie mit geheuchelter Naivität.

Zusätzlich zu ihren Rechtschreibfehlern brachte Leïla Sprichwörter und Redewendungen durcheinander. Franck lief im Schlamm von Mirhalay auf und ab und dachte darüber nach, wie wohl ein Schoßhund weinte, und er dachte auch an den Jungen, der zwei Kugeln in den Rücken bekommen hatte, bevor er vom Motorroller fiel. Wäre er jetzt im Krankenhaus gewesen, wäre er vermutlich am Boden zerstört. Aber hier, auf dieser Insel, reichte die Welt nicht so recht an ihn heran. Zu viel Meer dazwischen, zu viel Nebel. Er nahm bloß Echos und schwache Eindrücke von ihr wahr. Ein trauriger Nachgeschmack, der tief in der Kehle hängen blieb.

»Bereit für einen Spaziergang?« Jock stand plötzlich vor ihm, in Ölzeug gehüllt, das um ihn fiel wie ein Zelt. Franck begriff diesen Tick des Wächters nicht – von den Schafen geteilt –, unerwartet aufzutauchen. Hätte er nicht allmählich näher kommen, sich von Weitem zeigen können, wie jeder andere auch?

Er steckte sein Handy weg und folgte Jock.

»Warst du schon mal im Dorf?«, fragte der.

Franck schüttelte den Kopf. Der Regen fiel von Neuem, dicht und schwer. Die Tropfen trafen sie mit gedämpftem Klang. Man musste die Augen zusammenkneifen, damit sie nicht mitten hineinplatschten. Sie näherten sich dem Dorf über einen schmalen Pfad, der zwischen großen, gelb-braunen Grasbüscheln verlief. Der Boden war schwammig und gab bei jedem Schritt unter ihren Schuhen nach, spie mit unangenehmem Geräusch dunkles, von Luftbläschen verwirbeltes Wasser aus. Hier und da erahnte Franck im Gras ein altes Eisenrad, eine Autotür, Sprungfedern oder rostige Farbtöpfe. Weiter hinten entdeckte er einen Mühlstein, eine Kelterspindel, eine Waschmaschine, ein ganzes Autowrack – er dachte: »mit Knochen und Eingeweiden«, so sehr hatte das Fahrzeug bei der Zersetzung etwas Tierisches angenommen. Es stand inmitten einer reglosen Müllkippe, die über die Jahre rostrot geworden war.

Durch seine vom Regen schweren Wimpern sah er plötzlich, wie sich die stattliche und absurde Form eines Busses abzeichnete. Er blieb stehen.

»Der war für die Internationalen Studientage«, erklärte der Wächter. »Oder für Touristen, weiß ich nicht mehr. Er hat nicht lange gehalten. Nach sechs Monaten: Motorpanne. Der Duke hatte wohl einen alten Schrotthaufen gekauft.«

»Warum ist der immer noch hier?«, fragte Franck.

»Weißt du, wie teuer es ist, einen Bus übers halbe Meer abzuschleppen? Mit so was hält sich hier keiner auf. Und außerdem: Wen stört es schon?«

Franck war es gewohnt, dass alles, was er nicht mehr benutzte, fast augenblicklich verschwand. Müllschlucker, Abfalleimer, Sperrmüll, Recyclinghöfe, all das war dazu da, dass uns Ausrangiertes nicht mehr unter die Augen kam. Doch hier funktionierte das nicht. Man warf Dinge weg und behielt sie zugleich. Die Abfälle von Mirhalay, eine Art Konsumfriedhof, bildeten für die zwei Spaziergänger ein merkwürdiges Ehrenspalier und führten sie bis zu den ersten Ruinen. Diese waren zahlreicher und höher, als ihre Anmutung vom Weg her erahnen ließ. Sie bildeten noch immer ein Dorf oder zeichneten zumindest seine Konturen, zaghaft, vor dunkelgrauem Himmel. Ein Gehäuse, ein Eindruck davon bestand fort. Die Mauern der leeren Häuser ragten auf wie schlecht vergrabene Skelette, von Moos und Heidekraut zerfressen. Ihr Anblick rief eine seltsame Wirkung hervor: die einer nie verlorenen häuslichen Dimension und unergründlichen Verlassenheit. Man sah zugleich das Haus und den Tod, einen Ort des Lebens und die himmelschreiende Unmöglichkeit, dort zu leben.

Es war ein Geisterort.

Der Regen fiel immer heftiger. Sie betraten ein kleines Haus, dessen eine Dachseite noch erhalten war, und stellten sich zum Schutz rasch dicht an die Mauer. Kurz kosteten sie das Vergnügen aus, den Regen von so Nahem zu sehen, ohne ihm ausgesetzt zu sein.

»Ich habe heute einen Patienten verloren«, murmelte Franck.

Erst als er sich diese Worte aussprechen hörte, ging ihm auf, dass das Bild des Kindmanns auf der Trage ihn seit Leïlas Textnachricht nicht mehr losgelassen hatte. Er erinnerte sich nicht an das Gesicht, sah aber noch genau die Körperhaltung vor sich, die eine Hand mit den schmalen Fingern auf dem Bauch, und den knallblauen Kragen des Polohemds.

»War es deine Schuld?«, fragte Jock.

Franck wandte den Kopf, um ihn besser sehen zu können. Die Frage erschien ihm unangemessen und brutal, aber in den Augen des Wächters lag keinerlei Wertung.

»Natürlich nicht«, erwiderte er. Dennoch musste er sich eingestehen, dass bei der Empfindung, die ihn angesichts der Neuigkeit ergriffen hatte, Schuldgefühle mitschwangen. Schuld, weil er nicht da gewesen war. Schuld, weil er sich auf einer Insel befand, wo er niemandem etwas nützte (und wie wäre das erst in England, wenn er mit Émilie fortging? Wenn er dort keine Arbeit fand? England war schließlich nichts anderes als eine Insel größeren Ausmaßes). Schuld, absurderweise, dass er nicht Dr. House war. Schuld, umfassender und vager, einer Spezies anzugehören, die einen Jungen von neunzehn Jahren töten konnte. Er spürte Schluchzer in seiner Kehle aufsteigen.

»Er war zu jung«, sagte er und ließ sich mit seinem ganzen Gewicht gegen die Wand sinken.

»Vielleicht ist es besser«, bemerkte Jock nach einer Weile, »vor all den Enttäuschungen zu sterben. Ist ja nicht so, als würde das Leben seine Versprechen halten.«

Diese seltsame Logik hielt Francks Tränen auf. Sie waren noch immer in ihm, konnten aber nicht mehr hinaus. Er atmete geräuschvoll ein. Die Tränen fanden Winkel in seinem Körper, in die sie zurückfließen konnten. Er spürte sie fortströmen. Die zwei Männer schwiegen erneut.

In der Mitte des Zimmers, das wie eine umhegte Wiese oder ein kleiner Garten wirkte, hatten Gräser und Heidekraut nach und nach die gestampfte Erde zurückerobert, die kein Bewohner mehr betrat.

»Oft«, sagte Jock unvermittelt, »kommt es mir so vor, als ob es genauso ist, als wäre ich blind geboren.«

»Was ist genauso?«

»Alles«, sagte Jock und zog ein mürrisches Gesicht.

Und er stieß sich von der Wand ab und verließ ihren Unterstand, um kräftige Fußtritte an die durchweichten Grassoden auszuteilen. Schwarzer Matsch flog in alle Richtungen, bespritzte die Mauern, verschmierte sein übergroßes Ölzeug. Er schlug wütend auf den Boden ein und fauchte wie ein Tier. Als die Spritzer Franck erreichten, hielt dieser sich schützend die Hände vors Gesicht, sagte aber nichts. Er merkte, dass der Wächter ihm ein wenig Angst machte.

»Hier habe ich gespielt, als ich klein war«, sagte Jock, als er sich etwas beruhigt hatte.

Ein seltsames Lächeln stahl sich auf seine Lippen, flackerte dort kurz. Franck ließ die Arme sinken, da der schwarze Regen offenbar ein Ende gefunden hatte.

»Anfangs war es ganz lustig. Ich habe mit meinem

Vater die Häuser in Schuss gehalten, damit sie weiterhin wie Häuser aussehen. Ich glaube, meine Eltern hatten irgendwie den Traum, eine Wiederbevölkerung des Dorfes zu erleben. Dass der Duke anderen Menschen erlauben würde, sich auf seinem Land niederzulassen. Oder dass Donnell – ja wen eigentlich? – Freunde von sich einladen würde oder seine Familie, irgendjemanden. Aber er wollte niemanden mehr sehen. Vor allem keine Frauen. Das war wirklich unglaublich. Meine Mutter hatte feste Ausgangszeiten, damit sie ihm ja nicht über den Weg lief. Ich weiß nicht, was seine Ex ihm angetan hat, aber er hasste alle Frauen auf diesem Planeten, ohne Ausnahme. Sogar meine Mutter, die, Gott sei ihr gnädig, eher wie ein Pferd aussah. Ich weiß noch: Einmal zu Weihnachten hat sie sich den Anordnungen des Duke widersetzt und ihre Schwester eingeladen. Mein Vater ist sie heimlich auf Barra abholen gefahren, mit seinem Boot. Das war ein richtiges Fest an dem Abend. Am Esstisch haben sie sich schier ausgeschüttet vor Lachen, wie die Kinder. Aber am nächsten Tag ist Donnell ihr zufällig begegnet. Pech. Ich dachte, er würde sie angreifen. Anschließend hat der Duke gedroht, meinen Alten zu feuern. Wir mussten einsehen, dass es auf der Insel nur noch uns geben würde, so sehr hatte dieser Schwachkopf von Donnell das Sagen. Kein einziger anderer Bewohner, nie wieder. Also haben wir aufgehört, uns um das Dorf zu kümmern. Wir haben es verkommen lassen. Es war erstaunlich, wie schnell das alles verfallen ist. Einige Häuser standen schon seit Jahrhunderten da, und ich hätte gedacht, dass es genauso lange dauern würde, bis sie wieder dem Erdboden gleich wären. Aber nichts da. Was ein Haus zusammenhält, sind nicht die Steine, das Mauerwerk. Es ist die Anwesenheit der Menschen darin. In zwei, drei Jahren ging alles den Bach runter, die Dächer hingen zu Boden, also musste ich mir ein anderes Spiel überlegen. Ich wurde zum Würgeengel. Ich stellte mir vor, dass es meine Schuld war. Ich brachte den Tod über ein kleines, glückliches, gewöhnliches Dorf. Ich malte mir aus, wie alle starben. Ich sandte Taifune über die Häuser. Blitzschläge. Tornados. Die Atombombe. Die Leute rannten schreiend nach draußen, doch sie verschwanden, wehten davon, zerschmolzen. Einige meiner Fantasiefreunde, die sich mit einer Hand an ein Fensterbrett oder einen Schornstein krallten, flehten mich an: ›Jock! Hör auf! Jock! Hab Erbarmen!‹, dann verschlang die Katastrophe auch sie. Die von mir entfesselte Katastrophe. Ich spürte, wie mich elektrische Energie durchströmte, mich versengte. Und ich lachte, ich lachte, während ich zusah, wie das Dorf zu einem Ort des Todes wurde – was es tatsächlich längst war. Doch ich fühlte mich besser, wenn ich mir sagte, dass es durch meinen Willen geschah.«

Franck verzog unauffällig das Gesicht, zwischen Ekel und Mitleid. Die Insel, die Ruinen und Jocks Gesellschaft machten ihn nervös. Da war irgendetwas an diesem Ort. Wie ein kalter Hauch. Ein Raunen. Man konnte sich hier nicht wohlfühlen. Franck hätte niemals gedacht, dass er eines Tages an Theorien über die Energie gewisser Orte glauben würde. Doch in dem verfallenen und maroden Dorf begann er, sich Fragen zu stellen. Konnte ein Ort böse sein?

»Du hast was ins Gesicht gekriegt«, sagte Jock.

Franck spürte die Schlammkrusten, die seine Wangen überzogen. Er rieb sich wie besessen die Haut, um die Erdspritzer loszuwerden, bis ihm das ganze Gesicht brannte. Der Wächter beobachtete ihn, ohne sein verträumtes Lächeln abzulegen. Schließlich streckte er die Hand nach Francks Mund aus und wischte ihm, mit unerwarteter Sanftheit, eine letzte Erdkruste von der Oberlippe.

»Tut mir leid.«

»Nicht so schlimm«, sagte Franck und zuckte die Achseln.

Dennoch hatte er das Gefühl, dass es so sein könnte.

HUNDSSCHWEIN – WIKIPEDIA

Hundsschwein ist ein erfundener Begriff des schottischen Schriftstellers Galwin Donnell und wird von der Hauptfigur seiner zehn Romane, Detektiv Adrian Dickson Carr, wiederholt verwendet.

Inhaltsverzeichnis

Aufkommen und Verbreitung

Der Begriff »Hundsschwein« kommt erstmals in *Süchtig(e)* vor, einem 1947 erschienenen Roman Galwin Donnells. Der Ausdruck wird dort zweimal gebraucht. Zum ersten Mal wie folgt: »Es gibt keinen Durst im Menschen, der sich unterdrücken ließe. Das Bedürfnis nach Fleisch, nach Aufmerksamkeit, nach Gewalt, nach Trost ... alle gleich unstillbar. Der Verdammte vereinigt sie in sich, Hundsschwein der Gesellschaft.« Als Detektiv Adrian D. Carr den Albino-Dealer James Murray trifft, verwendet er den Begriff noch einmal, um den anderen zu beschreiben: »Was für ein Wrack von einem Menschen, dachte Carr beim Anblick des Albinos, der sich nur mit Mühe auf die Ellenbogen aufstützte, ein Leben als Hundsschwein, als Brutstätte für Schmerzen.«[1]

Nach dem Erscheinen von *Süchtig(e)* veröffentlicht der Journalist Edgar MacLeod in *The Herald* einen Artikel, der sich mit den letzten Moorleichen auf der Hebrideninsel Lewis beschäftigt, und betitelt ihn: »Ein Leben als Hundsschwein, die Brutstätte der Schmerzen«[2]. Anschließend wird der Ausdruck häufig in zeitgenössischen Publikationen aufgegriffen. Donnell verwendet ihn in acht seiner zehn Romane wieder (in *Die Klage* und in *Blut geleckt* kommt er nicht vor). Wirklich weite Verbreitung findet er vom Jahr 2002 an durch den Schauspieler Adrian Brody, der Detektiv Carr in *Sterben bis zuletzt* verkörpert, der Verfilmung des gleichnamigen Romans, und der den Begriff wiederholt bei der Vermarktung des Films einsetzt, insbesondere vor den Kameras von *Saturday Night Live*.

Der Ausdruck findet sich außerdem auf dem Gedenkstein des Autors, auf der Insel Mirhalay, wo Donnell die letzten zwanzig Jahre seines Lebens verbrachte.

Bedeutung

Hundsschwein wird zumeist beleidigend oder abwertend verwendet. Die Verbindung der beiden Tiere lässt an etwas »Niedrigeres als das Tier«[3] denken. Zugleich flößt der fantastische und monströse Charakter dieses Doppelwesens einen gewissen Respekt ein. Der Ausdruck wird nicht für die kleinen Gauner benutzt, denen Carr begegnet, er ist Fällen äußerster Boshaftigkeit, äußerster Hässlichkeit, äußersten Elends vorbehalten.
Mehrmals wird der Begriff jedoch auch als Lob eingesetzt. Damit bildet er eine Art Pendant zu deutschen Verbindungen mit »Teufel« wie in »Teufelskerl«. So wird Billy Edward in *Die Zeit der Toten* von Detektiv Carr, bewundernd, als »Hundsschwein von einem Boxer«[4] bezeichnet.

Einzelnachweise

1. Donnell, Galwin, *Süchtig(e)*, übers. v. Sigmar Verhoeven, Piper, München 1950, S. 15 und 63.
2. MacLeod, Edgar, »Ein Leben als Hundsschwein, die Brutstätte der Schmerzen«, *The Herald*, 10. März 1947, S. 3–4.
3. Wright, Helen, *Erzähltechniken bei Galwin Donnell*, übers. v. Mona Schrader, dup, Düsseldorf 1999, S. 115.
4. Donnell, Galwin, *Die Zeit der Toten*, übers. v. Sigmar Verhoeven, Piper, München 1959, S. 89.

Quellen

Dieser Artikel beruht gänzlich oder in Teilen auf dem englischen Wikipedia-Artikel zu *Dogpig.*

PFEILE UND ZIELE

»Ein Problem ohne Lösung mag den Studenten interessieren, wird den Freizeitleser aber wohl nur verärgern.«

Das Rätsel der Thor-Brücke,
Arthur Conan Doyle

Als Émilie das Unterrichten am Collège nicht länger aushielt, hatte sie – auf Anraten ihrer Mutter – jemanden aufgesucht. Einen Coach (sagte ihre Mutter), eine »Projektbegleiterin« (stand auf der Visitenkarte des Coaches). Émilie hatte sich wenig begeistert zu diesem Schritt entschlossen. Es war ihr sogar ein bisschen peinlich, und sie hatte lieber niemandem davon erzählt (als würde sie, dachte sie bei sich, zu einer Wahrsagerin gehen, oder zu einem Priester, als könnte man ihr vorwerfen, sich der Scharlatanerie hinzugeben, ihr, die so stolz auf ihren scharfen Intellekt war). Bei den wöchentlichen Treffen mit dieser Frau hatte sie ihre anfängliche Skepsis jedoch überwunden, und sie hatte schließlich anerkennen müssen, dass sie ihr guttaten.

Während der Sitzungen hatte sie versucht, klare Ziele für ihr Leben zu definieren, einen Fahrplan für deren Umsetzung zu erstellen, eine Rangfolge ihrer Prioritäten festzulegen. Sie malte viele Kreise und Pfeile, klebte verschiedenfarbige Post-its auf riesige Flipcharts. Sie hatte auch viel mehr geredet als sonst (»benannt«, sagte die Projektbegleiterin dazu, die glücklich wirkte, sobald Émilie benannte).

Émilie hatte dieser Frau erzählt, wie die Lust, zur Arbeit zu gehen, sich nach und nach in einen Kampf gegen sich selbst verwandelt hatte, gegen das Gefühl, nutzlos zu sein. Sie hatte von ihrem wachsenden Desinteresse an Schülern berichtet, die ihr keinen Respekt entgegenbrachten, die jedoch vor allem (denn Émilie war bereit, ihr eigenes Ego außer Acht zu lassen) den von ihr unterrichteten Gegenstand, der in ihren Augen heilig war, *kaputt machten*. Sie hatte von der Gewalttätigkeit der Jugendlichen untereinander gesprochen, eine Gewalttätigkeit, die letztlich auch sie infizierte, so sehr, dass sie eines Morgens innerlich einverstanden war, als ein Mädchen einem anderen vorschlug, sich »jetzt sofort umzubringen«. Sie sprach von der Frauenfeindlichkeit ihrer Klassen, die weibliche Romanfiguren als Nutten bezeichneten oder sich im Gegenteil dazu genötigt sahen, in ihren Klassenarbeiten klarzustellen, dass diese oder jene verliebte Frau, bei Maupassant oder Flaubert, »keine Nutte« sei, als könnte Émilie selbst das bezweifeln. Sie hatte erklärt, dass sie möglicherweise an ihre Grenzen gekommen sei. Ihre Vorstellung von Arbeit war bis dahin sehr einfach gewesen: Émilie hatte immer gedacht, dass sie einen Beruf nur dann ausüben könnte, wenn er ihr Freude machte. Das war nun aber nicht mehr der Fall.

Es war bei einem jener Treffen, dass sie erstmals das Verlangen äußerte, eine Doktorarbeit anzufangen. Der Rest der Sitzung wurde darauf verwendet, herauszufinden, was sie davon abhielt. Émilie hatte schließlich drei Hauptgründe herausgearbeitet:

- das Gefühl eines Rückschritts (eine Stelle als Lehrerin aufgeben, um mit über dreißig noch einmal zu studieren)
- die Angst zu versagen (nach einer so langen Zeit am Collège war sie vielleicht gar nicht mehr zu bedeutender intellektueller Arbeit fähig?)
- das Gefühl, Franck zu verraten (sie hatte bei einem früheren Treffen von ihrem gemeinsamen »Projekt Kind« gesprochen und sich gefragt, ob das die Lösung für ihr eigenes Unbehagen sein könnte).

»Er bringt mich um«, hatte sie zum Coach gesagt, die daraufhin fragend eine Braue hob.

Das war jedes Mal ihre Reaktion, wenn sie meinte, dass Émilie den Kern des Problems nicht richtig *benannte*.

»Nein«, gab Émilie zu, »nein, Sie haben ja recht … Er wird mich nicht umbringen. Natürlich nicht. Tatsächlich wird er mir sagen, wenn es wirklich das ist, was ich machen will, dann muss ich es versuchen. Er wird mich nicht davon abhalten, und er wird nicht einmal Einwände erheben. Nur … er wird mich auf diese bestimmte Art ansehen, mit diesem winzigen bisschen Traurigkeit im Blick, eigentlich ein Nichts, aber genug für mich, um zu verstehen, dass ich ihm wehtue, und das … ist unerträglich.«

»Was ist unerträglich?«, fragte der Coach.

»Jemandem etwas Schlimmes anzutun, den man liebt. Das ist unerträglich.«

»So unerträglich, dass Sie in Betracht ziehen würden, die Doktorarbeit sein zu lassen?«

Émilie hatte gezögert.

In der folgenden Woche eröffnete sie die Sitzung mit der Erklärung: »Wenn ich mich selbst nicht liebe, kann ich auch Franck nicht richtig lieben. Und ich kann mich nicht lieben, wenn ich weiter am Collège arbeite. Die Doktorarbeit ist besser für alle.«

»Es sind Ihre eigenen Ziele, die wir hier erarbeiten«, erinnerte sie der Coach, »Sie können nicht ›für alle‹ entscheiden.«

Émilie hatte genickt und »Ja, natürlich« gemurmelt. Dennoch war sie überzeugt, dass sie sowohl für sich selbst als auch für Franck die bestmögliche Entscheidung traf, und sie hätte sich gewünscht, dass er das auch sähe. Als sie ihren Vortrag für die Studientage vorbereitete, war sie natürlich von dem Ehrgeiz beseelt, sich die Anerkennung ihrer Kollegen zu verdienen (und vor allem Staffords, den sie nach seinem Jobangebot auf keinen Fall enttäuschen durfte), aber ebenso von dem Wunsch, Franck zu überzeugen, dass sie die richtige

Wahl getroffen hatte, dass sie glücklich war, begeistert und als Wissenschaftlerin geradezu aufgeblüht (und auch schön, unglaublich schön, gewissermaßen strahlend, fuhr sie innerlich fort, während sie sich von ihrem Vortragstext löste und die Gedanken schweifen ließ). Sie wollte, dass er sie als das wahrnahm, was für sie selbst die vollkommene Verwirklichung ihres Wesens darstellte, und dass er sie dafür umso mehr liebte.

Ihre Projektbegleiterin hätte ihr sicher gesagt, dass sie sich unverhältnismäßige Ziele setze und ihre Aufgabe wieder als das betrachten müsse, was sie in Wirklichkeit war: ein zwanzigminütiger Vortrag auf einer Fachkonferenz. Doch Émilie war allein sich selbst und der Maßlosigkeit ihrer Träume überlassen. »Abschließend können wir also festhalten«, murmelte sie, indem sie sich an ein eingebildetes Publikum in dem kleinen Zimmer wandte, »können wir also festhalten … Abschließend, und endgültig, halten wir fest, dass wir, als abschließendes Fazit …«

Sie hatte erneut den Faden ihrer eigenen Gedanken verloren. Ihre Lippen umspielte ein fernes Lächeln aus Glücksfantastereien.

DIE MÄRCHEN DER GROSSEN INSEL

»Buh!«, machte der Miethai und erschien in Carrs Rücken. Irgendetwas stimmte nicht mit seiner Stimme oder mit seinem platten Gesicht. Er schien gleich losheulen zu wollen.«

Galwin Donnell,
Süchtig(e)

Franck hatte zugesagt, Jock am nächsten Tag wiederzutreffen, zur gleichen Zeit und am gleichen Ort. Zwei Male reichten aus, dass ein Treffen zum Ritual wurde, sagte er sich, während er die Schuhe anzog.

Als er das Zimmer verließ, begegnete er Émilies panischem Blick, die an diesem Nachmittag ihren Vortrag halten würde. Ihren riesigen Augen, schrecklich aufgerissen. Er wusste nicht, wie er auf diese Angst reagieren sollte. Er machte schnell die Tür hinter sich zu.

Trotz seines Entschlusses, ihnen kein Gehör zu schenken, kamen ihm allmählich Zweifel. Könnte er wirklich nach England ziehen? Dorthin, wo es nichts als Émilies persönliches Universum gäbe? Wo er keinen

Rückzugsraum mehr hätte? Könnte er ihr diese Wartezeit verzeihen, wenn er keine Arbeit mehr hätte? Natürlich stellte sich auch die Geldfrage, aber die war nebensächlich. Keine Arbeit war als Aussicht auf Tatenlosigkeit beunruhigender als die zu erwartende drastische Minderung der Einkünfte. Franck stellte sich vor, wie er in Unterhose in einem anonymen Apartment rumhinge, eine Tasse kalten Kaffee in der Hand, bis oben hin zugemüllt mit YouTube-Videos – Kätzchen, Unfälle, Rap-Clips, noch mehr Kätzchen, eine unvorstellbare Menge an Kätzchenvideos. Tatsächlich war es wahrscheinlich, dass eine außerirdische Zivilisation, die versuchen wollte, die verschiedenen Lebensformen auf der Erde anhand des YouTube-Contents zu erfassen, sich letztlich eine Welt vorstellen würde, die vollkommen von Katzen beherrscht wurde – sowohl was die Anzahl als auch was ihre Macht betraf –, die Perücken aus Toastscheiben trugen und in mit Blümchen bedruckten Pappkartons lebten, untrügliches Zeichen einer fortschrittlichen Zivilisation, während tollpatschige Menschen (Videos spektakulärer Stürze) auf peinliche Weise durch teils leer stehende Gewerbegebiete großer amerikanischer Städte skateten und darauf warteten, dass eine Katze sie bei sich aufnehmen oder ihnen ein wenig Futter geben würde.

Als er so über diese Möglichkeit nachdachte, erschien ihm die Vorstellung unerträglich, nichts als solche Theorien zu haben, um seine Tage, Wochen und Monate in England auszufüllen. Er würde von einer für die Gesellschaft nützlichen und notwendigen Person zum halbdementen Parasiten mutieren. Er würde zu *einer Art Jock* werden. Konnte die Liebe einer solchen Veränderung standhalten? Und sollte Émilie ihn, ganz zufällig, immer noch lieben, er selbst sich jedoch hassen, welches Glück wäre ihnen dann noch möglich? Sicherlich gar keines.

Auf dem schmalen Pfad, der zum *writing shack* abzweigte, entdeckte er Martin in Begleitung einer der schottischen Studentinnen. Sie lachte sehr laut und warf den Kopf in den Nacken. Die Szene kam Franck wie ein Déjà-vu vor: Wo immer Stafford ging und stand, schien er stets in Begleitung einer der jungen Frauen von der Universität Edinburgh zu sein (manchmal auch von einem der jungen Männer); die sämtlich einer totalen Verzückung ausgeliefert schienen, die beim Professor höchstens Wohlwollen hervorrief oder vielleicht Nachsicht. Franck fragte sich, was sich diese Studentinnen von Staffords Nähe erhofften: Ratschläge des Meisters an seine Jünger, eine Stelle, wie sie Émilie gerade bekommen hatte, oder ein Abenteuer, ein überstürztes und intensives sexuelles Verhältnis auf einer der sanften Hügelflanken von Mirhalay? Sofern sie sich nicht bloß etwas ganz Unbestimmtes erhofften und der reine Umgang mit (die Nähe zu) Stafford bei solchen Spaziergängen bereits ausreichte, um sie glücklich zu machen. Die blonde Studentin, die soeben lachend neben ihm herging, schien tatsächlich gar nicht mehr zu wollen, schien durch den schlichten Umstand einer Unterhaltung mit Stafford schon alles erreicht zu haben. Es war, als *sähe* Franck die glücklichen, rundum zufriedenen

Pheromone, die als glänzende Wolke von der jungen Frau ausstrahlten. Manche Menschen waren mit einer solchen Anziehungskraft versehen: Donnell hatte sie besessen – trotz seiner Abschottung, trotz aller Unhöflichkeit, ungeachtet allem, was er darstellen, was er an Unerfreulichem absondern konnte, wollten die Leute ihm weiterhin nahe sein, träumten davon, das Meer zu überqueren, um einen Augenblick in seiner Gesellschaft zu verbringen. Stafford besaß sie ebenfalls, auf seine abgehobene und joviale Art. Franck träumte davon, sie zu besitzen.

Erneut spürte er ein Brennen in der Brust, diesen Neid, vermischt mit Bewunderung, den der Professor in ihm auslöste, diese Verzweiflung, nicht Stafford zu sein. Zu diesem Gefühl kam nun auch der innere Vorwurf, den er an Stafford richtete, als dem einzigen Verantwortlichen für das formlose Leben, das ihn in Cambridge erwartete, verantwortlich für die direkt aus dem Karton gegessenen Pizzen und die vielen Stunden vor Kätzchenvideos aus dem Internet. Und das, wo Franck Katzen noch nicht einmal leiden konnte.

Stafford entdeckte ihn ebenfalls und winkte ihm kurz zu, durch und durch freundlich. Er hatte Franck gegenüber keinerlei Vorbehalte. Er wusste vermutlich noch nicht einmal, was Neid überhaupt war. Und wenn er ausnahmsweise etwas auf YouTube anschaute, dann sicherlich zufällig, *genötigt* durch einen Gast, der ihm unbedingt ein Video zeigen wollte. Stafford war ganz einfach perfekt.

Franck winkte zurück, ohne stehen zu bleiben. Er

konnte es kaum erwarten, Jock wiederzutreffen. In dessen Gegenwart fühlte er sich wenigstens nicht erbärmlich. Er hatte dann sogar den Eindruck, ein Mensch zu sein, der noch mal Glück gehabt hatte.

Sie gingen an den Häusern vorüber, bei denen sie sich gestern aufgehalten hatten. Franck spürte an Jock eine ungewohnte Erregung, ein Zittern am gesamten Körper. Er sprach nicht, er war ganz auf sein Vorhaben konzentriert, irgendwo *anzukommen*. Es war das Gegenteil eines Spaziergangs, er ging so steifbeinig, dass man meinen konnte, er hätte keine Knie.

Als sie hinter den Ruinen um die Ecke bogen, tauchte plötzlich ein fensterloses, ansonsten aber unbeschädigtes Gebäude auf. Solide, heil, mit Dach. Die Fenster waren mit Formbetonsteinen vermauert, die sicherlich nicht aus der Zeit der mirhalayschen Fischer stammten. Jock lauerte auf Francks Reaktion – seine Augen, immer seine auf irgendetwas erpichten Augen. Er wartete.

»Was ist das?«, fragte Franck.

Doch Jock antwortete nicht. Er schloss die Tür mit einem kleinen Schlüssel auf, der oben auf dem Türrahmen gelegen hatte, legte einen Finger an die Lippen und ging hinein. Franck folgte ihm.

»Mach hinter dir zu«, befahl der Wächter.

Er gehorchte. Drinnen sah man nichts. Er hörte, wie Jock sich im Dunkeln bewegte, herumkramte, stolperte. Dann blendete ihn plötzlich das kräftige, bläuliche Licht einer Taschenlampe.

»Mach das aus!«

Der Lichtstrahl erhellte das Zimmer, in dem sie standen, offenbarte Mauern, die von sich wiederholenden geometrischen Formen bedeckt waren. Franck streckte die Hand aus. Es waren Schaumstoffquader. Der Ort ähnelte der Gummizelle einer alten psychiatrischen Klinik.

»Wo sind wir?«, fragte er beunruhigt.

Jock lachte. Das Lachen klang irgendwie merkwürdig, ebenso wie Francks Stimme. Es endete abrupt, ohne Nachhall.

»Merkst du nichts?«, fragte der Wächter.

Sein Verhalten machte Franck allmählich wütend. Seine geheimnisumwitterte Stimme, wie bei einem schlechten Moderator einer Mystery-Sendung.

»Ich find's echt nicht lustig«, sagte er.

Seine eigene Antwort nervte Franck. Sie wirkte überhaupt nicht authentisch. Vielleicht stammte sie aus einem Buch von Galwin Donnell, wie fast alles hier. Mirhalay und seine Bewohner schienen manchmal nichts als das Produkt von Donnells Einbildungskraft zu sein – ein noch lebender Donnell, der irgendwo in Edinburgh ruhig an seinem Schreibtisch saß und, durch eine gewaltige kreative Anstrengung, die kleine Insel über Wasser hielt und seine Figuren auf ihr hin- und herschob.

»Man muss lauschen«, sagte Jock.

»Ich hör überhaupt nichts.«

»Genau.«

»Ich hör überhaupt nichts!«

Und als Franck diesen letzten Satz hinausschrie, begriff er. Das Meeresrauschen war verschwunden, vollkommen verschwunden.

»Das ist …«

Er versuchte, sich an den Namen für solche Zimmer zu erinnern.

»Ein schalltoter Raum«, sagte Jock stolz. »Ich habe ihn selbst gebaut.«

»Wozu?«, wollte Franck wissen.

Auf dieser Insel, wo es nichts gab, schien ihm ein schalltoter Raum nicht gerade die naheliegendste Wahl. Man hätte zig andere Dinge errichten können, um sich das Leben angenehmer zu machen.

»Ich bin hier geboren«, antwortete Jock, »und ich habe sehr schnell eingesehen, dass ich hierbleiben werde. Die Arbeit meines Vaters weiterführen, der Wächter von Mirhalay werden. Das ist das Einzige, was ich kann. Ich werde mein ganzes Scheißleben auf dieser Insel verbringen. Dann, vor ein paar Jahren … da bekam ich Lust … Ich weiß nicht so recht, wie ich es erklären soll. Ich glaube, ich wollte wissen, wie das ist, kein Insulaner zu sein. Und das hieß, nicht immerzu dieses Wellenrauschen zu hören, das mir in jeder Sekunde meines Lebens die Ohren überschwemmt hat. Also … bitte sehr. Das hier ist der einzige Ort auf Mirhalay, an dem man sich einbilden kann, woanders zu sein.«

Franck überkam Mitleid. Er hätte den Wächter am liebsten in den Arm genommen. Selbstverständlich traute er sich nicht – Jock hätte solche Zeichen der Zuneigung keinesfalls ertragen –, doch in Francks Sprache, in ihrer beider Sprachen, gab es keine Worte, um Jock sein Mitgefühl auszudrücken.

»Weißt du, warum dein Vater diesen Job angenommen hat?«, fragte er.

Und natürlich wollte er damit eigentlich fragen, warum Jock ihn ebenfalls angenommen hatte, welche Gründe ihn auf Mirhalay festgehalten hatten.

»Ich glaube, es klang einfach nach einer guten Idee«, sagte Jock. »Einer verdammt guten Idee. Um seine Familie zu versorgen, war es jedenfalls besser als Fischer. Denn wenn du auf Barra kein Fischer bist, bist du im Grunde nichts. Und mein Vater hatte genug von Booten und von den Kerlen auf diesen Booten, mit ihren Witzen, die alle von Prostituierten oder Fischen handelten, und manchmal, dann und wann, auch von Engländern, aber meistens bloß von Nutten und Fisch, den lieben langen Tag, das hat meinem Vater die Fischerei total verleidet. Hierherzukommen wirkte auf ihn also wie die Gelegenheit des Jahrhunderts. Und das war es auf gewisse Weise auch, denn der Verdienst war wirklich gut, und ohne diese Arbeit hätte er wahrscheinlich nach Edinburgh gehen müssen oder sogar nach London, irgendwohin, wo es eine funktionierende Wirtschaft gab, die nicht ausschließlich auf Fisch beruhte. Und dann …«

Jock unterbrach sich und tastete suchend in der Dunkelheit umher. *Oh nein*, dachte Franck, als er ein Klirren hörte. Der Wächter zog eine Whiskyflasche hervor, öffnete sie mit den Zähnen und schüttelte dann seufzend den Kopf: »Das ist das Problem mit guten

Ideen … Als wir erst mal hier waren, gab es keine Möglichkeit mehr fortzugehen, weil alles, im Vergleich, weniger gut war oder weil wir, theoretisch, Glück hatten, hier zu sein.«

»Theoretisch …«, wiederholte Franck mechanisch.

Er war ganz auf den Gedanken fixiert, dass er die Flasche ablehnen musste, wenn der andere sie ihm reichte.

»Oh, es ist gar nicht so übel«, schnaufte Jock. »Wenn der Eindruck, wie eine Ratte in der Falle zu sitzen, mich mal loslässt, dann sage ich mir, dass Mirhalay ein … interessanter Ort ist.«

Franck lachte kurz auf. So hätte er das nicht gerade ausgedrückt. Ihm schien es im Gegenteil, als hätte die Insel bis zur Ankunft Galwin Donnells im Jahr 1963 unablässig bewiesen, dass sie absolut niemanden interessierte. Dennoch fragte er den Wächter höflich, was seiner Meinung nach das Interessante an Mirhalay sei, und zu seinem großen Erstaunen stürzte Jock sich in eine begeisterte Beschreibung der unermesslichen Natur, irgendwo zwischen Märchen und Reiseprospekt.

Er erzählte von einer Zeit, vor Zehntausenden von Jahren, als der Meeresspiegel sehr viel niedriger gewesen war und die Insel eine beachtliche Ausdehnung besaß; sie war sogar mit Barra, den übrigen Hebrideninseln und dem schottischen Festland verbunden gewesen. Er erklärte Franck (der plötzlich die Whiskyflasche in der Hand hielt, ohne zu wissen, wie sie dort hingekommen war), dass das, was sie heute Mirhalay nannten, bloß der Gipfel einer mächtigen Gesteinsformation sei, die sich inzwischen unterhalb der Wasseroberfläche erstrecke. Am heutigen Inselsockel, am Fuß der Klippen, fast vollständig vom Meer bedeckt und somit verborgen, befand sich ein tiefes und verschlungenes Höhlensystem. Die Höhlen hatten jahrhundertelang Piraten als Versteck gedient. Dort hatten sich packende Abenteuer zugetragen, Verfolgungsjagden zwischen den Booten der Gesetzlosen und den Schiffen der Soldaten des Empire, in ihren Uniformen mit funkelnden Knöpfen und perfekt parallelen Posamenten. Die Felsen hatten mehr als eines von ihnen erledigt und hinterließen Schiffsgerippe, den Bauch gen Himmel wie krepierte Wale, als Sitzstangen für die Möwen. Im gesamten Umkreis schuf das Höhlennetzwerk zudem machtvolle unterirdische Strömungen. Das Meer drängte in die Enge der aufeinanderfolgenden Kammern und wirbelte und schoss auf besonders heimtückische Weise unter den Fels (hier machten Jocks Hände wortlos weiter, bildeten in der künstlichen Stille des Zimmers atlantische Mahlströme nach).

Jock erzählte auch von Wikingerkriegern mit zu schweren Schwertern, wie sie Geister verehrten, die in vom Wind geschorenen Pflanzen hausten. Er erzählte von ängstlichen Priestern, die die Insel christianisiert hatten, ohne jedoch auf ihr leben zu wollen, sie nur zur Feier der Messen aufsuchten. Er erzählte von den Bewohnern Mirhalays, die sowohl Meerjungfrauen als auch die Jungfrau Maria verehrt hatten und ihnen entlang der Küste gemeinsame kleine Steinaltäre errichteten, und auch vom Fischatem der Insulaner, den nichts überdecken konnte, nichts, nicht einmal der Bärlauch, den sie auf der MacPhee-Wiese gleich büschelweise pflückten, damals, als diese noch keinen Namen hatte.

Die Kenntnisse des Wächters waren gewaltig und unsortiert. Sie vermischten Geologie, Geschichte, Meeresgeografie und Zoologie. Es war eine fantastische, fiebrige Enzyklopädie, die Jock da für Franck aufschlug. Kurzatmig sprang er von einem Thema zum nächsten, ohne Franck dabei aus den Augen zu lassen, und in seinem Blick las Franck die Bitte, ihn nicht zu unterbrechen, sogar eine Furcht, als wäre ihm bewusst, dass just in diesem Moment ein Nichts vonseiten Francks, ein Gähnen oder ein Seufzen, das kleinste Anzeichen von Desinteresse, ausgereicht hätte, um sein gesamtes Leben für nichtig zu erklären. Also hörte Franck weiter zu, oder zeigte weiter, dass er zuhörte, damit Jock beruhigt war und damit durch die Geschichte der Großen Insel (eine Geschichte, die Donnell geflissentlich ausklammerte, fiel Franck auf) im Grunde das Dasein ihres Wächters bestätigt würde. Er wagte nicht, den weitverzweigten Vortrag zu unterbrechen, er nickte, stieß all die Kehllaute aus, durch die man seine Zustimmung ausdrückt, und ertrug den fiebrigen Blick des Wächters, während er versuchte, ihm nichts als Wohlwollen zu signalisieren, auch wenn ein Teil seiner Gedanken angstvoll an der tickenden Uhr hing, am Handy in seiner Tasche, das ihm das Verstreichen der Zeit hätte bestätigen können, und an der Unmöglichkeit, in der er sich befand, gerade jetzt einen Blick auf ebendieses Handy zu werfen, ohne dass es Jock bemerkte. Zum Schweigen verurteilt, trank er, um die verrinnenden Sekunden zu vergessen.

»Aber gut«, endete der Wächter abrupt, »irgendwo muss man ja leben.«

Als sie den schalltoten Raum verließen, bestürmte sie das Meeresrauschen sogleich mit neuer Wucht. Es ließ sie beinahe zurückweichen.

»Das ist genau das Problem«, bekannte Jock, »die Rückkehr in die Realität. Da kann man nichts machen.«

Franck sah auf die Uhr. Er hatte den Wiederbeginn der Vorträge verpasst. Und Émilie sollte den Nachmittag eröffnen.

SEELENLOSE PUPPEN

Studientage – Émilie Perret

»Die weiblichen Figuren, die Donnells Romane bevölkern«, hob Émilie an, bemüht, nicht zu zittern (Stimme, Hände, Oberlippennerv), »sind selten Einzelexemplare: Sie existieren zugleich als Original und als dessen Nachbildung oder Echo. Greift eine Frau in die Handlung ein, so tut sie dies, könnte man sagen, wie ein Kiesel, der ins Wasser eindringt und eine Reihe konzentrischer Wellenkreise verursacht, die *nicht* der geworfene Stein selbst sind, sondern lauter Spuren seiner Existenz.«

Es hatte sie viel Mühe gekostet, diesen Gedanken klar zu formulieren, und dabei schien er ihr der Kern ihres Vortrags zu sein.

»Denkt man an Carol aus *Süchtig(e)*, an Kinga, die Mörderin der *Brücke*, an Jane aus *Die Zeit der Toten* oder selbst an Emily Rose, so verfügen all diese weiblichen Figuren über Doppelgängerinnen oder Echos. Carol hat zum Beispiel ein Ebenbild, das im Sour Club tanzt und dem Carol niemals begegnet. Außerdem hat sie eine Nichte, die *ebenfalls* Carol heißt. Kinga ähnelt auf merkwürdige Weise Moreen, der Jugendliebe Carrs, ›mit Augen wie welke Hyazinthen‹. Jane hat wasserstoffblonde Haare, ebenso wie die Sekretärin, über die der Privatdetektiv seine Ermittlungen anstellt, ebenso wie die Schauspielerin, mit der Edward, der Boxer, nach eigener Aussage eine Beziehung hatte, und zweimal im Roman erblickt man sie abends an der Strandpromenade, als sie gar nicht dort ist. Emily Rose hat, natürlich, eine verschollene Zwillingsschwester, sodass Carr beim Anblick der jungen Frau bisweilen Zweifel überkommen: Sie könnte auch die *andere* Schwester sein, nicht Emily, sondern Mona, sie könnte – obwohl sie die Gleiche bliebe – eine ganz andere Person sein.«

Émilie liebte die Zwillingsthematik in *Das Schweigen der Emily Rose*. Ohne dass sie es bemerkte, stahl sich ein breites Lächeln auf ihre Lippen.

»Und diese Verwirrung erstreckt sich sogar«, fuhr sie begeistert fort, »bis zu den Kleidungsstücken, die von Roman zu Roman wiederkehren. Carols Spitzenkleid aus *Süchtig(e)* ist das gleiche, das Carr Emily Rose kauft, und Janes Schuhe mit den roten Absätzen (›von denen man sagte, dass sie diese Farbe angenommen hatten, weil ihre Besitzerin sich zu oft im Schlachthofviertel herumtrieb‹) tauchen in *Und für immer schweigen* im Schaufenster einer Luxusboutique auf: ›Auf der sich drehenden, gläsernen Präsentierscheibe standen sie mit ihren roten Absätzen, wie den Armen ins Gesicht gespuckt.‹

Mit anderen Worten – und ohne sich an einer vollständigen Liste dieser Echos versuchen zu wollen – kann man festhalten, dass alles, was Donnells Frauenfiguren ausmacht (Name, Aussehen, Stimme, Kleidung), eine Abfolge beständig neu kombinierter und von Figur zu Figur wiederverwendeter Versatzstücke ist, als würde Galwin Donnell aus einer begrenzten Zahl an Bauteilen unaufhörlich Puppen in Frauengestalt zusammensetzen und wieder zerlegen. Man denkt hier natürlich sofort an die Arbeiten Hans Bellmers oder an Olimpia aus *Hoffmanns Erzählungen* …«

An dieser Stelle fragte sich Émilie, warum sie diesen letzten Satz mit aufgenommen hatte. Sie hatte keinerlei Material, um den Gedanken auszuführen. Sie nagte an ihrer Unterlippe und fuhr fort: »Diese Angleichung weiblicher Figuren an Maschinen, deren Rädchen ineinandergreifen, zeigt sich ebenso im Vokabular, mit dem sie beschrieben werden. Man findet bei Donnell wenige Tiervergleiche, obwohl uns der übliche Kriminalroman den Vergleich der Femme fatale mit einer Raubkatze nur selten erspart. Hingegen beobachten wir eine Erweiterung des semantischen Feldes im technischen Bereich: Haare haben einen ›Wellenschliff‹, eine ›messerscharfe Kante‹, sind ›gezahnt‹, Beine sind ›spindeldürr‹, ›lupenrein‹, ›perfekt zusammengefügt‹, Münder erscheinen ›wie gezeichnet‹ oder ›angestrichen‹, Fingernägel sind ›Präzisionsinstrumente‹, der Bauchnabel ist ›das einzige Anzeichen, dass diese Frau einst geboren worden sein musste‹. Was das Gesäß betrifft (werd jetzt bloß nicht rot, ermahnte sie sich), ganz klar Donnells Hauptobsession (ich werde rot), nun, also die Gesäßbacken sind ›auf Federn montierte Kugeln‹, ›gespaltene Sphären‹ oder gar, in *Blut geleckt*, ›das Modell eines der Schwerkraft spottenden astronomischen Systems‹. So ist die von Donnell beschriebene Welt – selbst wenn sie nicht durch die Ich-Erzählperspektive Adrian Dickson Carrs vermittelt wird – eine Welt, wie sie sich einem unter Sexsucht leidenden Mann darstellt, in jenem Sinne, dass die Frauen in ihr zur *Benutzung* verfügbare Vorrichtungen sind. Sie sind, um mit Heidegger zu sprechen, ›Zuhandenheiten‹. Von *Süchtig(e)* bis zu *Die Brücke der Aale* gibt es keine weibliche Essenz, bloß Einzelteile.«

Émilie trank einen Schluck aus dem Wasserglas, das vor ihr stand. Sie stellte erfreut fest, dass ihre Hand nicht länger zitterte. Sie löste den Blick von ihren Notizen und richtete ihn scheu in den Saal. Aus der ersten Reihe sah Martin Stafford sie interessiert an.

»Dennoch«, sprach sie in fast schon geheimnisvollem Ton weiter, »gibt es eine bedeutende Ausnahme: Man dürfte nicht behaupten, sich mit der Frauenfrage bei Donnell auseinandergesetzt zu haben, ließe man den Fall der Silence aus *Bleiche Lippen* außer Acht, jener jungen Frau, die Briefkontakte mit inhaftierten Mördern pflegt und Carr schließlich damit beauftragt, einem von ihnen zur Flucht zu verhelfen. Silence – wir erfahren niemals ihren echten Namen, nur dieses Pseudonym – inszeniert sich in ihrer Korrespondenz in rund zehn unterschiedlichen Identitäten. Die Frauen, die sie zu sein vorgibt, sind ebenfalls aus den Versatzstücken zusammengefügt, mit denen wir uns soeben beschäftigt haben (die gleichen Vornamen oder die gleichen körperlichen Merkmale). Silence spielt sehr bewusst damit – manchmal sogar ironisch. Ich möchte Ihnen einen Dialog zwischen ihr und Carr vorlesen, der auf Seite 124 des Romans steht. Er ereignet sich im Moment des Ausbruchs. Tom Kerry wird schon bald frei sein und unweigerlich erkennen, dass Silence sich als eine andere ausgegeben hat. Carr mustert die Fotos, die sie dem Mörder geschickt hat – Fotos einer wasserstoffblonden Frau, die, einmal mehr, Jane aus *Die Zeit der Toten* zu sein scheint –, und er fragt sie:

›*Warum hast du dich so verdammt abgemüht, vorzugeben, du wärst das da? Meinst du nicht, er wäre mit jeder X-beliebigen zufrieden gewesen, die ihm schreibt? Sich für ihn interessiert?*‹

›*Bei dieser Art von Beziehung, wo man den anderen nicht kennt, stellt man ihn sich andauernd vor*‹, *erwiderte Silence.* ›*Und das tut man, um sich Lust zu machen. Sogar, wenn er ein echtes Foto von mir gehabt hätte, hätte er glauben wollen, dass ich besser bin. Er hätte an eine Kleinigkeit gedacht, die ihm an mir gefallen könnte. Zum Beispiel hätte er sich vorgestellt, dass ich schöne Hände habe. Oder schöne Zähne. Er hätte Nächte damit zubringen können, an meine Zähne zu denken, die man auf dem Foto nicht sieht, sich ihre Makellosigkeit auszumalen. Er hätte mein ganzes Wesen rund um ein Detail neu erschaffen, das ihm Lust darauf machen könnte, mit mir zu schlafen.*‹

›*Warum?*‹

›*Ganz ehrlich? Ich hab keine Ahnung … Warum machen Männer so was?*‹«

Die Männer, die Émilie gegenübersaßen, mussten lächeln. Einige (unter ihnen auch Stafford) schienen die Antwort auf diese Frage zu kennen, sie aber nicht geben zu wollen. Andere dagegen (vor allem MacMillan und die Studenten) schienen die Frage ganz besonders ungerecht zu finden. Die Frauen im Publikum sahen die Männer lächeln, und die Männer fühlten sich genötigt, umso mehr zu lächeln.

»Aber sehen wir uns Silence jetzt einmal genauer an«, schlug Émilie vor. »Die Beschreibung ihrer körperlichen Erscheinung ist verstörend: Sie nähert Silence eher, wenn Sie mir diesen Vergleich erlauben wollen, Jabba the Hutt an als Emily Rose oder Carol. Donnell betont ihr Gewicht, ihre Fettwulste, die ungewöhnlich rosafarbene Haut, die mangelnde Behaarung und ihre beunruhigende Unbeweglichkeit. Es gibt keine körperliche Ausgestaltung nach geläufigen weiblichen Standards: In dem rosigen Klumpen namens Silence lassen sich die Teile, aus denen die anderen Frauen bei Donnell bestehen, nicht mehr auseinanderhalten, ob Frisur, Brüste, Bauch, Beine. Auch ihre Sanftmut ist sehr erstaunlich: Sie hat weder die warme, raue Stimme Janes oder Kingas noch die durchdringenden Höhen von Emily Rose, ›die so häufig von Schluchzern zerrissen werden‹. Sie spricht in sachlichem Tonfall und ereifert sich nie. Silence ist wie eine Art Pflanze oder Außerirdische, die so tut, als wäre sie ein Mensch. Ich weiß, dass Untersuchungen der Gender Studies zu Donnell die Figur der Silence fast immer außen vor lassen und argumentieren, dass sie keine echte Frau sei, weil sie keine einzige weibliche Eigenschaft besitze, dass sie dem Reigen der oben beschriebenen Frauenfiguren nicht angehöre. Sie betonen, dass sich diese Figur ausschließlich durch das definiere, was sie *nicht* ist oder *nicht* hat, und dass es somit unmöglich sei, sie zu den anderen in Beziehung zu setzen. Manche sehen hierin sogar eine Konstruktionsschwäche. Das ist meines Erachtens ein Fehler.«

An dieser Stelle nahm Émilie sich erneut Zeit, um durchzuatmen und einen Schluck zu trinken. Dabei ließ sie den Blick durch den Saal schweifen. Zwei Mal.

»Silence ist wahrscheinlich die einzige *echte* Frau, die man in Donnells Romanen findet«, fuhr sie mit für ein Fazit von solcher Tragweite erstaunlich leiser Stimme fort. »Ich glaube, dass diese Figur, im Gegensatz zu all den seelenlosen Puppen – diese Figur, die man nicht benutzen kann und die mit all den aufgezwungenen weiblichen Identitäten ihr Spiel treibt …«

Sie stockte und spürte, wie ihr Augenlid nervös zuckte. Franck war nicht im Saal. Er war nicht gekommen, um ihren Vortrag zu hören.

»Ich glaube, dass diese Figur«, wiederholte sie, indem sie sich zusammenriss, »Donnells wahre Sicht auf das andere Geschlecht darstellt: ein *vollkommenes* und beunruhigtes Unverständnis.«

EIN TEIL DER LANDSCHAFT

»Nur bei ihm gab es dieses Nebeneinander einer absoluten Todesbesessenheit, in jeder einzelnen Sekunde, und jenes Desinteresses an jeglicher tragischer Wirkung, was er als Zarinnenhöflichkeit bezeichnete.«

George Barney,
Verleger von Bantham House,
zitiert in *Die letzten Tage Galwin Donnells*

Auf dem Rückweg durchquerten sie das Dorf nicht, sondern gingen über den Friedhof, der sich auf einer kleinen Anhöhe befand, etwa hundert Meter hinter den Häusern.

Die Gräber hatten nur je einen Stein, dessen Vorderseite zum Meer zeigte, keine flachen Steinplatten, um die Grabstätten zu bedecken. Das rief bei Franck das unangenehme Gefühl hervor, auf Leichen zu wandeln. Die grauen Grabmäler sahen für ihn wie Tiere aus, die aufrecht auf den Hinterpfoten zum Horizont starrten. Sie bildeten eine zusammengewürfelte Herde von unterschiedlicher Höhe und Gestalt, doch alle waren aus dem gleichen Granit gehauen und von Flechten bräunlich angenagt. Auf den am wenigsten beschädigten Steinen entzifferte Franck ein paar Namen und Lebensdaten, die niemandem mehr etwas sagen dürften. Jocks Eltern, so hatte ihm dieser erklärt, lagen in einer Familiengruft in Castlebay auf Barra. Die letzten auf Mirhalay beigesetzten Inselbewohner waren in den Neunzehnhundertdreißigerjahren gestorben. Wer hätte sich noch an sie erinnern sollen? Die Calums und die Aileins waren zu sinnentleerten Wörtern geworden, die der Stein nur mit Mühe bewahrte und schon bald, indem er weiter zerbröckelte, der Wildnis preisgeben würde.

»Wenn ich hier bin«, sagte Jock, »denke ich an all die Dinge, die diese Leute nicht gekannt haben. Und dann an alles, was die Insel insgesamt nicht gekannt hat. Und am Ende zähle ich mir auf, was ich selbst nicht gekannt habe. Und dann muss ich aufhören, weil es mich deprimiert.«

Franck erwiderte nichts. Er fand, dass Jock immer ziemlich deprimiert wirkte.

»Ich könnte ein ganzes bescheuertes Buch rausbringen«, fügte der Wächter hinzu. Und während er zwischen den Gräbern hindurchging, begann er aufzulisten: »Ich habe noch nie einen Berg gesehen, und ich habe noch nie einen See gesehen. Ich habe noch nie einen Wolkenkratzer gesehen. Ich habe noch nie …«

»Ich habe noch nie Venedig gesehen«, half Franck ihm aus.

»Ich habe noch nie ein Pferd gesehen«, sagte Jock – was deutlich schlimmer klang.

»Ich habe noch nie eine Sternschnuppe gesehen«, ergänzte Franck rasch, der damit ein echtes Bedauern ausdrückte (er verpasste sie immer, sogar in Augustnächten, wo sie besonders zahlreich waren, schien er immerfort auf den falschen Himmelsabschnitt zu starren).

»Ich habe noch nie Kinder gesehen«, sagte Jock. »Ich meine, *wirklich* gesehen. Von Weitem schon, jedes Mal, wenn ich nach Barra fahre. Aber ich habe noch nie Zeit mit einem Kind verbracht.«

»Ich habe noch nie einen griechischen Tempel gesehen.«

Franck wurde bewusst, dass seine Liste, obwohl sie nie so lang werden würde wie Jocks, ihn ebenfalls deprimierte. Noch vor einigen Jahren hätte er beim gleichen Spiel die Dinge aufgezählt, die er eines Tages zu sehen gedachte. Jetzt, und obwohl er noch nicht einmal fünfunddreißig war, wusste er, dass er die Dinge nannte, die er sicher niemals sehen würde.

»Ich habe noch nie einen Asiaten gesehen.«

»Ich habe noch nie Giraffen gesehen …«

»Ich habe noch nie eine Tiefgarage gesehen.«

»Ich habe auch noch nie«, überlegte Franck weiter, »Löwen oder Nilpferde oder Paviane gesehen, eigentlich kein einziges der Tiere, die es in diesen Packungen mit Tierkeksen gab, als ich klein war, obwohl ich mir damals sicher war, dass ich ihnen eines Tages begegnen würde.«

»Was für Kekse?«

»Tierkekse«, wiederholte Franck. »Ich glaube, die werden gar nicht mehr hergestellt.«

»Ich habe noch nie Tierkekse gesehen«, sagte der Wächter mit gespielter Bestürzung.

Sie lächelten beide, ohne sich anzusehen, den Blick aufs Meer gerichtet.

»Dieser Ort ist unglaublich«, murmelte Franck.

Die Küste krümmte sich inseleinwärts, und das Meer, von dunklem Blau, folgte der blassen Flanke der Klippen, als wollte es den Kreidefels einschneiden. Auf der Anhöhe, auf der sie standen, waren Jock und Franck nur wenige Meter vom Wasser entfernt, doch die gleichmäßige Fläche, die sich unter ihnen ausdehnte, vermittelte ihnen den Eindruck, auf dem Gipfel von etwas Höherem zu sein oder vielleicht am Ende der Welt. Der Drang, ins Meer zu springen, war stark, und die beiden Männer spürten, dass man von hier aus einfach herrliche Köpfer machen musste, dass es genügen würde, die Arme auszubreiten, um beeindruckende Schwalben hinzulegen. Die prächtige Umgebung machte einen missratenen Sprung schlicht unmöglich. Im Übrigen wandten sich alle Grabsteine dem Meer zu, als hätten auch sie den Ruf der See gespürt.

»Meine Mutter ist oft hierhergekommen, um zu malen«, sagte Jock.

Franck nickte.

»Sie hat immer nur diese Aussicht hier gemalt. Das Haus war voller Gemälde von ihr, die immer wieder die gleiche Landschaft zeigten. Ich habe nie richtig verstanden, warum sie von diesem Ort so besessen war.«

»Waren sie gut?«, fragte Franck.

»Wer? Die Bilder?« Jock lachte auf. »Nein, leider nicht. Ich muss sagen, dass unter den an die hundert Schinken, die sie hinterlassen hat, nicht ein einziges Bild ist, das einen zweiten Blick lohnt.«

Er schleuderte die Flasche, die er soeben ausgetrunken hatte, ins hohe Gras. Mit dumpfem Geräusch zerbrach sie auf der Pflanzendecke.

»Geh schon mal vor«, sagte er zu Franck. »Ich muss pissen.«

Er entfernte sich ein paar Schritte zwischen die Gräber. Franck setzte seinen Weg fort und wagte nicht, Jock zu bitten, nicht auf die Grabstätten zu pinkeln. Er konnte sich noch so oft sagen, dass diese Gräber von einem ganzen Dorf aufgegeben worden waren, ihm war unwohl bei dem Gedanken, ihnen nicht wenigstens einen gewissen Respekt zu zollen. Für Jock schienen sie sich in nichts von den Felsen und Pflanzen zu unterscheiden, doch für Franck waren sie trotz allem einmal *Menschen* gewesen.

Er nutzte die Abwesenheit seines Begleiters, um seine Schritte zu beschleunigen. Mit ein wenig Glück waren die Studientage mit Verzögerung fortgesetzt worden, und er könnte Émilies Vortrag noch anhören. Wenigstens das Ende. Er lief immer schneller, erwog sogar zu rennen und machte ein oder zwei rasche Sätze im Gras, bevor er wieder davon abließ. Die kleine Anstrengung reichte aus, dass er Seitenstechen bekam.

Bald wurden die Schulgebäude etwas unterhalb

zu seiner Linken sichtbar. Franck schluckte ängstlich. Durch den Fußmarsch war sein Schwips nicht verflogen, und es war noch vor vier Uhr. Zwei Minuspunkte für ihn.

Als er zur Schule hinabging, erkannte er vor dem Eingang die Silhouetten von Émilie und Martin. Sie musste mit ihrem Vortrag also bereits fertig sein. Er wusste nicht, ob er seine Schritte beschleunigen oder verlangsamen sollte, nun, da es zu spät war. Er bemerkte überrascht, dass Émilie rauchte.

Er ging weiter und legte sich ein paar entschuldigende Worte zurecht, die die Schuld für sein Fehlen auf Jock und dessen schlechte Manieren abwälzten, dessen tragischen Alkoholismus, dessen Wunderlichkeit. Sein Atem schien sich in seinem Mund verfestigt zu haben. Er fuhr sich mit der Zunge über die Zähne, in der Hoffnung, ihn von dort abzulösen.

Er war schon fast bei ihnen, als Émilie und Martin ihn hörten und, in einer einzigen Bewegung, den Kopf in seine Richtung drehten. In ihren Gesten lag etwas perfekt Synchrones, und beim Anblick ihrer zwei ihm zugewandten Gesichter kam Franck ins Schlingern.

Urplötzlich fiel ihm die seltsame äußerliche Ähnlichkeit der beiden auf. Er hätte nicht sagen können, wie dieser Eindruck zustande kam. Martin war sehr groß, dunkel, hatte ausgeprägte Kieferknochen und klare Augen. Sein Gesicht war rund um den Mund und auf der Stirn von tiefen Falten gezeichnet – eine einzige, aber perfekt gerade Linie grub sich in die Haut zwischen seinen Augen. Émilie dagegen war zierlich, zart, und ihre Haut war so blass, dass Franck behauptete, sie würde im Dunkeln leuchten. Doch trotz all ihrer Unterschiede glichen sie einander. Sie hatten die gleiche Art, sich zu bewegen, langsam und anmutig, lachten auf die gleiche Art, indem sie den Kopf zurückwarfen, und, wenn sie zur Ruhe kamen, den gleichen melancholischen Gesichtsausdruck. Die Entschuldigungen, die Franck im Geiste wälzte, verschwanden mit einem Mal, vom Schock dieser unerwarteten Gleichartigkeit vertrieben. Er war jetzt stumm, betrunken und traurig. Denn, in gewisser Weise, bedeutete ihre Ähnlichkeit, dass das Universum beschlossen hatte, ihnen ein Erkennungszeichen einzupflanzen, damit Martin und Émilie im Augenblick ihres Zusammentreffens erkennen konnten, dass ihre Schicksale miteinander verwoben waren. Und welcher Platz blieb dann noch für ihn, Franck, angesichts einer solchen Schweinerei des Universums?

»Ist alles in Ordnung?«, fragte Stafford so aufrichtig beunruhigt, dass Franck begriff, der Schock musste ihm ins Gesicht geschrieben stehen.

Er fuhr sich mit der Hand über die Stirn und spürte den sauren Schweiß. »Wie weit sind die Vorträge?«

Die geheuchelte Lässigkeit fiel ihm schwer. Und Émilies Blick gab ihm bereits die Antwort. Sie drückte wütend ihre Zigarette aus und ging wieder nach drinnen. Stafford lächelte verlegen: »Sie haben sie verpasst. Leider, sie war hervorragend.«

»Sie ist immer hervorragend«, erwiderte Franck mit einem Schauder.

Stafford legte ihm eine väterliche Hand auf die Schulter. »Sie riechen nach Whisky, Doktor. Sie sollten sich vielleicht hinlegen.«

Franck fühlte sich tatsächlich sehr erschöpft, sein Kopf war schwer. Er hatte jetzt nicht die Kraft zu diskutieren und nicht einmal das Bedürfnis, um Verzeihung zu bitten oder sie zu erhalten. Kaum war er in dem kleinen Zimmer angekommen, sank er aufs Bett.

AUSZÜGE AUS *LIVING WITH GD*

Lorna Foley

Man macht sich keine Vorstellung, was Adrian Dickson Carr uns angetan hat, Galwin und mir. Die Art, wie die Leute uns wegen ihm ansahen. Als wären wir pervers. Anormal.

Die konnten nie verstehen, wo Donnell aufhörte und Carr anfing. Sie nahmen an, Carr wäre nichts als der Papierzwilling seines Autors. Sie dachten sich, Galwin hätte sich nie dazu entschieden, über Sexsucht zu schreiben, wenn er nicht selbst darunter gelitten hätte. Und all die widerlichen Dinge, die A. D. Carr in den Romanen macht – da sagten sie sich, dass Galwin sie sich schließlich ausgedacht hatte und dass das genauso liederlich sei. Sie schenkten ihm nichts.

Was mich betrifft, ist es nie leicht gewesen, auf Partys an seinem Arm zu hängen, wo die Leute hämisch kicherten, wenn sie uns sahen. Denn an der Art, wie sie mich anstierten, war mir klar, dass sie sich vorgestellt haben, Galwin und ich wären Swinger, Sadomasochisten, Hurengänger, Verführer von Minderjährigen oder was immer für versaute Ideen, die sie aus Galwins Büchern hatten. Es ist komisch, oder traurig, wenn man es so bedenkt, dass die Leute, die mir vorwarfen, zu viel zu trinken oder meinen Mann zu Drogen verleitet zu haben, genau die waren, deren schmutzige Blicke den Alkohol und das Kokain erst *nötig* gemacht haben, wenn wir ausgingen. Denn Alkohol und Kokain waren das Einzige, was uns diese Blicke für den Moment vergessen ließ.

[…]

Niemand hätte gedacht, dass Galwin sanft war. Niemand wollte das glauben. Das finde ich kränkend, jetzt, wo er tot ist, dass die Leute einen falschen Eindruck von ihm zurückbehalten: den eines Perversen, der gar nichts mit Galwin selbst zu tun hat, sondern mit einer seiner Figuren, und den eines Misanthropen im Inselexil, ein Bild, das ihm meiner Meinung nach nicht entspricht. Die Depression hat ihn auf Mirhalay gehalten. Der bärtige Typ vor seiner Kapelle, den ein Journalist Jahr für Jahr ablichten kam, auf die Gefahr hin, von ihm beleidigt zu werden, das war nicht Galwin Donnell. Es war das schleichende Übel einer Depression, die unbehandelt blieb.

Lassen Sie mich Ihnen also um sein Andenken willen die Wahrheit sagen: Galwin war sehr sanft. Er hätte es einer Frau gegenüber niemals an Respekt mangeln lassen. Auch keinem nackten Frauenkörper gegenüber. Seine Bewegungen waren stets voller Ehrfurcht, und – das ist etwas, was mich geprägt hat, was ich bei keinem anderen Mann mehr gefunden habe – er hat mir nach dem Sex immer beim Einschlafen zugesehen. Weil ich ihm einmal gesagt hatte, dass das ein Moment ist, in dem ich mich schwach fühle. Und er wollte mich nicht alleinlassen.

[…]

Im Gegensatz zu dem, was böse Zungen behauptet haben, war es angenehm, mit Galwin Donnell zusammenzuleben. Und ich bin nicht gegangen, weil ich zu dumm war, zu gewöhnlich oder zu ambitiös, um »die Bürde seines Genies« zu ertragen, wie seine Bewunderer glauben. Ich bin wegen euch gegangen, ihr Bewunderer, die ihr nie zwischen meinem Mann und seinem Werk unterscheiden konntet und die ihr es stets so weit getrieben habt, dass das Werk meinen Mann verschlang.

Meinen Mann, der so liebenswert war.

VERBRENNUNG

»Die Frau hatte schon wieder neben dem Müllverschlag entbunden. Undefinierbarer Geruch. Er überlegte, einen Zettel aufzuhängen.«

Galwin Donnell,
Die Brücke der Aale

Als Franck erwachte, war die Sonne untergegangen, und das Zimmer lag im Dämmerlicht. Er brauchte einige Sekunden, um sich zu erinnern, wo er war. Die Schule, die Insel, die Studientage. Zeitgleich mit den reinen Tatsachen kehrte auch die Scham darüber zurück, Émilies Vortrag verpasst zu haben. Wie immer, wenn er getrunken hatte, wurde die Scham von Kopfschmerzen begleitet, die sich schrittweise steigerten (je wacher Franck wurde, desto stärker machte der Schmerz sich bemerkbar), und beides schien so unzertrennlich, dass die Migräne für Franck nichts anderes als der körperliche Ausdruck seiner Scham war.

Er hörte Schritte auf dem Flur, und knarrend ging die Tür auf. Émilie kam herein, schaltete unsanft das Licht ein und ging zu ihrem Schreibtisch, wo sie einen

Papierstapel ablegte und zu sortieren begann. »Tut mir leid«, sagte Franck.

Seine belegte Stimme war eine allzu deutliche Erinnerung an seine Verfassung.

»Na, Rausch ausgeschlafen?«, fragte Émilie kalt.

Er hätte ihr gern den Zauber beschrieben, den die Insel und ihre Bewohner auf ihn ausübten, seinen eigenen Willen nach und nach auslöschten. Wollte ihr sagen, dass er einen langen Augenblick mit den Geistern von Mirhalay verbracht hatte. Ihr erzählen, dass Jock ihn *brauchte*. Doch er sah keine Möglichkeit, das Gefühl zu beschreiben, das ihn den ganzen Nachmittag über beklommen gemacht hatte und das sie vermutlich seiner Trunkenheit zuschreiben würde.

»Tut mir leid«, wiederholte er, »ich weiß nicht, was …«

Émilie fuhr dazwischen: »Wird das eigentlich immer so sein? Wirst du es mir jedes Mal, wenn du etwas für mich auf dich nimmst, hinterher heimzahlen? Wirst du mich immer wieder daran erinnern, dass meine Arbeit dir scheißegal ist?«

»Das stimmt doch nicht«, versuchte Franck zu widersprechen.

»Doch, natürlich! Du rächst dich jedes Mal. Ich weiß nicht einmal, wofür. Sobald wir glücklich sind, muss dir wohl einfallen, dass ich es nicht verdient habe. Und dann greifst du mich an. Insgeheim steckt das in dir, dieser Drang, es mir heimzuzahlen. Aber was hab ich dir eigentlich getan? Was könnte ich dir überhaupt antun?«

Franck nuschelte etwas von der ständigen Erwartung, in der er acht Jahre lang gelebt hatte.

»Meinst du, du bist der Einzige, der auf etwas wartet?«, fragte Émilie. »Stimmt, du siehst nicht viel von mir. Aber was denkst du denn, was ich mache, wenn du Nachtdienst hast? So oft wache ich auf und fange an, nach dir zu suchen, als könntest du unter der Bettdecke verschwunden sein oder wärst in die Lücke zwischen Bett und Wand gefallen, ich suche dich in zwanzig Zentimeter breiten Spalten, und wie oft schrecke ich hoch und schreie in der leeren Wohnung deinen Namen, als wäre es die Entführungsszene eines Hollywoodfilms, bis mir einfällt: Nein, klar, das ist ja *richtig*, dass du nicht da bist; all die Nächte, in denen ich mein Handy noch mal anschalte, um auf die Uhr zu schauen und mir auszurechnen, wie lange es noch dauert, bis du wieder nach Hause kommst, und immer, immer ist es zu lang. Aber das, das zählt ja nicht, oder? Nur wenn *du* wartest, dann gilt es!«

Sie ordnete und zerwühlte weiterhin die Zettel in ihren Händen, deren knittriges Papier zitterte und knisterte. Er hörte ihr mit einem Ohr zu und fragte sich, ob sie recht haben könnte. Ob er nur für sich selbst diesen Mythos einer achtjährigen Wartezeit entworfen hatte (vielleicht), ob er ihr vorgespielt hatte, im Stich gelassen zu sein (manchmal). Aber da war Cambridge, da war diese Stelle in England, wo sie zugesagt hatte. Cambridge wischte doch sicher jegliche Schuld hinweg, die ihm zufallen könnte. Cambridge bewies, dass er das *Opfer* war. Wollte er antworten.

»Und diese Sache mit dem Kind«, schrie Émilie fast, als er den Mund aufmachen wollte, »was ist da plötzlich in dich gefahren? Du hast mir diesen Vorschlag entgegengeschleudert, ohne jede Achtung dafür, was ich aus meinem Leben machen wollte, ohne dich zu fragen, ob das für mich gerade der richtige Zeitpunkt war. Ich bin sehr, *sehr* froh, dass dein Berufsleben so perfekt ist und du dich jetzt anderen Dingen zuwenden kannst. Aber was mache ich, wenn das bei mir nicht so ist? Ich sage Nein, und zack, schon bin ich die Böse, die Gemeine, nein, schlimmer: die Frau, die kein Kind will, eine Art Irrsinn der Natur. Dabei bist *du* hier der Egoist. Du hattest kein Recht, mir gerade jetzt diese Frage zu stellen. Du bist ein verdammter Egoist! Du bist so was von egoistisch, dass es dich blind macht, und weißt du was? Ein Glück für dich, denn wenn du das alles klar sehen könntest, würdest du dich meiner Meinung nach hassen für den Druck, den du mir auferlegst, *Franck.*«

Die Tatsache, dass sie ihre Tirade mit seinem Vornamen beschloss und diesen dabei sorgfältig vom restlichen Satz abtrennte, bewies, dass sie wirklich wütend war. Sie wusste, dass das seine Schwachstelle war, und setzte ihn nur ein, wenn sie verletzt war und sich berechtigt fühlte, ihrerseits zu verletzen. Franck konnte nichts erwidern. Sein Kopf war ein Sumpf, in dem sich alte Gewissheiten zersetzten.

Sie gingen nach unten zum Abendessen, zerstritten und bedrückt. Die Auseinandersetzungen, zu Beginn ihrer Beziehung noch ein Spiel, waren nach einigen Jahren ermüdend geworden. Die Stimme heben zu müssen, und sei es auch nur kurz, reichte inzwischen aus, um ihren Körpern jegliche Energie zu entziehen. Sie setzten sich an den Gemeinschaftstisch und aßen, ohne irgendetwas zu sehen, ohne sich selbst sprechen zu hören. Sie beteiligten sich wie mechanisch an den Unterhaltungen und lächelten, als würde man Fäden an ihren Wangen hochziehen.

Stafford erzählte von der Trauerfeier für Donnell, von der Beisetzung ohne Leiche, die im Oktober 1985 stattgefunden hatte, nachdem die Nachforschungen, und damit die Hoffnungen, schließlich aufgegeben worden waren.

»Die ganze literarische High Society war da«, sagte er, »Dutzende selbst ernannte Donnell-Erben. Jeder hat eine Stelle aus seinem Lieblingsroman vorgelesen. Und ein Cellist hat gespielt. Es war sehr schön. Weißt du noch, Patricia?«

Ein paar Stühle weiter nickte die alte Verlegerin ergriffen. Sie hatte während der Trauerfeier viel geweint. Wie eine Witwe, hatten böse Zungen damals gesagt, doch das war bloß unangebrachter Tratsch. Wenn Patricia Blacksmith an jenem Tag besonders traurig gewirkt hatte, dann weil sie an das Treffen in einem Café nahe Charing Cross zurückdachte, bei dem sie Donnells erstes Manuskript abgelehnt hatte – ein Fehler, den sie sich nie verziehen hatte. Die vierzig Jahre, die seither vergangen waren, kamen ihr wie ein langer Weg vor, den sie eigensinnig in die falsche Richtung beschritten hatte. *Ach, könnte man die Zeit doch zurückdrehen*, hatte

Patricia Blacksmith unter den Tränen und Blumenkränzen des Oktobers 1985 gedacht. Im Speisesaal der alten Schule dachte sie es erneut.

»Eins würde mich interessieren«, meldete sich einer der Studenten aus Edinburgh zu Wort, der der Unterhaltung gebannt folgte. »Wenn man die Leiche nie gefunden hat, wieso haben dann alle die Theorie vom Ertrinken akzeptiert, egal ob aus Versehen oder absichtlich? Ich meine: Wie will man wissen, dass Donnell sich nicht einfach abgesetzt hat? Er hätte die Insel verlassen können und –«

Martin Stafford wischte diese Theorie mit einer Handbewegung fort, ein ironisches Lächeln auf den Lippen. »Und was? Sich mit dem King und Michael Jackson irgendwo auf Honolulu niederlassen können?«

Der Student blickte mürrisch drein. Vom anderen Ende des Tisches mischte sich Markus Mann, der deutsche Kriminologe, in die Diskussion ein: »Wenn ich mich recht entsinne«, erklärte er vorsichtig, »wurde die Idee eines freiwilligen Fortgangs aus mehreren Gründen verworfen: Zuerst einmal fehlte kein einziges Boot auf der Insel, zweitens waren auch Donnells Sachen völlig unangetastet, und außerdem hat die Polizei seine Jacke, sein Feuerzeug und die Asche seiner Zigarre am Rand der Südlichen Steilküste gefunden, gefährlich nah am Abgrund.«

Der Student wollte nicht lockerlassen. Es passte ihm nicht, dass ihm öffentlich eine Abfuhr erteilt wurde: »Aber ist es nicht schade, dass die Polizei so schnell dabei war, für das letzte von Donnell hinterlassene Rätsel eine rationale Erklärung zu finden? Wenn jemand falsche Fährten legen konnte, dann doch wohl er.«

Mehrere Leute am Tisch lachten. Diejenigen, die alt genug waren, sich an die Diskussionen nach dem Verschwinden des Autors zu erinnern, betrachteten den Studenten mit zärtlichem Spott.

»Wenn Sie wüssten«, sagte Stafford, »wie viele Leute behauptet haben, ihn Ende der Achtzigerjahre lebend gesehen zu haben, und wie viele wahnwitzige Theorien über die Art seines Verschwindens von der Insel aufgestellt wurden, dann würden Sie begreifen, warum wir wenig geneigt sind, Ihnen zu folgen.«

Philipp Anderson begann vergnügt aufzuzählen: »Mit Hubschrauber oder Gleitschirm bis zu einem Boot, das ein Stück entfernt auf ihn wartete, das russische U-Boot, die Außerirdischen, ein unterirdischer Gang …«

Judith Maroon erinnerte daran, dass Lorna sogar öffentlich Gerüchte dementieren musste, er wäre schließlich zu ihr zurückgekehrt. Ein ziemlich anrührender Text, wie sie zugeben musste.

»Die Leute sind durchgedreht«, sagte einer der beiden italienischen Professoren.

Solange Théveneau murmelte etwas von Frauen, die sich umgebracht hatten, um Valentino zu folgen. Alec MacMillan bekannte, nach dem Tod Kurt Cobains eine Zeit lang selbst solche Gedanken gehegt zu haben. Stafford erzählte von einem Studienfreund, den Donnells Tod in einen schweren depressiven Zustand gestürzt hatte und der nicht mehr schlafen konnte. Dieser Kommilitone, so Stafford, war sehr verstört von den Berichten all jener, denen Donnell angeblich im Traum erschien. Die unterschiedlichsten Leute aus allen Richtungen: Studenten wie sie beide damals, die auf dem Campus davon erzählten, aber auch Verwandte von Donnell, die all die Aufmerksamkeit maximal ausnutzten, indem sie den Zeitungen ihre Nacherzählungen absurder Träume verkauften, die aus schmalziger Geigenmusik und Rührseligkeit bestanden. Und dieser Kommilitone – er hieß David, erläuterte Stafford, und war zudem ein brillanter Kerl – glaubte diesen Berichten und verstand nicht, warum Donnell nicht auch ihm erschien, wo er doch all seine Werke voller Inbrunst gelesen hatte (mehrmals, wie die vielen Randnotizen und eselsohrigen Seiten bezeugten) und es *verdiente*, dass der Autor auch ihm Lebewohl sagte. Er redete sich schließlich ein, dass seine Schlaflosigkeit, die ihn im Übrigen in ein nervöses Wrack verwandelte, dem Geist Donnells den Weg versperrte, der nur darauf wartete, dass David einschliefe, um sich zu zeigen.

»Eines Nachts«, schloss Stafford, »wurde er dann mit einer Überdosis Schlafmittel ins Krankenhaus eingeliefert.«

Ungläubiges Lachen ringsum. Judith Maroon wollte Stafford dazu bringen, zuzugeben, dass die Geschichte gelogen war. Doch der lächelte geheimnisvoll und ließ sich nicht davon abbringen, nein, nein, armer David, es ist alles wahr. Anton Likiewicz schüttelte mitfühlend den Kopf und hob dann zu einer ganz ähnlichen Geschichte an – auch wenn man nie erfuhr, worin die Ähnlichkeit bestand, denn sie nahm ihren Anfang in einem polnischen Dorf (ein bezaubernder Ort, versicherte der Professor), und bevor er sie weiter ausführen konnte, legte Likiewicz, im Ungestüm seines Vortrags, ohne es zu merken, den Unterarm auf eins der kleinen Teelichter, die den Tisch schmückten. Der Geruch von Verbranntem erreichte ihn früher als der Schmerz, und er betrachtete verblüfft die Flamme, die an seiner Haut leckte. Als er endlich die Geistesgegenwart besaß, den Arm wegzuziehen, hatte die Kerze ein mehrere Zentimeter großes, weiß-rotes Brandzeichen hinterlassen. Er ließ eine Salve polnischer Flüche los.

Franck erwachte augenblicklich aus seiner Erstarrung.

»Kommen Sie, Professor«, befahl er, »Sie müssen den Arm sofort unter kaltes Wasser halten. Das stoppt die Verbrennung.«

»Mir geht's gut«, protestierte Likiewicz.

Doch Franck erkannte eine Verbrennung zweiten Grades, wenn er sie sah, und er hätte sich keine bessere Gelegenheit träumen lassen können, um sein Abendessen abzukürzen. Er zog Likiewicz in die Küche und drehte den Wasserhahn auf.

»Halten Sie den Arm ein paar Minuten darunter«, sagte er, »sonst brennt es unter der Haut weiter.«

»Wie faszinierend«, meinte der polnische Professor.

»Und drehen Sie nicht stärker auf«, riet Franck, »das könnte die Epidermis weiter schädigen. Einfach ein wenig Geduld.«

Likiewicz gehorchte und hielt den Arm weiter unter

den dünnen Wasserstrahl, ohne sich zu rühren. Franck stand ihm gegenüber und beaufsichtigte ihn mit strenger Miene. Ihm ging auf: Wenn ein Mensch für ihn zum Patienten wurde, fühlte er sich nicht länger unwohl. Die sozialen oder intellektuellen Hierarchien, die ihn in Alltagsbeziehungen manchmal verlegen machten, verschwanden vollkommen. Daraufhin dachte er, dass er es gut gefunden hätte, wenn Stafford sich wehtäte – offener Schienbeinbruch oder sonst etwas Ernstes.

»Sagen Sie, wo wir hier schon zusammen festsitzen«, setzte Anton Likiewicz an, »würde es Ihnen etwas ausmachen, mir eine Zigarette anzuzünden? Die Packung und das Feuerzeug sind in meiner Tasche, und ich bin durch Ihre Vorschriften zum Einarmigen geworden.«

Seine Stimme klang ernst und warm, und wenn er Englisch sprach, rollten und bogen sich die Konsonanten durch seinen Akzent in unerwartete Richtungen. Likiewicz hätte einen hervorragenden Nebendarsteller in Filmen über den Kalten Krieg abgegeben. Er hätte einen von den Guten gespielt, dachte Franck, einen polnischen Fluglehrer, der dem Helden zum Beispiel dabei half, dem KGB zu entkommen. Er schob ihm eine Ronson zwischen die Lippen.

»Mit Ihrer Frau läuft's ja offenbar nicht gerade gut«, ging der Professor zum Angriff über, nachdem er den ersten Zug genommen und eine erleichterte Grimasse geschnitten hatte.

Franck seufzte. Die Zigarettenasche fiel zu Boden, und Anton sah tatenlos zu, wie sie die weißen Fliesen erreichte. Dann hob er den Blick wieder zu Franck.

»Die Liebe ist sehr kompliziert, wenn man jung ist«, sagte er, »weil man noch so voller fester Vorstellungen und Ideale ist. So macht man eine Menge Beziehungen kaputt. Weil man mehr will. Wenn mich die Jahre – und auch meine erste Ehe – etwas gelehrt haben, dann dass man den Menschen, mit dem man zusammen ist, niemals versteht.«

»Meinen Sie?«, fragte Franck.

Anton nickte. »Zu zweit nur noch eins zu ergeben, das ist ein Mythos. Liebe ist nicht Vereinigung, das Aufgehen einer Seele in einer anderen oder was weiß ich. Sie ist einfach ein Mittel, unsere Einsamkeit zu überlisten. Man verlangt von jemandem, Zeuge des eigenen Lebens zu sein, und im Gegenzug willigt man ein, der Zeuge von dessen Leben zu werden. Wie Kinder auf einer Kippe …«

»Wippe«, korrigierte Franck.

»Ja, die nach der Mama rufen, damit sie guckt. Wippen ist immer lustiger, wenn jemand zusieht, wie hoch man schaukelt. Vielleicht ist es sogar *nur* lustig, wenn uns jemand bei diesem Vergnügen anguckt. Im Leben ist es genauso.«

»Aber warum braucht man dazu eine Paarbeziehung?«, fragte Franck. »Das Gleiche könnte man doch wohl auch von einem Freund verlangen.«

Anton lachte leise und verschluckte sich an seinem Zigarettenrauch. »Und mit wem habe ich dann Sex? Man muss praktisch denken, mein Junge: lieber zwei Fliegen mit einer Klappe schlagen.«

Franck fragte sich, ob er das ernst meinte. »Wollen

Sie etwa sagen, man muss sein ganzes Leben *neben* jemandem herleben statt wirklich mit ihm zusammen?«

»Ich will sagen, dass es längst so ist. Das muss man einfach so hinnehmen. Je schöner die Beziehung, desto schwerer ist es, leider, dem Mythos von der liebenden Vereinigung zu entsagen. Nehmen Sie Anna und mich: Bei uns gibt es jede Menge offensichtlicher Gründe, um die Kluft zwischen uns zu erklären. Die Leute sagen sich: Es liegt am Altersunterschied. Oder: Es ist so, weil er sie nur wegen ihres Aussehens liebt. Und unsere Einsamkeit ist entschuldigt. Wenn man mit dem perfekten Menschen zusammen ist, gibt es keine Entschuldigung, und trotzdem ist die Kluft vorhanden. Irgendwann kommt immer der Moment, wo man sich neben die Frau legt, die man liebt, und einsehen muss, dass sie, trotz allem, eine Fremde ist.«

»Sie können das Wasser jetzt abdrehen«, sagte Franck.

Der Professor warf seinen Zigarettenstummel in den Ausguss und krempelte dann seinen Hemdsärmel wieder nach unten.

»Meinen Sie, ich bekomme eine Brandblase?«

»Ganz bestimmt«, erwiderte Franck. »Das muss man einfach so hinnehmen.«

Anton lächelte ihm schelmisch zu. Doch hinter dem fröhlichen Glanz seiner Augen, am tiefsten Grund, im Zentrum der Pupille, saß die besorgte Fürsorge desjenigen, der einem soeben verkündet hat, dass man allein leben und sterben wird, was immer man glauben mag, und da saß auch ein wenig Erschöpfung. Nichts davon drang an die Oberfläche, aber für einen kurzen Augenblick schien Anton nicht stark genug – oder vielleicht zu zerstreut –, um die soziale Maske aufrechtzuerhalten, und Franck bemerkte es an der schwärzesten Stelle des Auges: wie ein dasitzendes Tier, das ihn mit gesenktem Kopf musterte.

Er kehrte gerade rechtzeitig in den Speisesaal zurück, um Arthur Revan spöttisch zu Stafford sagen zu hören: »Die Leute stellen sich vor, dass eine Unikarriere etwas Seriöses ist, dass sie auf einer soliden intellektuellen Grundlage steht, dass sie nichts mit Glamour zu tun hat. Dass sie, wenn Sie so wollen, das genaue Gegenteil etwa einer Schauspielkarriere in Hollywood ist. Aber das stimmt nicht. Es geht um genau das Gleiche. Es geht darum, Theorien aufzustellen, die die Leute anmachen. Und sobald man es nicht mehr schafft, sie anzumachen, ist man erledigt. Punkt.«

Unter den übrigen Tischgästen tobte ein Proteststurm los. Doch Stafford, ganz in Gedanken, begnügte sich damit, auf seinem Stuhl vor und zurück zu wippen und sein Gegenüber zu mustern.

Francks Blick suchte Émilie. Ihr Platz war leer.

EIN FEINER BLUTFADEN

»Früher war alles besser.«

Anonym

Francks Vater wiederholte diesen Satz oft. Früher war alles besser. Und Franck, der noch ein Kind war – sein Vater starb an Kehlkopfkrebs, als er zehn Jahre alt war –, litt jedes Mal, wenn er das hörte, weil er das Gefühl hatte, dass sein Vater sie verleugnete, ihn und die einzige Gesellschaft, die er je kennen würde, nämlich die *jetzige*, litt, weil er dachte, dass es auch ein wenig seine Schuld war, wenn das Jetzt weniger wert war als das Früher, dass es daran lag, dass er, Franck, nicht stark genug war oder nicht gut genug. Gegen die Miesmacherei seines Vaters anzukämpfen, hatte einen Großteil seiner Kindheit in Anspruch genommen. Später hatte er es seinem Vater übel genommen, er hätte ihn vielleicht sogar gehasst, wäre sein Vater nicht bereits tot gewesen (der Tod verleiht den Entschwundenen in der Regel eine gewisse Würde, die den Hass verhindert).

Eines Tages hatte er seine Mutter gefragt, was seinem Vater am Früher keine Ruhe gelassen habe, was daran besser gewesen sei. »Er«, hatte die Mutter gesagt, »er war früher besser. Weil er jung war. Aber das hat er nie einsehen wollen.«

Sie hatte ihm mit betrübtem Lächeln über die Wange gestreichelt, und Franck hatte sich an jenem Tag geschworen, gelassen zu altern, sich nicht ans Früher zu klammern wie an die Überreste eines Schiffswracks im schäumenden Meer. Dennoch, seit dem Streit mit Émilie ertappte er sich dabei, wie er mit plötzlicher Zärtlichkeit an den kleinen Satz seines Vaters zurückdachte. Früher war alles besser. Ja.

Alles, was er an Émilie liebte, schien unter dem Eismantel ihres Zorns erstarrt zu sein: ihr Lachen, die Lebendigkeit ihrer Äußerungen, die durch ihre Augen gebotene Stille, die zarte Neigung ihres Halses, ihre übersprudelnde Fantasie. Franck betrachtete Émilie, wie man eine vom Winter gelähmte Landschaft durch eine Glasscheibe betrachtet. Alles, was er überstürzte, erzwänge, in dem verzweifelten Versuch, es erneut zum Leben zu erwecken, würde wie Glas zerspringen.

Er hätte sie mit unendlicher Geduld anhauchen müssen, bis sie sich wieder erwärmte. Doch wenn er versuchte, jene unendlichen Vorräte an Geduld in sich zu finden, stieß er sich an ein paar scharfen Worten, die zwischen sie hingeworfen waren, um jegliches Gespräch zu unterbinden (»ich geh los«, »bis später«, »es wird Zeit«). Manchmal lächelte sie schwach, und er schöpfte neue Hoffnung, doch das Lächeln hielt nie lange an, Émilie riss sich zusammen und *tilgte* es aus ihrem Gesicht – sie hörte nicht so sehr auf zu lächeln, es war tatsächlich ein Tilgungsvorgang, der abstritt, dass das Lächeln jemals da gewesen war, und der Franck untersagte, es dort gesehen zu haben.

Er resignierte vor ihrer Feindseligkeit und ihrem verschwundenen Lächeln und ging Jock suchen. Ihm war klar, dass bei diesen Treffen nichts als weitere Besäufnisse und unzusammenhängendes Gelaber herauskommen würde (Jock redete zu viel, redete ununterbrochen, verhedderte sich in seinen Sätzen; er wirkte wie jemand, der sich bei dem Versuch, seine Jacke abzulegen, die Haut abziehen würde, und sich nackter als nackt in der Öffentlichkeit wiederfände), doch er schaffte es einfach nicht, sie auszuschlagen. Er hatte wenigstens das Gefühl, von Jock vor all den Akademikern *auserwählt* worden zu sein, auserwählt und geschätzt. Und Franck fand ihn faszinierend. Er sah in ihm die Züge seines eigenen verbitterten, hasserfüllten und wahnsinnigen Doppelgängers, einen Eindruck, was aus ihm hätte werden können, wäre er in einem Umfeld groß geworden, wo man dem anderen niemals begegnet war, nie mit ihm in Verbindung gestanden hatte, ein Wesen ohne Geschichte, das zu seiner Entfaltung nur einen einzigen Ort hatte, ein Inselmensch. Dieses Schauspiel zog ihn ebenso an, wie es ihn abstieß – das heißt, es zog ihn zunächst bis zu Jock, und dann, sobald er in dessen Gegenwart war, verwandelte es sich langsam in Abscheu, bis Franck zuweilen den Drang verspürte, zu schreien oder dem anderen wehzutun, damit er aufhörte, sich auf diese so unangenehme Weise zu produzieren. Schließlich, wenn Gewalt als einzig möglicher Ausweg erschien, kehrte stets das Mitleid zurück, beinahe überraschend.

Während Émilie den Vorträgen des fünften Studientages lauschte, war Franck erneut dabei, Mirhalay in Begleitung des Wächters zu durchmessen.

Der Wind hatte sich gelegt, und Himmel und Meer schienen sich um sie her ins Unendliche zu dehnen, in fast blendend weißer Klarheit. Sie gingen nebeneinanderher, die Hände in den Hosentaschen, die Körper gereckt, um mehr Sonnenwärme abzubekommen.

Jock hatte Franck die Höhleneingänge am Fuß der Südlichen Steilküste zeigen wollen, dort, wo ein britischer Frachter im Zweiten Weltkrieg auf Grund gelaufen war, bevor er urplötzlich in den Grotten versank. Von dem Schiff war keine Spur geblieben, nichts als Wellen und Fels, doch dem Wächter zufolge war es genau dieses Nichts, dem man seine Aufmerksamkeit schenken sollte, diese Fähigkeit des Meeres, sich über seiner Geschichte zu schließen, trotz Jahrtausenden voller Unglücke und Traumata stets neu zu erscheinen. Die Schönheit eines vollkommen narbenlosen Körpers.

Von dort glitten sie ganz selbstverständlich in eine Unterhaltung über ihre eigenen Narben ab – Jocks stammten größtenteils von Felskanten und Tauen, Francks waren Stürzen mit dem Fahrrad geschuldet.

»Ein paar Brandwunden von Zigaretten sind auch dabei«, gab er nach einer Weile zu.

Und er zeigte die weißen, ein wenig eingesunkenen Kreise auf seinem Handrücken und in der Ellenbeuge. Mit fünfzehn hatte er, in einem Sommer in Granville, mit einigen Freunden zum Spaß dem Schmerz getrotzt. Jedes Mal, wenn er diese Glutspuren einer Camel von vor zwanzig Jahren auf seiner Haut sah, dachte er, dass in jenem großmäuligen Machotum, zu dessen Zurschaustellung er sich in seiner Jugend verpflichtet gefühlt hatte, etwas absolut Lächerliches (wenn nicht gar Abstoßendes) lag. Und er fand, dass es ein langes und schwieriges Unterfangen gewesen war, zu lernen, ein Mann zu sein, wobei er immer noch nicht wusste, ob er es geschafft hatte. Vielleicht wäre alles einfacher gewesen, wenn sein Vater am Leben geblieben wäre. Seine Mutter war nicht wirklich darauf vorbereitet gewesen, einen Jungen ganz allein großzuziehen. Trotz all ihrer Liebe für Franck konnte man gerechterweise sagen, dass sie sich in ihrem Erziehungsvorhaben bestenfalls vorangetastet hatte.

Émilie war der Mensch, an dessen Seite er wirklich das Gefühl gehabt hatte zu reifen. Émilie hatte ihm in einer vom Kampf verschonten Sphäre das Bewusstsein seiner eigenen Stärke gegeben. Émilie hatte ihn Zärtlichkeit gelehrt, das Auskosten der vergehenden Zeit und Hunderte anderer, unbedeutenderer Dinge (etwa, wie man seinen Schluckauf vertreibt, indem man sich in die Ohrläppchen kneift). An ihrer Seite war er erwachsen, war er zum Mann geworden. Und dennoch, in Momenten des Streits hatte er den Eindruck, dass sie beide erschreckend mühelos vergessen konnten, was sie einander bedeuteten, und sich ausschließlich als Feinde behandelten.

Sie liefen bis zu der Stelle, an der die Klippen die Fahrrinne umschlossen. In seiner Schatulle aus grauem Fels war der kleine Strand ein Hort des Friedens. Das Meer glitzerte hier sanft, ohne die blendenden Lichtreflexe der offenen See. Es strahlte auf unbestimmte Weise ein wärmendes Gefühl ab; die Gleichgültigkeit der Welt gegenüber den Reisenden, die es bis hierher schafften.

Als Franck das sterbende Tier erblickte, hielt er es zunächst für einen Felsen, anthrazitfarben und bauchig, der sich jäh aus dem Strand erhob. Erst nach einigen Sekunden konnte er einen länglichen Kopf und Schwimmflossen ausmachen, wie ein Paar Handschuhe, die man auf dem Körper des Tieres zurückgelassen hatte. Die Robbe war weit oben gestrandet, fast an den Klippen. Ihr graues Fell zerbröselte in stumpfe Schuppen, vom Sand gescheuert bis zum Abrieb. Die Tasthaare hingen schlaff herab, wie ein falscher Schnurrbart aus Wollfäden an einer Karnevalsmaske. Ihre Augen – die gleichen großen, menschlichen Augen, die Franck beim Baden mit Émilie bemerkt hatte – waren nur halb geöffnet. Sie ließen den Blick wie einen Strahl hindurch, glasig und starr. Franck fiel auf die Knie, um das Tier von Nahem anzusehen. Er lauerte auf Bewegungen der Brust und hoffte, dort den Beleg für eine Atemtätigkeit zu finden.

»Sie machen das, um dem starken Seegang zu entgehen«, erklärte Jock. »Wenn es ihnen zu anstrengend wird, gegen die Strömung anzukämpfen, werfen sie sich lieber auf den Strand. Anschließend schaffen sie es nicht mehr zurück ins Meer.«

»Wir müssen sie wieder ins Wasser ziehen«, sagte Franck voller Panik. »Sie stirbt.«

Jock lief um das Tier herum und stieß mit der Schuhspitze in den schlaffen Körper. Keinerlei Reaktion.

»Ich glaub, die hat's hinter sich«, erwiderte er, »zu spät.«

»Was sollen wir nur tun?«, stöhnte Franck.

Jock versetzte dem reglosen Tier weiter kleine Fußtritte. In dem nur einen Spaltbreit geöffneten Auge zog sich die Pupille zusammen. Franck befahl dem Wächter schroff aufzuhören.

»Sie lebt noch.«

»Man sollte sie erlösen«, sagte Jock.

Sogleich hob er den Fuß über den Kopf der Robbe, und Franck schrie auf. Ein spitzer, unerträglicher Schrei. Der Wächter hielt inne.

»Du bist zu empfindlich.«

Francks Herz schlug rasend schnell. In seinem Kopf überlagerte das Bild der Kegelrobbe mit den tiefschwarzen Augen jenes des jungen Diebes, der erst kürzlich gestorben war, und jenes, ferner und entsetzlicher, seines Vaters auf dem Krankenhausbett, mit vom Krebs gezeichneten Zügen. Franck hatte etwas gegen den Tod, nicht bloß gegen die Aussicht auf seinen eigenen oder gegen den Anblick des Todes anderer, der ihm seine eigene Sterblichkeit vor Augen geführt hätte, sondern gegen den Tod ganz allgemein. Für einen Krankenpfleger war das nicht gerade vernünftig. Im medizinischen Umfeld war es vielmehr üblich, den Tod zu lieben, ganz sachlich, als einen großen, edlen Gegner; einen Gegner, den man achtete. Franck vermutete, dass dabei auch ein wenig Größenwahn mitspielte: Seine Kollegen liebten es vor allem, sich einer Aufgabe völlig gewachsen zu fühlen, sie kamen sich bedeutend genug vor, dem Tod die Stirn zu bieten, und hätten von einem weniger wichtigen Widersacher nichts wissen wollen. Er erinnerte sich an den Chirurgen, der vor Kurzem aus der Provinz zu ihnen gekommen war und ihm bei einer Zigarettenpause anvertraut hatte, dass das kleine Krankenhaus, in dem er zuletzt gearbeitet hatte, seiner Meinung nach das beste des Landes sei. Die Ausstattung und die Gebäude waren schrecklich heruntergekommen, aber die *Lage* war perfekt: Es stand an einer besonders gefährlichen Kreuzung zweier stark befahrener Bundesstraßen. Es strömten daher unablässig frische Verkehrsunfälle herein, Gemenge aus Fleisch und Metall, Blut überall, waschechte Notfälle. In den meisten Krankenhäusern, sagte der Arzt bedauernd, muss man sich mit den Alten begnügen, denen man verkündet, dass sie krank sind, als wäre ihnen wirklich etwas *passiert* – dabei sind sie einfach nur alt. Dieser Mann verkörperte die idealtypische Haltung, die das medizinische Personal angesichts des Todes als seine Pflicht ansah: Kampfeslust. Franck dagegen lehnte den Tod ganz einfach rundweg ab. Es war ihm nie gelungen, ihn als einen Gegner zu betrachten, den man besiegen konnte, noch als einen natürlichen Vorgang. Er war stets ein Urteil, *das nicht hätte fallen dürfen*.

Er erhob sich und versuchte, die Robbe am Schwanz bis zum Wasser zu zerren. Das Tier war zu schwer, und so über den Sand geschleift zu werden, griff sein strapaziertes Fell nur noch mehr an.

»Lass mich das machen«, sagte Jock ruhig, »du ertränkst sie nur, sonst nichts. Der geht's zu dreckig, um noch zu schwimmen.«

»Nein«, sagte Franck.

Jocks Gleichgültigkeit entsetzte ihn. Er lief rückwärts ins Meer und zog das Tier mühsam hinter sich her. Das Salzwasser umschloss seine Knöchel, drang ihm in die Schuhe. Er hoffte auf ein Wunder, sobald es den Körper der Robbe berühren würde, doch nichts geschah. Er wälzte sie ein wenig weiter hinein. Die Robbe regte sich nicht – nicht mal ein Schaudern.

»Mach Platz«, sagte Jock.

Er hielt einen großen Stein in der Hand, den er am Fuß der Klippen aufgelesen hatte. Franck, in Schockstarre, sah unfähig zum Protest zu, wie Jock sich dem Tier näherte. Der Wächter war plötzlich riesig, seine Bewegungen unerbittlich, das Gesicht verschlossen. Er war der Menschenfresser aus den Kindermärchen, der Albtraum kurz vor fünf Uhr in der Frühe. Als er den Stein auf den Robbenschädel niedergehen ließ, hallte das Knochensplittern in der bis dahin so stillen kleinen Bucht wider. Es hallte auch in Francks Innerem.

Er betrachtete das Blut, das sich mit dem Wasser der

Fahrrinne vermischte, langsam, lautlos, als wäre gar nichts Gewaltsames passiert. Die schwarzen Augen standen noch immer leicht offen, doch man erkannte nichts mehr darin. Jock warf den Stein, mit dem er der Robbe den Rest gegeben hatte, weiter ins Meer hinein. Er schob den Körper mit dem Fuß weg, bis das Wasser tief genug war, um ihn zu verschlucken. Dann rieb er sich die Hände an den Oberschenkeln, um die paar Blutstropfen abzuwischen, die auf ihn gespritzt waren. Sein Mund war zu einer nervösen Grimasse verzerrt. Er zitterte leicht.

Als er sich Franck zuwandte, mied dieser seinen Blick. Er hatte zu viel Angst, Erregung darin zu entdecken.

»Tut mir leid«, sagte der Wächter. »Ich versichere dir, es ist besser so.«

Sie gingen weiter, ohne ein Wort. Franck wandte sich von Zeit zu Zeit um, weil er im Wasser der Fahrrinne den dunkleren Fleck des toten Tieres auszumachen versuchte.

Falls es eine menschliche Seele verschluckt hatte, musste diese jetzt ins Meer zurückkehren, sich mit dem Blutfaden mischen, der aus dem zerschmetterten Schädel rann, und sich einen neuen Körper suchen, dort, wohin die Wellen sie trugen.

GERAUBTER SCHLAF

Donnell lebte an Émilies Seite wie eine literarische Wucherung oder, besser, wie ein Phantomglied, das niemand sehen konnte, dessen Gegenwart, dessen Juckreiz sie aber spürte. Wenn sie sich neben Franck legte, brachte sie Donnell mit ins Bett – »zu ihnen«, dachte sie, »zwischen sie«, hätte er gesagt. Meist begnügte Donnell sich damit, einfach da zu sein, sie beachteten ihn nicht, und er beachtete überhaupt nichts (schließlich war er nichts weiter als Émilies Phantomglied). Manchmal wurde er allerdings lästiger.

Etwa im vergangenen Jahr, als Émilie entschieden hatte, dass ihre Recherchen zu den Frauenfiguren *notwendigerweise* eine Erhebung der sexuellen Beziehungen nach sich ziehen musste, die in den zehn Romanen Donnells vorkamen, damit sie daraus bedeutsame Motive erschließen konnte. Sie ging mit dem Kopf voller Listen und Leiber zu Bett: Hündchenstellung (15), Analverkehr (18), Fellatio (22), Cunnilingus (½ – unterbrochen), prozentualer Anteil einvernehmlichen Sexualverkehrs (73). Die Anwesenheit Donnells in ihrem Bett erschien ihnen somit wie eine Beurteilung ihrer eigenen Sexualität. Seltsamerweise hatten sie kaum je so viel Sex gehabt wie zu jener Zeit, doch Franck hatte das unangenehme Gefühl, dass sie es taten, um sich etwas zu beweisen. Er: dass er alle Listen aus den Romanen an Manneskraft übertreffen konnte. Sie: dass ihre Doktorarbeit sie nicht in eine langweilige Frau verwandelte, über die Donnell niemals ein Wort geschrieben hätte. In dieser Phase hatten sie Bondage-Fesseln gekauft, die seither ganz hinten in ihrem Kleiderschrank herumlagen, zwischen den nicht zusammenpassenden Socken.

Doch die Gegenwart Donnells wurde vor allem dann unerträglich, wenn Franck und Émilie sich stritten. Schlagartig wuchs sie an. Der Geist des Autors, den Émilie nicht umhinkonnte herbeizurufen – durch ihre unablässige Verehrung, ihr unfehlbares Interesse –, erstreckte sich in jeden durch ihre Unstimmigkeiten geöffneten Spalt, bis Franck den Eindruck bekam, Donnells ungeheure Präsenz würde ihn aus dem Bett vertreiben.

In solchen Nächten träumte er immer wieder, dass er in einer ihm unbekannten Großstadt, die nicht ganz New York, nicht ganz London und auch nicht Edinburgh war, von einem Wolkenkratzer fiel. Jedes Mal, wenn er aus dem Schlaf aufschreckte, von unbändigem Zorn ergriffen, wollte er den Toten umbringen. Doch das reichte nicht. Oder, besser gesagt, das lag nicht in seiner Macht: Es war an Émilie, Donnell erneut dem Vergessen anheimzugeben. Es war *ihr* Exorzismus. Sie tat es nicht, wollte es nicht tun.

Auf Mirhalay, wie immer, wenn sie stritten, fuhr

Franck mehrmals urplötzlich aus dem Schlaf hoch, mit Schweiß auf der Stirn und einer dumpfen Wut im Bauch. Er hätte Émilie gern geweckt, sie grob geschüttelt, damit sie beim Erwachen in Panik geriete, damit sie für die Albträume bezahlte, die ihn, Franck, am Schlafen hinderten, hätte sie gern aus dem Schlummer gerissen, sie schüttelnd herausgerissen, sie jedoch vor allem, sobald sie die Augen aufschlüge, angeschrien, noch in derselben Sekunde, dass er diese dämliche Wohngemeinschaft satthabe, die ihn wach hielt, dass sie sich entscheiden müsse, hier, jetzt (dieses Wort schrie er innerlich – JETZT): entweder Donnell *oder* er, und natürlich wollte er damit sagen: er ohne Donnell, er anstelle von Donnell, ganz einfach nur er, überall, immer, und er wollte außerdem schreien, dass es unerträglich war, wie er manchmal spürte – während er mitten in der Nacht von einem eingebildeten Wolkenkratzer fiel –, dass er es *vielleicht* gar nicht wäre, dass Émilie, würde man sie tatsächlich vor diese Entscheidung stellen, sich möglicherweise nicht für ihn entscheiden könnte.

TANZENDE LICHTER

– *»Ich hatte das Glück, ihm als sehr jungem Mann zu begegnen. Den kennenzulernen, der er wirklich war. Nicht denjenigen, den der Krieg und der Erfolg von Detektiv Carr verkorkst haben.«*
– *»Sie setzen Adrian Dickson Carr mit dem Zweiten Weltkrieg gleich?«*
– *»In Galwins Leben sind das zwei gleichwertige Katastrophen.«*

Auszug aus dem Interview mit Edward Evans
für *The Herald*, Oktober 1986

Der 22. September war so etwas wie ein Jahrestag, nämlich der des Erscheinens von *Bleiche Lippen*. Zu diesem Anlass, und weil sie sich ihrem Ende zuneigten, warteten die Internationalen Studientage für die Teilnehmer mit einem Festabend auf. Es war ein unumstößliches Ritual. In diesem Jahr feierte das Werk seinen vierzigsten Geburtstag.

Als Franck sein Zimmer verließ, begegnete er Jock, der im Speisesaal eine Discokugel und bunte Strahler anbrachte.

»Das ist furchtbar«, sagte Franck und deutete auf die Dekoration. »Ich weiß«, erwiderte Jock. »Was anderes haben diese Idioten nicht verdient.«

Sie hatten sich seit zwei Tagen nicht mehr gesehen. Sie wechselten ein paar nichtssagende Worte, dann ließ Franck Jock verlegen im großen Saal stehen und ging wieder zu Émilie, die den Beginn der heutigen Vorträge ankündigte. Ihr kalter Blick erinnerte ihn an die gestrandete Robbe. Etwas Gefangenes, Totes. Er hörte sich die Vorträge des Tages an, ohne sie zu verstehen.

Nach dem letzten Beitrag verteilten sich die Gäste, statt sich zum Abendessen einzufinden oder artig auf ihre Zimmer zurückzukehren, in der ganzen Schule, je ein Glas in der Hand, auf der Suche nach den verschiedenen Tabletts mit Kanapees. Nur Franck rührte sie nicht an: Er dachte, dass Jock vielleicht draufgespuckt hatte.

Die Feier ähnelte all den anderen Abenden in der ehemaligen Schule, nur dass man diesmal stand, starken Alkohol trank und das Essen über die Räume verteilt war und mit den Fingern gegessen wurde. Vielleicht war eine Feier gar nicht mehr: eine aufgezwungene Form, die sich nur geringfügig vom Gewöhnlichen unterschied, bei der jedoch jeder bereitwillig die Merkmale des Frohsinns anerkannte, ohne ihn tatsächlich zu empfinden. Die Akademiker unterhielten sich weiter über schwierige Themen und naschten dabei. In den Mundwinkeln mischten sich die Krümel von Fleischpasteten mit Zitaten.

»Und Sie glauben nicht an Grainiers Theorie, der

zufolge er mit Evans nicht mehr gesprochen hat, weil der weiter Lorna traf?«

»Ganz und gar nicht, ich finde sie armselig.«

Franck versuchte mehrmals, sich in Émilies Nähe aufzuhalten und ihr zuzulächeln, doch aus seinen Bemühungen erwuchs keinerlei Gespräch. Sie entwischte ihm jedes Mal, als hätte sie seine Anwesenheit gar nicht bemerkt.

»Grainier ist sowieso ein armseliges Subjekt.«

Gegen 22 Uhr dröhnte aus den von Jock aufgestellten Boxen bebende Musik durch die Schule. Unbeirrt hoben die Redner bloß ihre Stimmen.

»Er hat Evans die Freundschaft aufgekündigt, als er begriff, dass Evans' Welt sich von nun an um seine beiden Kinder drehen würde, was, für Donnell, nichts als eine Unterwerfung unter die niedersten Triebe des Lebens bedeuten konnte.«

Franck, der genug davon hatte, wie ein ankerloses Schiff hinter Émilie herzutreiben, ging in den Speisesaal, um nachzusehen, was dort los war. Die Tatsache, dass Alec MacMillan, der Lokaldichter, hinter den Plattentellern stand, ließ ihn einen Augenblick hoffen, die Musikauswahl wäre originell. Er stellte sich Dudelsack über Alphawellen vor oder politischen Rap der Hebriden. Doch offensichtlich mochten selbst zeitgenössische Dichter die Songs ihrer Schulzeit, und Alecs Playlist war stumpf, fröhlich und regressiv. Er startete mit *Simply the Best*, ging dann über zu *What is Love?* (eine hervorragende Frage, fiel Franck auf, deren Antwort bloß ausweichend ausfallen konnte – weniger Antwort als flehende Bitte: *Baby, don't hurt me, don't hurt me no more*). Dann schoss Alec sich auf den Soundtrack von *Dirty Dancing* ein und wich nicht mehr davon ab.

Die tanzenden Lichter verwandelten den Speisesaal in einen hybriden Raum, zwischen videoüberwachter Tiefgarage und Diskothek. Ein paar Teilnehmer der Studientage tanzten; diejenigen, die sich gut mit Alec verstanden. Sie bewegten sich auf der Tanzfläche mit der ganzen Befangenheit von Menschen, die sich in ihren Körpern nicht zu Hause fühlen. Eine Ausnahme bildete Solange: Sie wollte unbedingt zeigen, dass sie in abgeschiedenen, animistisch geprägten Dörfern zu tanzen gelernt hatte, wo man sich für seine Bewegungen nicht schämte. Ihre schweißnasse Stirn glänzte in kindlicher Zufriedenheit.

Franck nahm seinen langsamen Gang von Zimmer zu Zimmer wieder auf, im Spiel der abendlichen Lichter, die die Insel nachzeichneten. Er spürte, dass die Gläser Martini, die er getrunken hatte, der Gesellschaft von Kanapees bedurft hätten. Er stellte sich seinen Bauch wie eine dieser Plastiktüten vor, in denen man Goldfische aus der Zoohandlung trägt – die gleichen Bewegungen, das gleiche Schwappen.

Er hatte Émilie verloren. Sie war nirgends. Das war natürlich ein bisschen erschreckend, durfte aber nicht eingestanden werden. Er ging also langsam weiter und versuchte zu spüren, ob er zu torkeln anfing, und er suchte nach ihr. Er hätte sich nun doch gewünscht, dass Jock da wäre. Oder ein Freund, egal welcher. Doch auf Mirhalay konnte man niemanden anrufen, damit er schnell mal rüberkam und einem beistand. Jock war also die einzige Option. Der Wächter hatte sich sicher in den schalltoten Raum zurückgezogen, statt sich unter die Feiernden zu mischen (»Von ihrem *Heil Donnell* und Konsorten muss ich kotzen«, hatte er zu Franck gesagt). Das war schade. Sie hätten beide weitertrinken können, wie sie es sich inzwischen angewöhnt hatten, und sich über die anderen lustig machen. Jock hätte mit Solange getanzt, während er, Franck, MacMillan an den Plattentellern ablöste. Die Antihelden hätten an diesem Abend groß rauskommen können.

Doch er war ganz allein und musste sich damit begnügen, seine Angst mit starken Schluckbewegungen bis in seinen Plastiktütenbauch hinabzudrängen und ringsum fahles Lächeln auszusenden. Er täuschte über sein Warten hinweg, indem er eine weitere Reihe Nachrichten mit Leïla hin- und herschrieb.

Er fühlte sich schuldig. Erstens, weil er seine Handyflatrate überzog, die fürs Ausland ungeeignet war. Zweitens, weil er spürte, dass es bis zum Flirt nicht mehr weit war. Er fragte sich – manchmal, selten –, ob er eigentlich mit Leïla hätte zusammen sein sollen und nicht mit Émilie. Sie machte vielleicht Rechtschreibfehler, aber sie war lustig, ehrlich, anständig, herzlich, umgänglich. Sie hatte keine Angst davor, nett zu sein, keine Angst davor, die Leute zu lieben. Sie hatte auch keine Angst, grob mit denjenigen umzugehen, die es verdient hatten. Ihr fiel das Zwischenmenschliche niemals schwer.

Ihre Haare ringelten sich um ihren Kopf wie kleine

Tiere, die sich dort zusammenscharten, weil es ein schöner Ort war.

Sie würde nicht nach Cambridge gehen, abgeworben von einem Uniprofessor.

Sie würde nicht einfach von Partys verschwinden.

Es gab viele Gründe, mit Leïla zusammen zu sein.

Er blieb bei einem Gartentisch auf der Schieferterrasse stehen, die von Tamarisken und Rankengewächsen umgeben war, deren Namen er nicht kannte. Auf den dunklen Blättern und den zu schweren Blüten zitterten die kleinen bläulichen Funken von Glühwürmchen und boten eine absurde Schönheit dar, die niemand hier verdiente, in dieser überheblichen und berauschten Welt. Um den Tisch saßen ein paar Leute. Aber nicht Émilie.

»Na, wird da drinnen getanzt?«, fragte Judith Maroon.

Sie wirkte genauso betrunken wie Franck. Er lächelte höflich. »Alec lässt seine Jugend wieder aufleben, glaube ich.«

Sie lachte lauter, als nötig gewesen wäre. Sie trug große bunte Ohrringe und hatte einen grünen Lidstrich gezogen. »Tanzt Martin auch?«, fragte Likiewicz' Studentin. Sie schien bereit, sich augenblicklich zu erheben, falls Franck bejahte.

»Nein«, antwortete er. »Er ist nicht drinnen.«

Als er diese Wörter aussprach, spürte er, wie die Tüte in seinem Bauch heftig durchgeschüttelt wurde. Martin war *auch* nicht drinnen. Die Studentin zog eine enttäuschte Schnute. Judith Maroon beugte sich zu ihm hinüber und fing an, über Musik zu reden, legte ihm dabei die Hand auf den Arm. Franck verabscheute diesen kläglichen Verführungsversuch. Er hätte sie am liebsten harsch zurückgewiesen. Sie an ihr Alter erinnert. An ihre Würde. An die Geringschätzung, mit der sie ihn in nüchternem Zustand behandelte, genau wie die anderen.

»Sie haben uns noch gar nichts von Ihrer Arbeit erzählt«, bemerkte Judith mit einer Kopfbewegung, die ihre blau-goldenen Ohrhänger sanft erzittern ließ, ihr Gesicht wie zwei Grabwächter umrahmend.

»Er ist Arzt«, verkündete Patricia Blacksmith, die am ersten Tag beim Abendessen neben Émilie gesessen hatte.

»Nein!«, erwiderte Franck zu heftig.

Rund um den Tisch fuhren die Leute zusammen.

»Ich bin Krankenpfleger.«

»Das muss spannend sein«, sagte die blau-goldene Judith. »Da müssen Sie spannende Szenen zu sehen kriegen.«

Sie zeigte das Fleischfresserlächeln der Lektorin Donnells, die Tausende Buchseiten an Gewalt und Blut gewöhnt hatten. Franck hätte ihr dieses Lächeln am liebsten aus dem Gesicht gerissen, um es ihr anschließend zu zeigen, damit sie sehen könnte, wie ihre Lippen sich verzerrten, wenn sie an das Leid anderer dachte.

»Ja, spannend«, bekräftigte die alte Verlegerin.

Sie nickten, fanden sonst nichts zu sagen, vielleicht allesamt überzeugt, dass Franck in einem fabelhaften

Universum aus Adrenalin und Wahnsinn lebte. Er spürte, dass diese Menschen seine Arbeit beleidigten, dass sie darin das Gegenteil dessen sahen, was sich eigentlich dort finden sollte: den drohenden Tod anstelle des Lebens, das er jeden Tag mühevoll zu bewahren suchte. Er dachte ein weiteres Mal an den Dieb, der nie wieder aufgewacht war. Und die überall in seinem Körper versickerten Tränen regten sich unter seiner Haut.

»Sie müssen ganz schön was zu sehen kriegen«, wiederholte jemand am Tisch.

Er wusste nicht einmal, wer. Er konnte die Gesichter nicht mehr auseinanderhalten.

»Eines Abends, als ich Dienst in der Notaufnahme hatte«, erzählte er sehr langsam und blickte dabei starr geradeaus, »habe ich eine Frau aufgenommen, der ein Auge fehlte. Man sieht viel Ekelhaftes. Eine Frau mit einem Loch anstelle des linken Auges, das ist nichts Besonderes. Aber diese Frau kam nicht schreiend auf einer Trage rein, in vollem Lauf von Sanitätern geschoben. Sie kam zu Fuß von zu Hause, die Hand vor dem Loch in ihrem Gesicht. Sie hat keinen Krankenwagen gerufen, kein Taxi genommen. Sie ist bis zu dem Krankenhaus gelaufen, an das sie sich erinnert hat. Nicht mal das von ihr aus nächstgelegene. Nur ein ihr bekanntes Krankenhaus, von dem sie wusste, dass es da war. In aller Ruhe, nach dreißig oder vierzig Minuten Fußweg, kommt sie in der Notaufnahme an und hebt die Hand von der Augenhöhle. Es war eine Scherbe darin, aber kein Augapfel. Ich hab es verloren, hat sie gesagt. Und ich konnte mich nicht davon abhalten hineinzusehen.

Als ob etwas daraus hervorbrechen würde. Ich war mir sicher, dass es dort war, tief unten, verkrochen. Ich wusste nicht, was. Wahrscheinlich irgend so eine Schlangenart. Es würde hervorkommen, wie eine abscheuliche Überraschung. Und dann, ganz plötzlich, hatte ich Angst, dass es wirklich hervorbricht, und ich wollte wegsehen, musste mich unbedingt abwenden, aber ich konnte nicht. Leïla musste mich anschubsen, damit ich mich rühre. Ich konnte nicht mehr aufhören, dieses fehlende Auge anzustarren.«

Als er aufgehört hatte zu erzählen, spürte Franck, dass er soeben ein Gleichnis verkündet hatte, dessen Sinn er selbst nicht verstand. Es war ihm peinlich. Niemand am Tisch sagte etwas darauf. Die aus der Discokugel berstenden Lichter fuhren in regelmäßigen Abständen über die Gesichter, malten Ausdrücke darauf, die gar nicht da waren. Sie verloren sich sofort wieder in der Nacht, erfassten auf dem Gartenweg manchmal einen schwarzen Kiesel, der zu glitzern begann. Sie streiften davon, um weit weg auf der Insel zu sterben. Vielleicht nisteten sie sich gar in dem dunklen Winkel ein, in dem, irgendwo, Martin und Émilie verschwunden waren. Franck hätte weinen mögen.

Die anderen, am Tisch, begannen wieder leise eine Unterhaltung, kaum ein Flüstern: *Und Baudrillard?* Franck stand auf. Dabei hätte er viel von Baudrillard gehalten, er hätte just in diesem Augenblick nicht wenige von dessen Ideen zur unbeherrschbaren Gewalt von Überflussgesellschaften geteilt. Doch er hatte ihn nie gelesen.

»Warten Sie«, rief Judith und hielt ihn am Arm fest. »Wo wollen Sie denn einfach so hin?«

»Ich weiß nicht«, erwiderte Franck. Er räusperte sich und versuchte, ohne dass seine Stimme zitterte, zu sagen: »Ich muss Émilie wiederfinden.«

»Nicht, bevor Sie nicht mit mir getanzt haben«, sagte Judith bestimmt.

Er befreite seinen Arm mit einem heftigen Ruck, versuchte, all seinen Abscheu in diese Geste zu legen, doch sie lächelte ihn weiter lieblich an. Er konnte seinen Vorsatz nicht einhalten. Er hatte wirklich keinen Funken Bosheit in sich, sah er resigniert ein.

Sie zog ihn auf die Tanzfläche.

Alec schwenkte langsam eine Sektflasche durch die Luft, die ihm auf den Arm tropfte, was ihn jedoch nicht weiter zu kümmern schien. Die Studenten der Universität Edinburgh tanzten wild, was vermutlich der eigentliche Grund gewesen war, sie zu den Studientagen einzuladen.

Judith nahm Francks Hand und begann sich zu drehen, sobald sie die Saalmitte erreichten.

»Tut mir leid, dass ich Sie so genötigt habe«, flüsterte sie ihm zu und kicherte wie ein junges Mädchen, »aber wenn ich zu Hause bin, tanze ich nie.«

»Aha«, erwiderte er.

»Eine sechzigjährige Frau, die tanzt, ist offenbar grotesk. Deshalb nutze ich meine Reisen dazu.«

Franck lächelte sie an.

»Das gilt auch hierfür«, ergänzte Judith und hob das Glas, das sie seit Verlassen der Terrasse nicht losgelassen hatte, zwischen sich und Franck. Sie ließ die Eiswürfel klirren und leerte es dann in einem Zug.

Franck dachte, dass er sie eigentlich ganz nett fand. Sie tanzten lachend mehrere Minuten lang, warfen Arme und Beine gewagt in alle Richtungen. Der Schweiß lief ihnen über den Nacken und malte große, dunkle Flecken auf ihre Kleidung. Sie wussten, dass sie albern waren – und vermutlich unschön anzusehen –, aber sie machten sich beide darüber lustig.

Dann grub Alec ein unwahrscheinliches Liebeslied aus, Whitney Houston oder Mariah Carey, Franck wusste es nicht genau. Die Studenten pfiffen. Franck ließ Judiths Hand los und gab ihr ein Zeichen, dass ihm das zu viel wurde. »Oh, nein, nein, nein«, sagte sie.

Sie legte ihm die Arme um den Hals, und sie begannen, langsam wieder zu tanzen. Sie grinsten weiter wie zwei Honigkuchenpferde, als hätte sich nichts geändert und als handelte es sich noch immer um eine vollkommen unschuldige Ausgelassenheit. Doch sie waren sich ein wenig zu nahe, um gänzlich davon überzeugt zu sein. Franck spürte Judiths runden Bauch gegen seinen drücken, und wenn er atmete, bewegten sich vor seinen Augen die feinen Härchen in ihrem Nacken. Er merkte, dass er eine Erektion bekam, wollte zurückweichen, fand in Judiths Armen keinerlei Spielraum dazu und geriet in Panik. Kurz setzte er die falsche Miene derer auf, die so taten, als wäre alles in Ordnung – die Mundwinkel allzu entspannt, der Blick allzu lässig –, dann sah er ihr in die Augen und erkannte, dass sie es auch gespürt hatte. Sie waren durch ihre jeweiligen Kleidungsschichten voneinander getrennt, und dennoch hatte Franck, in genau diesem Moment, den Eindruck, dass sein Penis nicht präsenter hätte sein können, wäre er vollkommen nackt und allen Blicken ausgesetzt gewesen. Sie dachten beide gerade jetzt an seinen Penis. Und die schlichte Tatsache, dass Franck dabei im Geiste das Wort Penis verwendete, gab ihm das Gefühl, ein bei einem Vergehen ertapptes Kind zu sein oder ein Patient aus dem Krankenhaus.

Er ließ Judith überstürzt auf der Tanzfläche stehen. Er rannte fast aus dem Saal. Hinter sich vernahm er ihr mädchenhaftes Lachen. Sie amüsierte sich köstlich, wenn sie auf Reisen ging.

Er konnte nicht geradeaus gehen. Die Angst blähte ihm das Herz wie einen dämlichen Ballon, der in seiner Brust aufzusteigen versuchte und die Rippenbögen Paar für Paar in Unordnung brachte, während er an Zentimetern hinzugewann. Franck erreichte, ohne sich dessen bewusst zu sein, den nördlichen Teil der Insel und die Fahrrinne. Er wurde von diesem Ort angezogen, wo das Blut der Robbe sich mit dem Wasser vermischt hatte. Es war auch der Ort, an dem er hier angekommen war, an dem er erstmals einen Fuß auf Mirhalay gesetzt hatte. Er hätte gern das kleine Motorboot vorgefunden, dort vertäut und auf ihn wartend, und wäre, ohne zu überlegen, fortgefahren, hätte sie alle hinter sich gelassen. Doch unten, in dem Rund aus Sand und der Lagune, gab es weder Geräusche noch Licht. Er steckte hier fest.

Er stieg mit Mühe die kleine Treppe hinunter. Auf den abgerundeten Stufen kam er ins Rutschen, fiel mehrere Male fast hin. In der Nähe der Ruderboote entdeckte er Jocks Silhouette. Erleichtert dachte er, dass dies der Moment war, um die Whiskyflaschen des Wächters zu leeren. Die Flaschen zu leeren und an einem windigen Strand einzuschlafen, während man den Schauergeschichten lauschte, die Jock zu erzählen wusste. Sich ohne jede Zurückhaltung wehzutun.

Doch als er den Fuß der Treppe erreichte, die zum Fahrwasser führte, war es gar nicht Jock. Es war Martin Stafford mit Émilie.

Im Moment der Detonation endet jedes Geräusch. Da kann man jeden Kriegstraumatisierten fragen. In dem Moment, in dem das Geräusch am lautesten ist, verschwindet es. Das Gehirn ist nicht mehr fähig, all die Informationen aus der Außenwelt zu verarbeiten. Es unterbricht sie. Franck hatte diese Erfahrung schon mehrmals gemacht. Beim Tod seines Vaters. Als ihn ein Auto vom Rad gerissen hatte. Manchmal während seiner Dienste.

Als das Geräusch der Welt beim Anblick von Martin und Émilie unvermittelt abbrach, war er zugleich angsterfüllt und beruhigt, dass das Grauen diese vertraute Gestalt annahm. Sein Gehirn gab ihm zu verstehen, dass es sich vor dem Schmerz schützte, und in diesem Gedanken lag etwas Tröstliches.

Erst dann wurde ihm klar, dass sich zusätzlich zum Klang auch seine Sicht veränderte. Die Dinge entfernten sich unter seinen Augen von sich selbst und offenbarten grauenhafte Gräben zwischen sich, ein furchterregendes Klaffen. Die aus der Mitte und von den Seiten her anwachsende Schwärze war nicht die der Nacht, eine Schwärze voll von all den Dingen, die man nicht in ihr erkennen konnte; es war die Schwärze der Abwesenheit an sich, die Schwärze des Nichts, eine Schwärze, die – auch wenn das Licht zurückkehrte – leer bleiben würde. Und im Inneren seines Brustkorbs schienen die Organe zu Krümeln zu zerfallen.

Die objektive Welt existiert nicht. Wir erproben dort lediglich eine Abfolge persönlicher Wahrnehmungen. Und wenn das Ich so stark angegriffen ist, dass es nicht länger wahrnehmen kann, dann ist es die Welt, die zusammenstürzt. Das ist kein Sinnbild. Es gibt nicht auf der einen Seite einen Menschen mit gebrochenem Herzen, der glaubt, nicht begreifen zu können, wie ihm geschieht, und auf der anderen Seite eine objektive, ganz wirkliche Welt, die darauf wartet, dass er wieder zur Ruhe kommt, um ihm zu zeigen, dass sie immer noch da ist, um zu flüstern: »Siehst du, alles ist gut. Ich bin's, die Welt. Ich war während deines Taumels immerzu an deiner Seite.« Nein. Im Moment der Detonation verschwindet die gesamte Welt, weil es keine Instanzen gibt, die sie erfassen könnten.

Und das erlebte Franck. Er stellte fest, dass Émilies Körper vermischt mit dem eines anderen ausreichte, damit die Dinge nicht länger waren, es kein Sein mehr gab, Chaos einsetzte. Der Schmerz fraß nicht nur die Geräusche. Er fraß auch die fünf Kontinente, die Ozeane, die Klimazonen, das magere Packeis, die Fauna, die Flora und die Insektenvölker, die sich doch so gut unter der Erde verbargen, dass sie dem Schmerz hätten entkommen müssen.

Es blieb nichts mehr übrig, an dem man sich festhalten konnte.

ÜBER BEGEHREN

»Er aber war ein Prophet / ein Magier ohne Meute / ein Wahnsinniger und ein Wütender. / Er gebar einen Schrei / AUF-DASS-DER-WIND-IHN-ZERSTREUE / und der Wind riss ihn frei.«

Conrad Nolan, »Donnell«,
vom Album *Falschaussagen nach Allerseelen*

Er wollte nicht, dass sie fortging. Er konnte ohne sie nicht leben. Und manchmal fragte er sich, ob es Liebe war oder ob er zu einem Leben ohne Émilie ganz einfach nicht imstande war. Als wären sie schon immer zusammen gewesen.

Er war selbst schuld: Als er sich in sie verliebt hatte, hatte er versucht, alle Erinnerungen an die Zeit vor ihrer Ankunft auszulöschen. Es schien ihm falsch, vor ihr gelebt zu haben. Und es war ihm derart gut gelungen, dass die Aussicht auf ihre Trennung ihn nunmehr zugrunde zu richten schien. Er hatte vor Émilie nicht existiert. Ohne sie war er ein Niemand.

Ihm war kalt. Es war ein Irrtum gewesen, zu glauben, dass die Dämmung des schalltoten Raums die Wärme halten würde. Ihm war kalt, und er fühlte sich in der künstlichen Stille des kleinen Hauses sehr allein. Er hatte das Gefühl, ein jugendlicher Ausreißer zu sein, der feststellen muss, dass er allein nicht zurechtkommt, und nur noch davon träumt, wieder in seinem Bett zu liegen.

Doch er konnte nicht im selben Zimmer bleiben wie Émilie, nachdem die Welt in sich zusammengestürzt war. Er war vom Strand weggerannt. Er wusste, dass sie ihn hatten fortlaufen sehen. Sie hatte sogar nach ihm gerufen. Er war weitergerannt, ohne sich umzudrehen.

Gegenwärtig versuchte er tapfer, das Bild zurückzudrängen, das ihm unaufhörlich in den Sinn kam, von Stafford, der die an ein Ruderboot gelehnte Émilie küsste. Oder besser gesagt, kämpfte er weniger gegen das Bild selbst an – zu ausschnitthaft und zu verschwommen, als dass es ihn hätte verletzen können – als gegen die Versuchung, dieses Bild zu *vervollständigen,* das im Schatten Liegende zu erhellen, die genauen Positionen der Hände zu bestimmen, die Finger in Bewegung zu versetzen und sogar eine Tonspur aus Stöhnen, Versprechungen und Unterwerfung zu unterlegen, sodass der Kuss völlig pornografisch zu werden drohte, wenn Franck seine Fantasie nicht zügelte.

Er fragte sich, ob sie seinen Aufbruch ausgenutzt hatte, um mit Stafford auf dessen Zimmer zu gehen, oder ob die Vorkommnisse ihnen beiden eine Art Trauerzeit auferlegten, in der es sich nicht geschickt hätte, ihre Beziehung fortzusetzen. Hatte sie ihn wenigstens gesucht? Ihm wurde bewusst, dass er an sie nicht länger als an einen vertrauten Menschen denken konnte – dieselbe Frau, von der er, nach acht Jahren Beziehung, hatte sagen können: *Ich kenne sie in- und auswendig.*

Jock hatte ihm geholfen, eine Matratze in den schalltoten Raum zu schaffen. Franck hielt das Schaumstoffrechteck bloß mit den Fingerspitzen und ließ es regelmäßig ins Heidekraut fallen. Seit der Detonation hatte er nicht aufgehört zu zittern. Dieses Zittern wanderte von einem Teil seines Körpers zum nächsten, aber es endete nicht.

»Man sollte sie ersäufen, diese ganzen Donnell-Fans«, hatte Jock gesagt, während er unter der Matratze ächzte.

»Nein«, erwiderte Franck, der, trotz des Wanderzitterns und der Tränen, einen Sinn fürs rechte Maß besaß.

»Doch«, beharrte Jock.

Er hatte Franck gefragt, ob er bei ihm bleiben solle. In seinem Blick lag eine beinahe mütterliche Fürsorge, eine erstaunliche Zartheit. Franck hatte das Angebot abgelehnt. Er wollte nicht, dass man ihn so sah. Er spürte, dass er in bisher nie kartografierte Untiefen vordringen würde.

»Man müsste …«, hatte Jock noch einmal angesetzt, unmittelbar, bevor er den schalltoten Raum verließ.

Doch Franck schob ihn sanft nach draußen, wollte nichts hören.

»Jedenfalls werden die schon sehen!«, hatte der

Wächter gerufen, während sich die Tür hinter ihm schloss. »Oh ja, das werden sie!«

In seiner Stimme lag ein hysterischer Knacks, der Franck zusammenzucken ließ. Doch er war zu erschöpft und zu unglücklich, um an Jock zu denken.

Niedergeschlagen auf der Matratze, mit dem Rücken am Schaumstoff der schalltoten Kammer reibend, wiederholte er sich krankhaft, dass alles, was gerade geschah, normal sei und dass Martin Stafford für Émilie eine sehr viel bessere Wahl sei als er selbst. Ihre sonderbare Ähnlichkeit war ein Beweis dafür. Letztlich hatten sie die Zeichen beherzigt, die das Universum ihnen sandte, und er, Franck, kam nicht dagegen an.

»Wir waren eben nicht füreinander geschaffen, das ist alles«, murmelte er und schrumpfte noch weiter in sich zusammen.

Ihm war nicht bewusst, dass er sich bereits eine *Geschichte* ihrer Trennung zurechtlegte, die in nichts dem traumatischen Ereignis glich, das er soeben erlebt hatte, die ihn kein bisschen heilen würde, die er anderen jedoch erzählen könnte.

»Das ist alles …«

Franck versuchte, der zerbröselten Welt wieder eine annehmbare Form zu geben, einen Anschein von Logik. Er wollte die Dinge in Ruhe durchdenken. Doch trotz all seiner Bemühungen wurde er hin zu einer Region des Wahns und des Entsetzens gesogen, die sich jeglichen Sätzen verweigerte, die er bilden konnte, die sich einzig in Form unvollständiger und widersprüchlicher Bruchstücke zeigte und deren Existenz tief in seinem Inneren Franck niemals vermutet hätte.

Die Traurigkeit erklomm nach und nach seine Gedanken, verschonte keinen einzigen. Nun war er aber nicht für die Traurigkeit gemacht. Das wusste er, das spürte er. Er gehörte nicht zu den Menschen, die das Leid vergrößern oder verherrlichen. Er gehörte zu jenen, die ihm möglichst keine Beachtung schenkten. Darum hatte er sich sein ganzes Leben lang bemüht. Sein Gesicht, sein Lächeln, die bedenkliche Sturheit, mit der sein Bart sich zu wachsen weigerte, die absolute Normbreite seines Brustkorbs und vor allem sein Vorname – warum hatte er versucht, seiner wahren Identität zu entkommen? Er *war* sein Vorname! – alles an ihm verhieß banale Seelenruhe, bestehend aus mittelmäßigen Glücksmomenten und unbedeutender Traurigkeit. Er fühlte sich wohl auf Grillpartys im August und in städtischen Schwimmbädern, auf Weinfesten zur Zeit des Beaujolais nouveau und wenn er Freunden beim Umzug half, er fühlte sich wohl bei Abendessen im Restaurant anlässlich einer Geburtstagsfeier und sonntags abends am Telefon beim Sushi-Bestellen, er fühlte sich wohl in den Sälen von Multiplexkinos am Tag, wenn ein neuer Film herauskam. Auf Elternabenden und bei Schulausflügen zu römischen Ruinen hätte er brilliert. Aber nein, nein, für diesen grauenhaften Schmerz, der kurz davor schien, ihn zu zerrütten, war er nicht geschaffen. Er hätte sich niemals verlieben dürfen.

So delirierte Franck auf dem Boden des schalltoten Raums vor sich hin.

Die Situation wäre noch schwieriger für ihn gewesen, hätte er begriffen, dass er sich – trotz all seiner Bemühungen, sich selbst zu überzeugen, Émilies Schwäche für Stafford wäre vollkommen gerechtfertigt – einfach nur im Irrtum festfuhr. Er täuschte sich darin, zu glauben, dass Martin Stafford ihm gegenüber im Vorteil war aufgrund:

1. seines Namens
2. seines Intellekts
3. seiner Unistelle.

Keine dieser Gegebenheiten hatte Émilie Stafford in die Arme getrieben. Was sie betörte, war das Begehren, das er für sie zeigte. Sie hatte jahrelang auf der Notwendigkeit von Respekt, gegenseitigem Einvernehmen und wechselseitiger Bewunderung in einer Beziehung bestanden. Sie hatte ihre Sache so gut gemacht, dass man sie niemals offen begehrt hatte. Man rühmte ihren Esprit, ihren Humor, ihre besondere Art, absurde und bissige Theorien aufzustellen, man sprach von der Tiefgründigkeit ihrer Augen.

Und Martin Stafford hätte seinerseits auf dieses Spiel einsteigen und seine Neigung durch eine Abfolge wohlbekannter gesellschaftlicher Verfahren verschleiern können. Doch er tat es nicht. Und Émilie erblickte in diesem Begehren eine so schonungslose Aufrichtigkeit, dass sie sich ihm beugte, sich einer Sache beugte, von der sie doch stets geglaubt hatte, sie *nicht zu wollen*. Es kam ihr vor, als würde ihr dieses Begehren unbekannte Regionen ihrer selbst enthüllen, die Kraft ihres Körpers, den Eigenwillen des Bauchs, die staunenswerte Oberfläche, die von ihrer Haut bedeckt wurde. Was sie als Affront hätte empfinden müssen – wovon Franck glaubte, dass sie es todsicher als Affront empfände –, war eine Entdeckung. Und sie errötete immer mehr, konnte diesem aufrichtigen Begehren nicht widerstehen, das Stafford ihr erwies, ebenso drastisch und faszinierend wie eine vor ihr zur Schau gestellte Erektion.

DER DÄMON DER TRAURIGKEIT

Studientage – Solange Théveneau

»*Das Schweigen der Emily Rose* ist der erste Roman, den Donnell hier, auf Mirhalay, nach seiner Scheidung geschrieben hat. Zusammen mit den beiden folgenden bildet er die Schaffensphase, die Helen Wright in ihrem Werk als ›*Lorna mourning*‹ bezeichnet, die Trauerphase.

Emily Rose ist das Buch, mit dem der Autor seine Lehrjahre der Grausamkeit abdient, indem er seinen Helden dem Verlust aussetzt. Bis dahin ist Carr eindeutig eine leidende Figur, aber er hat nichts zu verlieren, weil er nichts besitzt. Er *ist* der Mangel. All das ändert sich nun jedoch durch die Begegnung mit Emily Rose, einer jungen, verlorenen und sich in Selbstverstümmelung übenden Frau, in die der Detektiv sich verliebt.

Indem Donnell sich auf die Parallele der Sucht stützt, unter der beide Figuren leiden (sie nach dem Schmerz, er nach Sex), behandelt er Carrs Problem erstmals als echte Krankheit. Zuvor ist die Sexsucht allerhöchstens ein Erzählverfahren, das den Detektiv von den Normalsterblichen unterscheidet und das Donnell erlaubt, versaute Passagen zu schreiben, an denen er ganz offensichtlich größtes Vergnügen hat. Doch in *Emily Rose* zeigt sich zum ersten Mal das Grauen von Adrian Dickson Carrs Zustand: die Einsamkeit, der Mangel, den die Vernunft nicht lindern kann, der Selbsthass, die Monotonie des ständig wiederholten Geschlechtsakts, das schlaffe Geräusch von Hoden, die gegen fremde Hintern klatschen, und die Kälte, die trotz der Nähe der Haut, trotz Schweiß und Anstrengung bestehen bleibt. Während seiner ersten Monate auf der Insel liest Galwin Donnell erneut Beckett, und man erkennt deutlich den Einfluss des Autors von *Godot* (aber vor allem von *Erste Liebe*) in Donnells neuer Art, Sex als tristes Ineinanderschieben von Röhren und Öffnungen seltsamer Maschinen zu beschreiben, die keinerlei Begehren mehr erwärmt.«

»Ich habe schon immer gefunden«, flüsterte Judith Maroon Émilie zu, »dass Solange das Halten eines Vortrags mit einem Pastiche verwechselt.« Sie lachte leise. »Über Donnell zu sprechen, interessiert sie im Grunde nicht. Sie will lieber zeigen, dass sie so sprechen kann wie er.«

Da sie keine Antwort erhielt, drehte sie sich zur Seite und musterte ihre Sitznachbarin. Die junge Frau war ungewöhnlich blass. Judith ließ es dabei bewenden.

»Über mehrere Monate«, fuhr Théveneau unbeirrt fort, »bemühen sich Emily Rose und Adrian beide, ›normal‹ zu werden. Dieses Wort, das im Roman dreiundzwanzig Mal vorkommt, hat für sie überhaupt nichts

Entwürdigendes, im Gegenteil. Die Norm erscheint als eine Art Zauber, eine Rettung oder gar als Heil. Es ist äußerst rührend, wenn man sich den bukolischen, elegischen Stil ansieht, den der Autor zur Erörterung des Lebens dieser beiden Wesen einsetzt, verloren inmitten einer Megastadt, die dem Universum Vergils doch kaum ferner sein könnte, ein Alltagsleben, das nach und nach gegen ihre Traumata und ihre früheren, selbstschädigenden Existenzen zurückerobert wird. In *Emily Rose* schreibt Galwin Donnell (der damals an die fünfzig ist und gerade die Liebe seines Lebens verloren hat) Adrian Dickson Carr auch erstmals den Wunsch zu, eine Familie zu gründen. Die Szene, in der Carr die vor dem laufenden Fernseher eingeschlafene Emily betrachtet, sie sich plötzlich von ihm schwanger vorstellt und vor Freude zu weinen beginnt, ist eine der *empfindsamsten*, die Donnell je geschrieben hat. Er schildert dort, mit beängstigender Präzision, das paradoxe Gefühl Carrs, dass es zum Glücklichsein nunmehr zu spät ist, obwohl das Glück endlich zum Greifen nah scheint. Der Detektiv hat recht, all dem nicht zu trauen: Alles, was Donnell ihm in diesem Roman anbietet, dient nur dazu, dass man es ihm anschließend umso besser wieder entreißen kann. Eines Abends, Sie werden sich erinnern, kehrt Adrian Dickson Carr nicht zu Emily Rose zurück. Er macht halt in einer Bar und unterhält sich mit einer rothaarigen Frau, die er von der Straße aus entdeckt hat. Als es ihm schließlich gelingt, sich ihrer Anziehungskraft zu entziehen, triumphierend und stolz, rennt er beinahe bis zu Emilys kleiner Wohnung, doch es ist zu spät. Emily hat sich umgebracht. Sie hat in seinem Fortbleiben den Beweis dafür gesehen, dass Menschen wie sie beide niemals geheilt werden. Er findet sie ausgestreckt auf dem Sofa, umgeben von Medikamentenschachteln, den Körper von schiefen Schnitten durchritzt. Carr setzt sich neben sie – fast wie in der Nacht ihrer ersten Begegnung – und wartet auf den Tagesanbruch, in der absurden Hoffnung, dass sie bei Licht wieder zum Leben erwachen wird. Doch Emily ist tot.«

»Herr im Himmel«, konnte Judith sich das Murren nicht verkneifen, »will sie uns den ganzen Roman nacherzählen?«

»Haben Sie zufällig ein Taschentuch?«, fragte Émilie statt einer Antwort.

Judith zog eine Packung aus ihrer Handtasche hervor und scherte sich nicht um das Geraschel, das sie verursachte.

»Auf den folgenden Seiten sehen wir dann die Traurigkeit ausbrechen«, verkündete Solange Théveneau und hob die Stimme, »nicht in Gestalt eines Gefühls, sondern als eigene Wesenheit, mit eigener Kraft und eigenem Willen, darin mit einem Dämon vergleichbar. Galwin Donnell lässt die Krimihandlung hinter sich, die dem ersten Teil des Romans unterlegt war, und widmet sich einer besonderen Übung: Während eines ganzen Kapitels beschreibt er minutiös das Aufwachen Adrian Dickson Carrs im Verlauf des Monats, der auf den Tod von Emily Rose folgt. Allmorgendlich kämpft der Detektiv, um angesichts seines eigenen Schmerzes zu erwachen (bei Donnell sind die Begriffe ›Schmerz‹ und

›Traurigkeit‹ austauschbar). Der Kampf – wenngleich innerlich – ist von außergewöhnlicher Gewalttätigkeit; sogar die Schießereien aus *Die Zeit der Toten* erreichen nicht die Intensität dieses Kapitels. Bei Donnell scheint die Traurigkeit zu wissen, wie sie die Träume unterbrechen muss, um als Erste die Augen aufzuschlagen; die Traurigkeit kann lange Metallfinger zwischen die Rippen schieben und mit dem Herzen spielen, das zu entschwinden versucht. Die Traurigkeit öffnet das Gedärm, auf dass sich dessen Inhalt ausbreitet und das Blut von ekelhaften Exkrementen vergiftet wird. Die Traurigkeit ist die in den Bauch erhaltene Kugel, das zerfetzte Gewebe und die daraus folgenden Blutungen. Die Traurigkeit ist eine Kastration ohne Narkose und ohne Naht, das blutige Fehlen der Organe.«

Émilie biss die Zähne zusammen, um ihren Brechreiz zu unterdrücken. Sie fragte sich, ob sie gleich den Saal würde verlassen müssen. »Das Kapitel hat dreißig Absätze«, rief Théveneau dem Publikum in Erinnerung, »einen für jeden Morgen des Monats, und zusammen bilden sie die Bilanz des alltäglichen Kampfes. Falls es Adrian gelingt, als Erster zu erwachen, ist etwas möglich: aufstehen, essen, vielleicht sogar rausgehen und die Zeitung holen. Doch wenn die Traurigkeit vor ihm erwacht, wenn sie ihn trifft, noch bevor er weiß, wer er ist, bevor er sich an Ort und Datum erinnert, dann ist es ein entsetzlicher Krampf. Es ist, als würde sich sein eigenes Sein in sich zusammenkrümmen. Und Adrian Dickson Carr, in jenem Zustand, in dem er nicht einmal weiß, dass er Adrian Dickson Carr ist, weint mit heftigen, heiseren Lauten. Ohne Scham. Weil er sich noch nicht daran erinnert, dass er ein Mann ist, ein ehemaliger Polizist, eine Legende des Abschaums. Er ist dem Schmerz ganz und gar ausgeliefert. Kein Zentimeter seines Körpers ist davor sicher.«

UNZUSAMMEN-HÄNGENDE MOMENTE MIT TAGEBUCH

»Es ist schon eigenartig, wenn man es bedenkt: Ein Mann, dessen Beruf es ist, sich mit der Verbrecherwelt zu beschäftigen und deren schrecklichste Übergriffe zu erfassen, meint – zwanzig Jahre nach seiner Scheidung – noch immer, dass der Verrat einer Frau der reinste Ausdruck des Bösen ist.«

Arthur Revan,
Die letzten Tage Galwin Donnells

Franck wusste nicht mehr, seit wie vielen Tagen (oder waren es sehr lange Stunden?) er sich schon im schalltoten Raum befand. Er versuchte, immerfort zu schlafen, um die Stimmen in seinem Kopf zum Schweigen zu bringen, doch er schaffte es nicht, *die ganze Zeit* zu schlafen. Es gab immer wieder Wachphasen, sehr unangenehme.

In seinen halbbewussten Zuständen war es ihm, als

regnete es draußen in Strömen. Manchmal hörte er ganz in der Nähe Jocks Stimme, doch er war sich nicht sicher, ob der Wächter sich wirklich neben ihm befand, im Dunkeln. Falls er da war, schien er an Francks Schweigen keinen Anstoß zu nehmen und redete allein, ohne Unterlass. In seinem Monolog kamen immer wieder die Internationalen Studientage vor, die er für all ihr Unglück verantwortlich machte, und seine Stimme klang erhitzt oder, im Gegenteil, wurde kalt und hart. Die Vorstellung, dass die Studientage wenige Hundert Meter vom schalltoten Raum entfernt weitergingen, war Franck unerträglich, und er versuchte jedes Mal wieder einzuschlafen, wenn sie ihm in den Sinn kam. Manchmal schlug er seinen Kopf gegen den Boden und hoffte, bewusstlos zu werden.

Manchmal streckte Franck auch die Hand nach einer Whiskyflasche neben seiner Matratze aus, die stets voll war. Vielleicht der Beweis, dass Jock tatsächlich nach ihm sah und bei jedem Besuch dieses immer gleiche Geschenk mitbrachte.

Manchmal ging Franck nach draußen, um aufs Heidekraut zu pinkeln. Er versuchte, die Augen möglichst geschlossen zu halten, um sich nicht eingestehen zu müssen, dass er aufgewacht war. Er war es.

Einmal kam es ihm so vor, als erblickte er die Robbe Donnell, der sie ins Meer gefolgt waren, er und Émilie. Das Tier hielt sich in einer Ecke des schalltoten Raums auf und schälte sich langsam aus seiner Haut.

Manchmal glaubte Franck, vor Traurigkeit sterben zu müssen.

Seine unzusammenhängenden Gedanken ähnelten sich schließlich im Schlafen und im Wachen. Sie waren so wirr und so wiederkehrend, dass er sich sogar im Schlaf ermahnte, noch tiefer in die Bewusstlosigkeit zu sinken, eine verborgene Schicht des Schlafs zu erreichen, in der nichts mehr Bestand hätte, weder Wort noch Bild, und wo er endlich zur Ruhe fände. Die Gedanken drehten sich allesamt darum, was Émilie in diesem Augenblick empfinden mochte. Franck führte an Émilies Stelle für sie Tagebuch. Er lebte ständig mit einer Stimme in seinem Kopf, die nicht wirklich Émilies Stimme war, sondern Émilies Stimme, wie Franck sie sich vorstellte. Eine Art Ungeheuerlichkeit.

Tagebuch von Émilie
(wie Franck es sich vorstellt)

Ich liebe Franck nicht. Ich habe ihn nie geliebt.

Ich habe vielleicht Freundschaft für ihn empfunden. Oder Mitleid – er ist ein netter Kerl. Aber geliebt habe ich ihn nie.

Mitleid und ein bisschen Scham (seine Art zu reden, seine Art zu essen, die komische Stellung seiner Eckzähne). Das habe ich acht Jahre lang für Liebe gehalten.

Wenn ich weniger mit meiner Arbeit beschäftigt gewesen wäre, vielleicht hätte ich dann schon viel früher gemerkt, dass es keine Liebe ist – keine Liebe *sein kann*. Oft kam mir sein Gesicht dermaßen absurd vor, dass ich am liebsten losgelacht hätte.

Ich könnte in dreißig Sekunden eine Liste all der Männer erstellen, die ich mehr begehrt habe als Franck. Sexuell gesehen, war diese Beziehung schon immer, geben wir es doch zu, eine *Vollkatastrophe*. Er hat nie …

Beruhig dich, Franck, beruhig dich, versuch zu schlafen.

Tagebuch von Émilie, Teil 2

Es gab auch gute Momente. Es wäre unehrlich, das zu leugnen.

Es gab sogar Liebe. Zumindest sehr viel Zärtlichkeit.

Nichts, was jetzt passiert, kann das Schöne zerstören, das es zwischen Franck und mir in den letzten acht Jahren gegeben hat.

Er hat mir vieles beigebracht.

Wir sind aneinander gewachsen.

Es ist niemandes Schuld, erst recht nicht seine, wenn die Liebe vergeht.

Im Moment der Trennung endet nichts. Wir bleiben verbunden. Wir bleiben zärtlich. Das hoffe ich.

Was sich ändert, ist nur *eine* Form des Zusammenseins – eine Form, die, geben wir es doch zu, in sexueller Hinsicht schon immer eine Vollkatastrophe war und …

Scheiße, hör auf damit, Franck, beruhig dich und schlaf. Soll man in einem solchen Moment wirklich schlafen können? Wie machen das die anderen? Ich werde an Schlafmangel sterben, wenn ich nicht einschlafe. Vielleicht sollte ich Beruhigungsmittel nehmen. Vielleicht werde ich zu einem Zombie auf Tranquilizern, der Alkohol und Medikamente mischt. Ich werde ekstatische und extrem depressive Phasen haben. Die Leute werden sagen: »Der arme Franck.« Aber immerhin werden sie mich seltener zu Gesicht kriegen. Schlaf jetzt. Versuch zu schlafen. Aber vielleicht schlafe ich ja schon? Hat Galwin Donnell etwa geschlafen, auf dieser Scheißinsel, nach seiner Scheidung? Auf den Schutzumschlägen seiner Bücher sieht er nicht wie jemand aus, der gut schläft. Hat er sich deshalb ertränkt? Heißt das, ich werde von einem unbezwingbaren Todeswunsch ergriffen werden? Oh nein. Nein. Ich will mich nicht umbringen wollen. Das würde meine Mutter mir nie verzeihen. Beruhig dich, Franck, beruhig dich. Du wirst nicht, urplötzlich, beschließen, aufzustehen und ins Wasser zu gehen, obwohl du es gar nicht willst. So funktioniert das nicht.

Und was weißt du bitte davon?

Um sich zu beruhigen, versuchte Franck, sich jede einzelne Welle, die Mirhalay vom Festland trennte, bildlich vorzustellen und zu zählen. Und auf jeder Welle die Möwen oder Algen wie schwarze Perlen, die darüberglitten.

Manchmal sagte sich Franck, dass er aufstehen und zur Schule zurückkehren sollte. Dass er es früher oder später ohnehin tun musste, und sei es nur, um die Insel zu verlassen. Und dann, einen Augenblick später, sagte er sich, dass das wirklich *Allerletzte*, worauf er jetzt Lust hatte, eine Rückkehr zur Schule war, und er schlief wieder ein, um keine Entscheidung treffen zu müssen.

Manchmal glaubte Franck, vor Traurigkeit sterben zu müssen. Dazu kam es nie.

REMINISZENZ

Studientage – Patricia Blacksmith

M. M.: Patricia ist immer so mitreißend, wenn sie von der Verlagswelt gegen Ende des Krieges erzählt. Total mitreißend. Ich könnte ihr stundenlang zuhören.
J. M.: Was sie über die Angry Young Men gesagt hat …
S. T.: In sechzig Jahren haben sich die Dinge so rasend schnell verändert. Es ist unglaublich. Das zwanzigste Jahrhundert wirkt eigentlich wie mehrere verdichtete Jahrhunderte hintereinander.
M. M.: Die Zeit vergeht heute schneller.
S. T.: Jemand einen Kaffee?
A. R.: Danke. Die Zeit vergeht zu rasch, als dass wir ihrem Verlauf folgen könnten. Ab jetzt müssen wir uns neue Daten *im Nachhinein* vergegenwärtigen.
J. M.: Wir leben in einer Welt der Daten, ja. Wer kann heute noch sicher sagen, dass etwas tatsächlich geschehen ist? Hat das Wort *Zeitzeuge* noch irgendeine Bedeutung, wo wir doch, in Wahrheit, nichts weiter sind als Bildschirmglotzer? Das frage ich mich.
S. T.: Die Zeit vergeht zu rasch, als dass wir aus der Geschichte lernen könnten, und ich schließe mich da völ-

lig mit ein, ich bin die Erste, die daran scheitert. Es ist erschreckend.

A. R.: Ist Ihnen nicht wohl, Mademoiselle Perret?

J. M.: Alles in Ordnung, Émilie?

S. T.: Émilie …?

AUSZÜGE AUS DEM VORWORT

ZU *DIE BRÜCKE DER AALE*
George Barney
(Jubiläumsausgabe von 2006)

Auf meinem Schreibtisch lag die erste Hälfte der *Brücke*, von der Galwin mir regelmäßig Kapitel zuschickte, und angesichts dieses Anfangs wusste ich, dass es sich um sein Meisterwerk handelte. Es ähnelte keinem einzigen Manuskript, das mir bis dahin untergekommen war.

Ich war der Meinung, dass dieser Roman eine neue Ära in seinem Schreiben einläuten würde (und dass er darüber hinaus vermutlich der Kriminalliteratur insgesamt neue Wege eröffnen würde), und ich freute mich bereits auf die Fortsetzung. Ich ahnte nicht, dass das genaue Gegenteil eintreten würde, dass nach der *Brücke* nichts mehr käme und dass die Schublade, in der ich die Seiten so oft verstaut hatte, die mich aus Mirhalay erreichten und mir den Schlaf zu rauben vermochten, keinen einzigen Text von Galwin Donnell mehr aufnehmen würde.

[…]

Als ich die Schachtel öffnete, die Martin Stafford mir gegen Ende des Sommers hatte zukommen lassen, und darin den Teil einer mit Randnotizen gespickten Fortsetzung des Romans, ein oder zwei Kurzgeschichten, eine verfluchte Titelliste, aber nicht das letzte Kapitel der *Brücke* fand, dachte ich: Donnell, du Sauhund, du verarschst mich doch. Ich weiß nicht, wie ich es erklären soll, aber es sah Galwin nur zu ähnlich, mir kurz vor seinem Tod auf diese Weise noch eins auszuwischen. Ich habe mir ein Glas Whisky eingeschenkt und angefangen, ganz allein loszulachen.

[…]

Die Brücke der Aale wurde 1986 auf ziemlich außergewöhnliche Weise aufgenommen. Das Telefon hörte nicht mehr auf zu klingeln, und die Postboten brachen unter der Last schier zusammen. Bei Bantham House konnte niemand glauben, wie sehr manche Leser durchdrehten, als sie entdeckten, dass der Roman keine Auflösung brachte*.

Einige Briefe heben wir noch immer sorgfältig in unseren Archiven auf und lesen sie uns von Zeit zu Zeit wieder durch, wenn die Nostalgie uns packt. Da ist uns

* Die erste Ausgabe von *Die Brücke der Aale* enthielt, auf gemeinsamen Beschluss von Stafford und mir selbst, keinerlei Vorwarnung auf das fehlende Kapitel. Der Sachverhalt wurde lediglich im Nachwort erläutert. Außerdem hatten wir die Presse gebeten, ihn in ihren Rezensionen nicht zu erwähnen. In Zeiten des Internets wäre es natürlich unmöglich, einen solchen »Coup« zu wiederholen, aber damals – das sage ich ohne falsche Bescheidenheit – wurde es ein beachtlicher Erfolg.

eine schöne Zeit jedes Mal garantiert. Wenn ich nur einen davon zitieren dürfte, würde ich ohne Zögern den auswählen, der mich beschuldigt, dass ich das letzte Kapitel habe verschwinden lassen, weil es das dritte Geheimnis von Fátima aufgedeckt und unsere Welt somit unverzüglich in die Apokalypse gestürzt hätte.

Die zornrauchenden Hirngespinste mancher Leute lassen mich jedoch nicht die vielen Liebesbekundungen und Dankesschreiben vergessen, die Leser uns nach Donnells Tod unbedingt schicken wollten und mit denen sie ihre starke Bindung zu diesem Autor bezeugten. Heute, wo die Situation des Buches die gesamte Branche beunruhigt, sind es diese unscheinbaren Worte, die mich täglich daran erinnern, warum man es wird und bleibt, allen Widrigkeiten zum Trotz: ein Verleger.

VOR DEN ENTTÄUSCHUNGEN VERSCHWINDEN

»Es ist vollkommen hirnrissig, was Menschen alles anstellen, um die Illusion zu wahren, dass ihr Leben nicht ebenso gewöhnlich ist wie das ihrer Nachbarn. Die unendlichen Ausprägungen, die das annehmen kann. Und die Dummheit, die jeder dieser Ausprägungen innewohnt.«

Galwin Donnell,
Die Zeit der Toten

Franck lag ausgestreckt im feuchten Gras. An diesem Abend war es so neblig, dass seine Hand am Ende seines Arms verschwand. Er konnte sie nicht sehen. Sie war kaltes Gewölk. Er hatte den schalltoten Raum verlassen, und sein Bedürfnis nach frischer Luft verwandelte sich in abgehacktes Erbrechen, dann in die Notwendigkeit, sich ein Stück entfernt hinzulegen.

Jetzt beugte sich der Wächter über ihn, die dunkle Kappe so fest über den Kopf gestülpt, dass man vor dem

Nachthimmel meinen konnte, die obere Hälfte seines Schädels wäre abgeschnitten worden.

»Ich mag dich gern, weißt du«, sagte Jock.

Franck dankte ihm, ein wenig verlegen. Es wäre ihm lieber gewesen, der andere hätte ihn nicht angesehen. Nicht, wo er sich gerade übergeben hatte, wo er sich schmutzig, beschämt, erbärmlich fühlte. Niemand hätte ihn so sehen sollen. Es hätte ganz einfach nicht wahr sein sollen. Er redete sich angestrengt ein, dass er gar nicht da war, dass er zu Hause war, in Paris, schön warm auf seinem Sofa.

»Und ich sag dir mal was …«

»Joa«, nuschelte Franck.

Er wollte, dass Jock zu reden aufhörte, dass er ihn seinem Traum überließ. Er konzentrierte sich auf das Heraufbeschwören seines Sofas – blaue Streifen, abgewetzter Velours, kleine runde Löcher von seinen und Émilies Zigaretten, als sie noch geraucht hatte. Er hatte das vage Gefühl, dass sein Wohl von der gedanklichen Rekonstruktion dieses Sofas abhing.

»Du müsstest mich eigentlich *sehr* mögen.«

Franck überkam ein Verdacht: Machte der Wächter ihn gerade an? Diese Frage konfrontierte ihn erneut mit seinem Single-Status und mit der Traurigkeit, die an ihm nagte. Alles kehrte immer wieder dorthin zurück. Es nahm kein Ende.

»Wirklich sehr«, murmelte Jock, »wenn du wüsstest, was ich getan habe …«

»Was?«

»Galwin Donnell.«

»Joa.«

»Dass sie ihn nie gefunden haben …«

»Joa …«, nuschelte Franck noch einmal.

Er versuchte, Jocks Redefluss zu beschleunigen, ihn dazu zu bringen, seinen Satz zu beenden. Damit endlich wieder Stille einkehrte. Doch da war nichts zu machen.

»Das liegt daran, dass seine Leiche in den Grotten am Fuß der Steilküste ist. Es ist unmöglich, dass das Meer sie eines Tages wieder an einen Strand oder sonst wohin spült. Der sitzt da unten so richtig fest. Wenn sie das Wrack eines ganzen Frachtschiffs nie wiedergefunden haben, wie hätten sie eine Leiche finden sollen?«

»Wie kannst du so sicher sein, dass er da ist?«, fragte Franck.

»Weil ich ihn selbst von der Steilküste geschubst habe«, erwiderte Jock ruhig, »und ich hab zugesehen, wie er gefallen ist.«

Franck stieß ein schwaches Ächzen aus und drehte sich auf die Seite. Er sah Donnells Körper durch die Luft stürzen – wie in seinen Albträumen mit den Wolkenkratzern –, tiefer und tiefer stürzen, perfekt parallel zur Flanke der Klippen, erst der Stoß von Jocks Händen in seinem Rücken – das Erstaunen –, dann dieser Sturz, der kein Ende nahm, als könnte Donnells Körper in Francks Fantasie, während er von der Steilküste fiel, zugleich wieder an seinen Ausgangspunkt aufsteigen, von wo aus er erneut hinabstürzte, bis dass der Körper letztlich, brutal, bis dass er auf unerträgliche Weise aufs schwarze Wasser aufprallte und in diese geheime Tasche hineinstieß, in diesen Grottenmagen, der noch immer ein schlummerndes Wrack und alte Piratenschätze verdaute. Franck schwirrte der Kopf davon. Er versuchte sich aufzurichten. Jock kam näher, um ihm zu helfen, doch Franck hielt ihn von sich fern, indem er mit aller Kraft, die er aufzubringen vermochte, um sich schlug. Der Wächter wich sogleich zurück, und Franck fiel wieder zu Boden.

»Freust du dich nicht?«, fragte Jock und wirkte aufrichtig erstaunt. »Ich dachte, du hasst ihn.«

»Soll … soll das ein Witz sein?«

»Was denkst du?« Jock drehte sich um, zwinkerte Franck zu. Er schien sich zu amüsieren.

»Du warst nicht einmal da. Du warst nicht mal geboren … Du …«

»Ich war zehn Jahre alt.«

Jocks Ton war klar, bestimmt. Franck erinnerte sich an den Sommer in der Provence, den Sommer der Ferienhäuschen, die einander alle glichen. Die Radiomeldung, die Trauer seiner Mutter.

»Er hat am Rand der Klippe eine von seinen kleinen, widerlichen Zigarren geraucht, gleich oberhalb der drei Felsen, die wie Zähne aussehen. Ich konnte ihn nicht mehr ertragen, seine Beschwerden. Er hat mir andauernd von seiner Scheidung erzählt. Er sagte, das Leben sei ein Scheiß. Und er hat nicht mal mitgekriegt, dass er uns unsere Leben klaute, meinem Vater, meiner Mutter und mir. Dass wir wegen ihm auf dieser Drecksinsel festsaßen, damit er seine Meisterwerke zusammenschmieren, noch reicher werden und anschließend jammern konnte. Die Leute, die ihn anbeten, machen sich überhaupt keine Vorstellung davon, wie absolut unerträglich dieser Mann im Alltag war. Ein Vollidiot, echt. Ich konnte nicht mehr. Also hab ich ihn geschubst.«

»Ich glaube, ich muss mich übergeben.«

Franck rollte sich auf den Bauch und schleppte sich ein Stück zur Seite. Sein Magen zog sich mehrmals heftig zusammen, aber es kam nichts.

»Natürlich«, fuhr Jock fort, »hat das letztlich nichts geändert. Der Duke hat diese fabelhafte Idee mit den Studientagen aus dem Hut gezaubert, und meine Familie ist geblieben. Wie Ratten in der Falle. Das Lustige ist: Mit den Jahren ist mir aufgegangen, dass er recht hatte, Donnell. Das Leben ist wirklich ein Scheiß. Findest du nicht? Das ist mir noch mal so richtig klar geworden, als du wegen der Matratze zu mir gekommen bist. Ganz einfach ein Scheiß. Da kommt nix bei rum.«

Franck gab ein markerschütterndes Röcheln von sich. Ihm kam die Galle hoch. Er spuckte sie auf die winzigen Pflänzchen ringsum.

»Also war es vielleicht besser, dass ich ihn umbringe. So gesehen.«

»Nein«, sagte Franck schwach, »nein.«

Er versuchte erneut aufzustehen, schaffte es aber immer noch nicht. Er stützte sich auf die Ellenbogen und sah den anderen an, ohne in der Dunkelheit dessen Gesichtszüge erkennen zu können.

»Glaubst du mir?«, fragte der Wächter und wandte sich ihm zu.

»Das stimmt doch nicht?«, brachte Franck mühsam hervor.

Er hatte noch immer die Hoffnung, dass es sich um ein Märchen der Großen Insel handelte. Jock lachte und stieß den Rauch seiner Zigarette zwischen den Zähnen aus.

»*For me to know and for you to find out*.«

DRINNEN

Tipiti. Tipititop.

Es war ein winziges Geräusch in der Nacht.

Es war ein Geräusch, das bebte.

Tip. Tipiti.

Das Geräusch von Émilies Tränen, die auf Donnells Foto fielen, das von 1961, vor der Scheidung. Émilies Tränen löschten auf dem Papier nach und nach Donnells breites, kraftvolles Gesicht aus, das sie seit 1998 in ihrem Portemonnaie aufbewahrte.

Der Mann, der von der Fotografie verschwand, sah ein wenig wie Franck aus. Sie hatte es ihm nie gesagt. Als sie ihn zum ersten Mal auf einem Konzert gesehen hatte, waren es die Züge des Mannes von 1961 gewesen, die ihr urplötzlich erschienen. Und Émilies Augen hatten diesen Schock durchschimmern lassen, als sie den Augen des Unbekannten in der Menge die Frage stellten: »Sie hier?«

Sie hatte gehofft, dass sie an Francks Seite alt werden würde und dass, wenn er das Alter erreichte, das Donnell auf dem Bild hatte, wenn er sein Mannesgesicht erhalten hätte, dieses einzigartige Gesicht, dem nichts und niemand mehr entkommen kann – im Gegensatz zu den glatten Zügen der Jugend, die noch die Unschärfe des Zukünftigen und all der möglichen Entwicklungen tragen –, wenn die Striche seines Gesichts gesetzt wären (oder wenn die Geschichte seines Gesichts geschrieben wäre), wie jene des Autors im Jahr 1961, dass sie dann ihrerseits ein Foto von ihm machen würde, das sie in ihr Portemonnaie schöbe. Ihre zwei Männer. Ihre zwei Lieben.

Doch jetzt hatte sie einen Fehler gemacht, und Franck war gegangen. Er hatte sie mit ihrem Fehler ganz allein gelassen.

Tipiti. Tipititop.

Drinnen regnet es, dachte Émilie.

INTERVIEW MIT GALWIN DONNELL

(per Telefon, Februar 1985, vier Monate vor seinem Tod)

»Die Leser erwarten Ihr nächstes Buch. Ist es bald so weit?«

»Es ist fast fertig.«

(*trockenes Husten*)

»Alles in Ordnung, Mister Donnell?«

»Ja, alles okay. Hier ist es saumäßig kalt. Dieser Scheißwinter auf dieser Scheißinsel. Jedes Mal werde ich krank.«

»Überlegen Sie zurückzukommen? Irgendwann …? Ich meine … bald? Denken Sie darüber nach?«

»Wohin zurückzukommen?«

»Verzeihung?«

»Wohin zurückzukommen? Sie sagen ›zurückkommen‹, als hätte ich einen Ausgangspunkt, an den ich zurückkehren könnte. Ein Haus. Irgendwas. Zu wem zurückkommen? Zu was?«

»Ich weiß auch nicht …«

»Nach Edinburgh? Das würde Ihnen für Ihre Interviews so passen, oder? Man sollte alle zu interviewenden Leute in der Hauptstadt ihres jeweiligen Landes zusammenpferchen. Ihnen verbieten fortzugehen.«

»Nein, nein, natürlich nicht …«

(*Geräusch eines Feuerzeugs, erneuter Hustenanfall*)

»Warum sollte ich in Edinburgh leben wollen? Das ist eine Stadt der Armen, der Alkoholiker und der Junkies.«

»So kann man das doch nicht verallgemeinern.«

»Stimmt. Es ist auch noch die Stadt der Aidskranken.«

»…«

»Was? Sind Sie jetzt schockiert? Oder hatten Sie nicht erwartet, dass ich so gut informiert bin? Edinburgh hat die deprimierendsten Statistiken von ganz Westeuropa. Scheiße, ich bin immer noch Krimiautor. Mit solchen Informationen mache ich meine Kohle.«

»…«

»Kaum hat man eine neue Krankheit entdeckt, schon bricht Schottland Rekorde. Ist doch verrückt, oder? Ich frage mich, ob man darauf nicht auch ein bisschen stolz sein sollte …«

»Lassen Sie die Witze, Mister Donnell.«

»Warum? (*vier Sekunden Schweigen, erneuter Hustenanfall*) Haben Sie diese Geschichte von vor zwei Monaten gehört? Der Bengel, der seinen Vater umgebracht hat, weil er ihm kein Auto kaufen wollte? Er nimmt ein Küchenmesser und bringt ihn um. So was passiert heute in Edinburgh. Wollen Sie, dass ich über so etwas schreibe? (*Husten*) Nicht mal die Polizisten haben Bock, so einen Kram zu ermitteln. Also liest man einen Roman …«

»Wollen Sie damit sagen, dass die Verbrechen weniger interessant sind als früher?«

»Ich will sagen, dass die ganze Welt nicht mehr so interessant ist wie früher. Es gibt immer mehr Menschen, die gebildet oder kultiviert genug sind, dass man sich darüber wundert, was das für Vollidioten sind.«

»Ah.«

»Und das ist gar nicht gut für den Kriminalroman.«

DER KITT, DER DAS UNIVERSUM ZUSAMMENHIELT

Es war am dritten Tag seiner Isolation im schalltoten Raum, dass Franck endlich *in echt* erwachte. Das heißt, dass Franck vor der von Franck vorgestellten Stimme Émilies erwachte und dass Franck daher mit sich selbst sprechen und sich sagen konnte, dass es jetzt reichte, dass das alles hier lächerlich war.

Eine Lichtwoge strömte in das kleine Haus und überspülte ihm das Gesicht mit Vorwürfen. Auch der Wind schlüpfte hinein. Die Tür stand weit offen. Jock hatte sie vermutlich so gelassen, als er den Ort verließ. Franck war ihm dankbar, dass er ihm diese Begegnung mit der Wirklichkeit aufgezwungen hatte. Die Sonne schien schwach und weiß, aber sie zeigte immerhin an, dass es Tag war.

Er erhob sich unbeholfen. Er hatte einen schrecklichen Kater, nachdem er drei Tage mit Schlafen und Whiskytrinken verbracht hatte. Er fühlte sich wie ein toter Fisch, der bei Ebbe in einer Bucht gestrandet war. Doch der Kater war der Traurigkeit vorzuziehen. Es war ein Schmerz, der vergehen würde und dessen Ursachen man bestimmen und ausmerzen konnte (rituelles Gelöbnis, nie, *nie* wieder zu trinken).

Franck verließ den schalltoten Raum. Beim Hinausgehen stieß er mit dem Fuß gegen die Whiskyflasche, die in eine Ecke rollte. Sie war leer. Vielleicht hatten sie Jocks Vorräte schließlich erschöpft. Er hatte keine genaue Vorstellung mehr, was im Laufe der vergangenen drei Tage passiert sein mochte.

Draußen schien sich der unheimliche Zauber Mirhalays gelegt zu haben. Die Landschaft war gewöhnlich. Die Insel war wieder zu einem Kiesel auf dem Meer geworden, ohne Reiz, ohne Dämonen. Ein Kater ist für Zauber unempfänglich. Das ist das Gute an ihm.

Franck spürte seinen unruhigen Magen, gefoltert von Alkoholexzessen und Hunger. Und dieser Schrei, der aus seinem Körper drang, bewegte ihn mehr als alles Herumüberlegen dazu, sich zur Schule zu begeben. Er würde nicht länger fasten, egal, mit was für Blicken die anderen ihn bei seiner Rückkehr empfangen würden.

Er lief an den Schafen, den rostigen Gerippen des Dorfes und den Gräbern vorbei. Sein Kopf wog eine gehörige Last an Ekel.

Er erreichte die leere und stille Schule und ging in den Speisesaal. Émilie saß am großen Tisch, vollkommen reglos. Bei seiner Ankunft zeigte sie keinerlei Überraschung, als hätte sie drei Tage damit zugebracht, hier auf ihn zu warten, als wäre der Grund für ihre Anwesenheit im Speisesaal in diesem Augenblick just Francks Rückkehr. Ihr Gesicht war kreidebleich, abgespannt. Kein bisschen Licht umgab sie mehr. Émilie war erloschen. Franck erblickte sein Spiegelbild in einem der großen Fenster und stellte fest, dass er noch viel schlimmer aussah, schlimmer als erloschen. Sein Anblick hätte die ganze Welt zum Erlöschen bringen können.

Er setzte sich an den Tisch, in diesem Raum, der öffentlich war, der nicht der Raum eines Paares war. Ohne ein Wort wechseln zu müssen, hatten sie sich nicht auf den Weg zu ihrem Zimmer gemacht. Ihr Zimmer war für sie gestorben.

»Wo warst du?«, fragte Émilie.

Auch ihre Stimme klang abgespannt. Sie zerfiel mit jeder Silbe, als würden es die Wörter kaum schaffen zusammenzuhalten.

Er sagte ihr, dass er lieber auf Abstand gegangen sei. Dass, wenn sie statt seiner Stafford gewählt habe, er sich da nicht einmischen wolle, dass man aber auch nicht von ihm verlangen könne, dabei zuzuschauen. Er versuchte, mit Würde zu sprechen, bot ein kleines Schauspiel seiner Großmut dar, die er zwischen sie hielt wie eine Marionette.

»Gewählt?« Sie wiederholte das Wort mit schwärzestem Sarkasmus. »Ach, Franck, red doch keinen Quatsch. Wie konntest du denken, dass ein Kuss, wo ich betrunken war und wütend, plötzlich das Ende von dem sein soll, was du und ich zusammen hatten? Dass das acht Jahre Beziehung ausradiert? Alle Liebe auslöscht, einfach so, auf einen Schlag? Was hast du dir verdammt noch mal dabei gedacht ...«

»Ich habe zu seinen Gunsten verzichtet, schätze ich«, sagte er mit schwachem Lächeln.

Er war einer Ohnmacht nahe. Er hatte sich auf eine hitzige Szene eingestellt. Und nun, da sie einander gegenübersaßen, war da überhaupt keine Wut, bloß das Gefühl einer heillosen Verschwendung und der Eindruck, dass sie sich alle beide seit acht Jahren auf das vorbereitet hatten, was nun eintrat. Der Kitt, der das Universum zusammenhielt, war getrocknet.

»Hast du was gegessen?«

»Hab ich nicht dran gedacht«, erwiderte er.

Émilie berührte Francks Arm und legte in diese Geste all die Zärtlichkeit, derer sie noch fähig war, die jedoch nichts weiter als ein müder Rest oder eine Nachahmung wahrer Zärtlichkeit war. Dann ging sie kopfschüttelnd in Richtung Küche. Er hörte Geschirrklappern und das Geräusch der Mikrowelle. Essensgeruch stieg ihm in die Nase, so aufdringlich, dass es fast schmerzte.

Es war vorbei. Er sah es deutlich. Er konnte es formulieren. Nicht: *Sie hat mich verlassen*, sondern: *Es ist vorbei*. Denn er hatte sie ebenfalls verlassen, letzten Endes, indem er sich lieber versteckt, sich zu Jock geflüchtet hatte, statt mit ihr über das Vorgefallene zu sprechen. Er hatte sie verlassen, indem er sie um ein Kind bat. Sie hatte ihn verlassen, indem sie antwortete: Doktorarbeit. Er hatte sie verlassen, indem er nicht zu ihrem Vortrag kam. Sie hatte ihn verlassen, indem sie die Stelle in Cambridge annahm. All ihre Momente in letzter Zeit waren eine Abfolge winziger Trennungen gewesen, die sie angeblich nicht hatten deuten können. Das machte die Dinge nicht einfacher. Vielleicht wurden sie dadurch sogar noch hässlicher. Doch ab jetzt konnte er sie benennen.

Sie kam an den Tisch zurück, stellte einen Teller vor ihn hin, und er begann, langsam zu essen, die Augen auf das Fleischragout geheftet, unfähig, die Frau anzusehen, die er liebte, von der er geglaubt hatte, sie für immer zu lieben, und die er bereits jetzt, in erstaunlichem Tempo, nicht mehr zu lieben begann.

Er hatte seine Mahlzeit noch nicht beendet, als sie die Schreie hörten.

ENDLICH EINE LEICHE

»Die Literatur ähnelt stark einem Samuraikampf. Doch dabei tritt nicht ein Samurai gegen den anderen an: Er misst sich mit einem Ungeheuer. Meist weiß er genau, dass er unterliegen wird. Den Mut zu haben, in den Kampf zu ziehen, obwohl man schon im Voraus weiß, dass man verlieren wird: Das ist Literatur.«

Roberto Bolaño,
im Interview mit Eduardo Cobos,
Mezclaje

Die Schreie ähnelten dem Muhen von Kühen. Émilie und Franck stellten sich im Stillen dieselbe Frage: Konnte die Welt in diesem Augenblick noch schlimmer werden? Franck schob seinen Teller von sich, und sie gingen zu einem der großen Fenster des Speisesaals hinüber. Selbst jetzt, in diesem Moment des Erschreckens, beide mit der Stirn am Fensterglas, berührten sie sich nicht.

Sie sahen Anton und seine Studentin, die aus dem

Gebäude auf der gegenüberliegenden Hofseite stürzten und auf die Südliche Steilküste zuliefen. Sie schlugen dieselbe Richtung ein, zögerlich, den Schreien folgend.

Am äußersten Ende der Insel stand eine kleine Gruppe reglos im Wind, beugte sich zum Meer hinab. Solange Théveneau war auf den Knien und stieß immer wieder Schreie aus, wie eins von Pasolinis Klageweibern, eine Figur aus der *Ilias*, eine menschliche Kuh. Franck trat näher.

Der verrenkte Körper, im schwarzen Trainingsanzug, ruhte am Fuß der Steilküste. Er war genau auf einen der drei rechteckigen Felsen gefallen, die aus dem Wasser ragten. Sein Gesicht war nicht zu sehen, in einen Braunalgenhaufen geschmiegt. Die Haare wirkten von oben noch röter, aber vielleicht war es auch das Blut, das sich ausgebreitet hatte, als er auf den Felsen aufschlug. Sein Kopf hatte eine ungleichmäßige Form, als wäre der Schädel unter dem Aufprall geborsten, ohne jedoch aus der Haut hervorzutreten.

»Jock …«, murmelte Franck.

Er wäre gern in Tränen ausgebrochen, aber seine Augen waren vom Kater vollkommen ausgedörrt. Seine Augen waren Kieselsteine, die in den Höhlen seines Gesichts saßen. Er begriff nicht einmal, wie er überhaupt noch etwas sehen konnte.

»Scheiße …«

Bruchstückhafte Erinnerungen an ihr Gespräch drangen ihm nach und nach ins Gedächtnis zurück.

»Scheiße.«

In diesem Moment ging alles durcheinander, verstreute Gewalt, ziellose Schnelligkeit von Satzfetzen. Jocks wiederholte Bekräftigung, dass das Leben wertlos sei. Das Opfer, das er ihm mit Donnells Mord hatte darbringen wollen und das Franck zurückgewiesen hatte. Und dann die Erwähnung dieser Felsen, die wie Zähne aussahen. Der Eingang zu den Grotten, in denen das alte Wrack eines Frachters und die Leiche des Schriftstellers gemeinsam verfaulten.

Jock hatte versucht, ihnen zu folgen, sich ebenfalls dort unten schlafen zu legen, am tiefsten Grund. Nur leider war er daneben gesprungen. Und seine Leiche war dort liegen geblieben, direkt neben der letzten Ruhestätte, die er für sich gewählt hatte und die er nicht hatte erreichen können.

»Unglaublich«, sagte Martin Stafford.

Franck drehte sich zu ihm um, wie vor den Kopf gestoßen. Er hatte dessen Anwesenheit, bis dahin, nicht wahrgenommen. Staffords Gegenwart fügte ihm, selbst in diesem Moment größten Grauens, eine Kränkung seines Egos zu, die nur schwer erträglich war.

»Das ist sehr gut gemacht«, fuhr Stafford fort.

Das Lächeln des Professors war aufrichtig: Er glaubte, dass es sich um eine Inszenierung handelte, um den Studientagen etwas mehr Spannung zu verleihen. Jock wäre auf grausame Weise enttäuscht gewesen, hätte er gewusst, dass dies die erste Wirkung war, die sein Tod hervorrief, er, der die Teilnehmer dieser Tagung mehr als alles auf der Welt hasste.

»Ich glaube, er ist wirklich tot«, sagte Franck durch zusammengebissene Zähne.

Nun war es an Stafford, sich ihm zuzuwenden, um zu prüfen, ob er es ernst meinte. Was er in Francks Blick las, ließ sein Lächeln schwinden.

»Im Übrigen«, sagte Franck, »wenn ich nicht glauben würde, dass er tot ist, stände ich nicht so ruhig hier neben Ihnen am Rand dieser Steilküste. Ich hätte Ihnen längst die Fresse poliert, oder ich hätte Sie runtergestoßen.«

Stafford hüstelte. »Also sollte ich mich glücklich schätzen, dass der Platz bereits belegt ist …«

»Ich werde Sie wirklich runterstoßen«, sagte Franck. Émilie beobachtete sie beide, das kleine, weiße Gesicht vor Anspannung verzerrt.

»Nur zu«, sagte Martin, »ich rufe jetzt die Polizei.«

Und er verließ den Rand der Steilküste, ohne Franck noch eines Blickes zu würdigen. Émilie zögerte. Für den Bruchteil einer Sekunde folgten ihre Augen Martin, als wäre sein Fortgang ein unwiderstehlicher Lockruf gewesen, den nur sie gehört hatte. Dann schüttelte sie den Kopf. Doch es war zu spät: Das Begehren, das in diesem Sekundenbruchteil auf Émilies Gesicht erschienen war – die Tiefe des Begehrens, der Beinaheschmerz des Begehrens –, war Franck nicht entgangen. Er drückte mit zwei Fingern auf sein Zwerchfell, das sich scheinbar nicht mehr anheben wollte. Mit einem unbeholfenen Zucken schnellte der Muskel zurück.

Anton Likiewicz und seine Studentin saßen ein Stück entfernt im Gras. Sie war bleich und weinte. Anton tröstete sie, so gut er konnte, doch der Schock zeichnete sich auf seinen zusammengepressten Lippen ab. Er machte Franck ein Zeichen, näher zu kommen.

»Meinen Sie, er hat sich umgebracht?«

Franck nickte langsam. Trauer und Scham quälten ihn. Dass er es nicht hatte verhindern können. Nein. Nichts getan zu haben, um es zu verhindern. Derart von seinem eigenen Schmerz besessen gewesen zu sein, dass er Jocks nicht gesehen hatte, dass er Jocks durch das Schauspiel seines eigenen Unglücks sogar noch genährt hatte.

»Bleibt er jetzt da liegen?«, fragte Anna.

Franck und Anton wechselten einen Blick. Sie schätzten beide den Aufwand und das Material ab, die ein Abstieg entlang der Steilküste erfordert hätte, um die Leiche des Wächters zu bergen. Es war vergebliche Mühe. Anna sah, wie diese Schlussfolgerung sich auf ihren Gesichtern abzeichnete, und fing wieder an zu weinen. »Das ist grauenhaft«, schluchzte sie auf, »grauenhaft. Er kann doch nicht so da liegen bleiben. Das ist grauenhaft! Vielleicht spült ihn eine Welle fort oder … Und dann diese Möwen!«

Sie stand unvermittelt auf und fing an, mit den Armen zu rudern und zu brüllen, um die weißen Vögel zu verscheuchen, die am Himmel kreisten, unverschämt und gelassen.

»Ich bringe sie zur Schule zurück«, sagte Anton.

Franck nickte. Nach einigen Sekunden folgte er ihnen. Er wandte sich oft um, hoffte, – was? – vielleicht Jock plötzlich am Rand der Steilküste auftauchen zu sehen, mit seinem seltsamen Lächeln im Gesicht, als wäre das alles nur ein sehr guter Scherz gewesen. Doch keine Hand erschien zwischen den Grasbüscheln, und die Steilküste endete weiterhin abrupt, unbeirrbar im Meer.

Im Speisesaal erfuhren sie, dass Stafford die Polizei erreicht hatte, dass das Schiff der Küstenwache bei diesem Wetter jedoch nicht auslaufen wollte. Man musste abwarten, bis der Wind nachließ, vielleicht zwei Tage.

»Haben die keinen Hubschrauber?«, fragte Solange.

»Offenbar hängt der Hubschrauber wegen was anderem auf Lewis fest«, antwortete Martin düster.

Es war äußerst unwahrscheinlich, dachte Franck, dass dieses Gespräch eines Tages außerhalb eines Films und ohne jede Geziertheit geführt wurde. Und doch war es soeben geschehen. All diese Donnell-Experten waren nunmehr in eine Szene aus einem Kriminalroman *eingetaucht*. Sie konnten in vollem Ernst »Leiche«, »Polizei« oder gar »Was ist mit dem Hubschrauber?« sagen. Doch niemand war fähig, daraus auch nur das geringste Vergnügen zu ziehen (außer vielleicht Alec MacMillan, der während der folgenden zwei Tage alle erdenklichen Adjektive zur Beschreibung der Leiche durchdeklinieren würde: zerplatzt, zerschmettert, zermalmt, bruchgelandet, geborsten, platt gewalzt etc.). Ihre verlorenen Blicke irrten von einem zum anderen, flehten sich gegenseitig an, einen Sinn in dem zu finden, was ihnen zustieß, oder einander, falls das nicht ginge, eine klare Rolle zuzuschreiben, die sie einnehmen könnten. Anna taumelte, schien sich nicht für einen Stuhl entscheiden zu können, um sich abzustützen: Sie ging mühsam um den gesamten Tisch herum.

»Also gut«, sagte Markus Mann, den sein Beruf stärker als die anderen an die *Realität* des Todes gewöhnt hatte, nicht nur an seine bloße Erfindung, »gut … denken wir mal ein bisschen darüber nach, was passiert ist. Könnte er abgerutscht sein?«

Franck schüttelte den Kopf. Jock kannte die Insel zu gut, als dass er am Rand der Steilküste ausgeglitten sein könnte. Er hätte sich mit geschlossenen Augen auf Mirhalay bewegen können. Seine Füße kannten hier jeden Winkel, jede Unebenheit, jede Tücke.

»Gut, gut …«

Mann verfolgte die Sache nicht weiter. Anders als beim Verschwinden Donnells hatten Romantik oder Science-Fiction hier absolut nichts zu suchen: kein geheimnisvolles Fluggerät, kein U-Boot, keine heimliche Flucht mitten in der Nacht. Nichts als die Leiche am Fuß der Steilküste.

»Er hat sich umgebracht«, sagte Franck mit einem Murmeln.

Er erzählte ihnen von seiner letzten Unterhaltung mit dem Wächter, von der großen Verzweiflung, die darin zum Ausdruck gekommen war. Er verschwieg, dass Jock sich selbst des Mordes an Donnell bezichtigt hatte. Er konnte sich nicht entschließen, das mit ihnen zu teilen. Er wollte glauben, dass er es sich bloß eingebildet hatte, im wahnhaften Nebel dieser drei Tage aus Schmerz und Suff.

Unter den Teilnehmern der Studientage waren gewiss ein oder zwei, die sich an die Aussage Cormag Morrisons erinnerten, des Vaters von Jock, an die Polizisten gerichtet, die ihn zu Donnells Verschwinden befragten: »Haben Sie gleich an Selbstmord gedacht? / *Viel mehr Möglichkeiten hat man hier ja nicht.*« Doch falls sie es zutiefst ironisch fanden, dass Cormag mit diesen Worten, ohne es zu wissen, das Schicksal seines eigenen Sohnes vorausgesagt hatte, erwähnten sie es nicht.

»Man sollte vielleicht mal bei ihm zu Hause nachsehen gehen …«, schlug Solange zögerlich vor.

Die Tierlaute, die aus ihr hervorgedrungen waren, als sie die Leiche entdeckte (während sie ihrer ins Meer geschnippten Kippe nachschaute, so würde sie später erzählen, wenn sie erst wieder in Paris wäre), hatten ihre Kehle strapaziert, ihr die Stimme aufgeraut. Sie sprach unter Mühen.

»Ob es einen Brief gibt … oder so was.«

Franck merkte nun, dass alle Akademiker sich ihm zugewandt hatten. Sie warteten darauf, dass er sich freiwillig melden würde, um das Haus des Toten zu betreten, er, der er als Einziger eine echte Bindung zu Jock aufgebaut hatte.

»Ich mach es«, sagte er schniefend, »ich gehe.«

Die Tränen, die durch seine ausgetrockneten Augen nicht hindurchkonnten, flossen ihm aus der Nase – so kam es ihm wenigstens vor.

DAS LETZTE KAPITEL

»Ich scheiß auf Dr. House und auf Superhelden im Allgemeinen.«

Jock

Franck schlug, mit schleppenden Schritten, den Weg zum Haus des Wächters ein, zur ehemaligen Räucherhütte, in die er niemals hineingebeten worden war.

Es war wie eine Art Ehrerbietung, sagte er sich. Tatsächlich fühlte es sich mehr wie Grabschändung an. Doch er versuchte, sich zu überzeugen, dass er tat, was getan werden musste: in dieses Haus eindringen, in dem Jock sein gesamtes Leben verbracht hatte. In dieses modrige Heiligtum, das seinen Heringsgeruch nie ganz losgeworden war. Und vielleicht den alten Mauern sagen, dass man sie ein weiteres Mal im Stich gelassen hatte. Dass sie keine Bewohner mehr haben würden. Die Zeit des Vergessens war wieder über Mirhalay gekommen.

Nachdem er über die Schwelle getreten war, sah

Franck, zu seiner großen Verblüffung, was man draußen sah. Das Meer, ringsum, die Wellen, die sich an der Küste brachen, die weiß gekrönte Dünung, der Silberstrich des Horizonts. Überall im Haus hingen Gemälde von Jocks Mutter, gleich Hunderten von Fenstern, die, obwohl sie in verschiedene Richtungen gingen, alle den gleichen Ausblick boten. Das Innere des Hauses war von Blau-, Weiß- und Grautönen überschwemmt, die aus den Leinwänden sprudelten. Das Innere des Hauses *war* das Meer. Es war von atemberaubender Schönheit.

Da begriff er, dass diese Frau, die nicht das Recht gehabt hatte, sich frei auf der Insel zu bewegen – um dem frauenfeindlichen Schriftsteller nicht zu begegnen –, ihre paar Stunden Freiheit pro Tag dazu genutzt hatte, die Landschaft *aufzusaugen*, die sie anschließend mühevoll abzubilden versuchte, endlos, ohne je die Energie der Außenwelt ausdrücken zu können, jedoch auch ohne je den Mut zu verlieren. Er begriff, warum Jock, erdrückt vom Zauber Mirhalays, als dessen einziger Bewahrer er sich fühlte, sich nie hatte entschließen können, diesen Ort zu verlassen. Er begriff, letztlich, bis zu welchem Grad das Leben auf der Insel für den Wächter und seine Familie ein Gefängnis hatte sein können, ganz einfach, weil das Anderswo nichts Vergleichbares bot.

Auf dem Küchentisch, der mit einem Wachstuch mit verblasstem Blumenmuster bedeckt war, lagen zwei große Umschläge aus dickem, braunem Papier. Einer davon trug seinen Namen. Er schob ihn in seine Jackentasche, unfähig, ihn sofort zu öffnen.

Am Rand der Steilküste wechselten Anton und Anna sich dabei ab, Steine nach den Möwen zu werfen, die sich Jocks Leichnam näherten. Es waren viele. Nach einigen Fehlwürfen ins Meer bekam die makabre Beschäftigung einen Wettbewerbscharakter. Anna traf besser als Anton.

Im anderen Umschlag befanden sich bloß ein paar Zeilen, an den Rest der Welt (»im Allgemeinen«) gerichtet und mit einem Zorn hingekritzelt, der hier und da das Papier durchlöchert hatte. Jock drückte darin erneut seinen Lebensüberdruss aus und insbesondere seinen Überdruss an den Studientagen. Er bekräftigte, dass er die von den Leuten an den Tag gelegte Vergötterung von Übermenschen nicht ertragen könne, die grauenhafte Unterwerfung, die er darin sah, die Obszönität dieser Liebe (»widerlich«). Er spuckte der Welt (»der totale Scheiß«), dem Leben (»wirklich der totale Scheiß«) ins Gesicht, gab hasserfüllte Kommentare zu Donnell und Dr. House ab, in einer Verworrenheit, die an Demenz, manchmal an Homophobie grenzte. Er schrieb außerdem (kurz) über Piraten und prangerte die Gegenwart als eine Abfolge sexueller Misshandlungen und abgrundtiefen moralischen Verfalls an. Kurzum, er war durch und durch Jock, ohne Zugeständnisse und ohne Zusammenhang.

Der Brief erwähnte mit keinem Wort das Bekenntnis, das er Franck am Tag vor seinem Tod gemacht hatte. Vielleicht war kein Funken Wahrheit daran. Franck hätte das nicht überrascht. Wenn es bloß Aufschneiderei seitens Jocks gewesen wäre.

Er faltete die Nachricht zusammen und verließ das Haus. Als er die Tür hinter sich zuzog, zögerte er, drehte dann den Schlüssel im Schloss um und steckte ihn ein. Er wollte nicht, dass die anderen hier hereinkämen. Er wollte, dass das Meer im Inneren des Hauses, die allumfassende Verletzung von Jocks Mutter, jenen unbekannt bliebe, die der Wächter gehasst hatte.

Als der Wind auffrischte, ein Winterwind, ein Wind, der den Winter auf bedrohliche Weise *ankündigte*, ein herausfordernder Wind, der scheinbar die letzten Menschenwesen von der Insel vertreiben wollte, gingen Anton und Anna zu den schwarz-weißen Gebäuden zurück. Sie hatten ohnehin keine Munition mehr, die diesen Namen verdient hätte. Ihnen blieben nur noch Kiesel.

Franck lief ziellos an den Hügeln und Gräben vorbei, den Umschlag in der Faust, lastend und empfindlich. Er war gegenwärtig einem Zorn ausgeliefert, der zu mächtig und zu brennend für seinen Schädel war. Er sagte sich, dass Jock jahrelang nur darauf gewartet hatte, dass er, Franck, auf Mirhalay auftauchte. Er hatte nur darauf gewartet, sich mit jemandem anzufreunden, um ihm seinen Selbstmord mitten in die Fresse pfeffern zu können (ganz zu schweigen von diesem Bekenntnis, mit dem Franck noch immer nichts anzufangen wusste). Er hatte darauf gewartet, dass sich jemand für ihn interessierte, um in dem Wissen sterben zu können, dass man ihn betrauern würde. Auf diese Weise entkam er der Marter durch die Kormorane, die sich in seinem verlassenen Gerippe eingenistet hätten.

Inzwischen kam es Franck so vor, als ob jene seltsame Intensität, die er von ihrer ersten Begegnung an in den Augen des Wächters gelesen hatte, nichts als der Ausdruck dieser Hoffnung gewesen war: dass ein anderer ihm ausreichend nahekäme, damit er ihn durch seinen Tod verletzen könnte. Es war abscheulich. Es war ekelhaft. Es war die Laune einer egoistischen Diva.

Er war deswegen schrecklich sauer auf ihn. Er hätte sich gewünscht, Jocks Brief nie gelesen zu haben, ihn in die Wellen werfen zu können und Jock somit dieses Leid zu verweigern, das er herausgefordert hatte, die einzige Spur seines Daseins. Indem er nicht traurig war, verwies er Jock ins Nichts. Er machte seinen ganzen schönen Plan zunichte. Er gewann.

Nur: Er war eben doch traurig.

Eine erste Möwe setzte sich auf den rot gefärbten Felsen. Sie betrachtete voll Neugier den geborstenen Menschenkopf.

Franck blieb auf dem Friedhof stehen und wandte sich zum Meer, richtete sich nach den Grabsteinen aus. Er atmete tief die Luft ein, die von der offenen See hereinwehte, und schob einen zitternden Finger unter die Umschlagklappe.

Schon bei den ersten Zeilen begriff er, dass es kein Brief war. Es handelte sich nicht einmal um Jocks Handschrift.

In Francks Händen lag das letzte Kapitel der *Brücke der Aale*.

DER TOD DONNELLS

(mögliches Szenario)

Er beendet das letzte Kapitel seines Romans und tritt hinaus. Er ist glücklich, so glücklich, wie dieses Hundsschwein von Donnell eben sein kann. Vielleicht empfindet er zum ersten Mal einen Mangel, den Mangel anderer Menschen, mit denen er seine Freude teilen könnte. Da sind natürlich der Wächter und sein Sohn, aber Donnell spürt, dass er ihnen auf die Nerven geht, ihnen lästig ist. Er hat sich zu oft beschwert. Die Frau kommt ihm gar nicht in den Sinn. Er hat immer so getan, als wäre sie nicht da.

Er beschließt, ganz allein ein wenig frische Luft schnappen zu gehen und seine Befriedigung über die fertige Arbeit dem Seewind anzuvertrauen. Wie ein Eroberer die kleine Steilküste abzuschreiten.

Er geht los. Er zündet sich eine dieser Zigarren an, die ihm die Zähne braun färben, und er denkt, zum dritten Mal an diesem Tag, dass er aufhören sollte zu rauchen, dass er nicht jünger wird. Er ist kurzatmig. Er hält an und setzt sich auf einen Felsen. Er legt seine Jacke neben sich. Er denkt, dass er aufhören sollte zu rauchen, aber er denkt *auch* an die wenigen Züge, die ihm von dieser Zigarre noch bleiben, und an die Möglichkeit, sich sofort eine neue anzuzünden. Um diesen Moment hinauszuzögern, läuft er bis an den Rand der zerklüfteten Felsen und schaut hinab.

»Guten Abend, Mister Donnell«, erklingt da die Stimme eines kleinen Jock, eines winzigen Jock, in seinem Rücken.

»Guten Abend, Jock«, seufzt Donnell.

Er mag den kleinen Jungen nicht besonders. Er findet ihn merkwürdig. Zu ruhig und zu kalt für ein Kind. Er denkt oft an das Kind, das er mit Lorna hätte haben können, wenn sie ihn wirklich geliebt hätte. Ein Kind, das rothaarig gewesen wäre, so wie sie, so wie auch Jock. Aber natürlich unendlich viel besser als Jock.

»Was machen Sie heute Abend?«

»Ich feiere meinen Erfolg«, sagt Donnell mit hämischem Lachen.

Die Feier ist noch armseliger, als er es sich vorgestellt hatte. Die Einsamkeit, der für einen Sommeranfang allzu scharfe Wind und jetzt auch noch dieses merkwürdige Kind.

»Ich habe gerade meinen Roman abgeschlossen.«

»*Die Brücke der Aale?*«

Woher kennt dieser miese Bengel den Titel? Er muss heimlich das Manuskript gelesen, sich in den *writing shack* geschlichen und herumgeschnüffelt haben. Donnell sagt nichts.

»Werden Sie jetzt also weggehen?«, fragt das Kind.

Noch gestern hätte Donnell die Frage mit Nein beantwortet. Doch an diesem Abend ist er sich nicht sicher.

Er hat genug von diesem Ort. Vielleicht hat er wieder ausreichend Mut geschöpft, um der Welt gegenüberzutreten. Er zuckt die Achseln.

Der winzige Jock mit den Feuerhaaren sagt: »Das ist unfair.«

»Was ist unfair?«

»Dass Leute wie Sie über alles im Leben bestimmen können und dass Leute wie wir, wie Papa und ich, hierhin und dorthin herumgeschubst werden, wie es den anderen gerade passt. Wenn Sie gehen wollen, dann gehen Sie, und wenn Sie bleiben wollen, dann bleiben Sie. Man zwingt Sie nie zu nichts. Ich finde, Sie haben das nicht verdient.«

Donnell bricht in Gelächter aus. Er macht sich an jenem Abend über den Groll eines kleinen Jungen maßlos lustig.

Er lacht noch immer, als seine Füße um ein Winziges verrutschen, dreißig Zentimeter, durch Jocks Stoß, und er plötzlich für eine Mikrosekunde über dem Nichts hängt, dann fällt.

Der kleine Jock mit den Feuerhaaren sieht zu, wie er unten im Meer verschwindet. Genau unter ihnen ist die Piratenhöhle. Man wird die Leiche niemals finden.

Auf dem Nachhauseweg, bevor er zum Abendessen geht, betritt er den *writing shack* und sammelt die Seiten ein, die fein säuberlich neben der Schreibmaschine aufgestapelt sind. Er wird sie vor dem Einschlafen lesen. Und er hat vor, Donnell so um seinen letzten Erfolg zu bringen. Das Gleichgewicht wiederherzustellen. Donnell hat nichts von dem verdient, was er vom Leben bekommen hat. Wahrscheinlich hat er es Jock geklaut, oder anderen Leuten wie Jock, die überhaupt keine Chance haben.

Aber ist das wirklich so passiert?

Vielleicht hat Donnell sich umgebracht und das Kind bloß seine unordentlich herumliegenden Papiere aufgelesen.

Vielleicht ist wirklich ein U-Boot aus den Fluten aufgetaucht, um den Schriftsteller vor seinem Sturz zu bewahren, und er hat sein restliches Leben von allen unbeachtet verbracht, endlich von Adrian Dickson Carr befreit, der sich so dicht an ihn geheftet hatte, dass er letzten Endes seinen Platz einnahm.

Vielleicht hat er im letzten Moment die zarten und durchscheinenden Schwingen eines Gleitschirms entfaltet, den er zwanzig Jahre lang im Schutz der kleinen Kapelle zusammengenäht hatte.

Man wird es niemals erfahren. Nur eines ist sicher: *Die Brücke der Aale* hat ein Ende. Und es liegt in Francks Händen.

SCHWINDEL

»Ein Buch ist nicht abgeschlossen, wenn Sie es für perfekt halten. Ein Buch ist in dem Moment abgeschlossen, wenn Sie es nicht länger ertragen können, es noch einmal zu lesen, und sei es auch nur eine einzige Zeile. In dem Moment, wo Sie wissen, sollten Sie es noch einmal durchgehen müssen, würden Sie das Ganze eher in einem großen Freudenfeuer verbrennen, als noch ein einziges Komma umzusetzen.«

Galwin Donnell,
im Gespräch mit Peter Spencer,
By the Book

Das Schiff umschloss sie, umfasste sie alle, ungeachtet der Vorkommnisse auf der Insel. Sie waren Gefangene einer erzwungenen Nähe, wie eine Familie beim Weihnachtsessen, wie Schüler bei der Aufnahme eines Klassenfotos. Dennoch teilten sie nichts, es gab keinen verbindenden Moment. Jeder in seiner Ecke, oder bestenfalls in klitzekleinen Trauben, sahen sie zu, wie Mirhalay am Horizont entschwand, und sie sagten nichts.

Anton drückte eine erschöpfte Anna an sich. Solange rauchte. Markus Mann verputzte eine Packung Kekse, die ein Inspektor ihm überlassen hatte. Franck, Émilie und Martin bildeten ein loses Trio, das sich weder zu versammeln noch zu zerstreuen wagte.

Arthur Revan ließ eine Hand ins Wasser hängen, und die Kälte, die ihm den Arm hinaufkroch, drängte ihm den Gedanken an Donnell auf. Manchmal – darüber hatte er sich informiert, als er sein Buch schrieb –, manchmal sorgt die Kälte während des Ertrinkens dafür, dass sanft das Herz stehen bleibt, bevor man an Sauerstoffmangel stirbt, die Lungen von Meerwasser geflutet, das die Lungenbläschen zerstört.

Er wünschte sich, dass Donnell auf diese Weise den Tod gefunden hatte, dass er im Tod die Ruhe schmecken durfte, die ihm das Leben verwehrt hatte, die alle Begegnungen im Laufe seines Lebens ihm eine nach der anderen verwehrt hatten, trotz aller falschen Glücksversprechen. Die einzigen Menschen, die Donnell je wirklich geliebt hatten (so die Theorie, die Revan in seiner Biografie entwarf), waren zu früh verstorben oder hatten ihn verlassen. Was die anderen betraf, jene, die geblieben waren, so hatten sie es bloß aus Eigeninteresse getan, und Donnell hatte das zwangsläufig gespürt. Sein Verleger. Stafford. Der Duke of Alberg. Wie stolz sie darauf waren, ihre besondere Beziehung zum Autor zur Schau stellen zu können. Und wie unfähig, ihm zu helfen. Sie hatten zugelassen, dass er sich von einer Steilküste stürzte, vielleicht gefiel es ihnen, dass diese legendäre Figur ein ebenso legendäres Ende fand – denn wer kann schon wirklich von sich behaupten, vor Liebe zu sterben? Das Leben ist hartnäckig, es zwingt einen dazu, sich festzuklammern, und es liegt etwas so schrecklich Fades in all diesen »Geh nicht fort, sonst muss ich sterben«, die doch zu nichts führen. Donnell hatte seinen verbliebenen Freunden und dem riesigen Kreis seiner Bewunderer einen romantischen Tod geschenkt, der sie alle zufriedenstellte. Daher konnte Revan sich noch so oft in Endlosschleife die Zeugenaussagen ansehen, die von einer »schrecklichen Tragödie« und einem »Drama« sprachen, er glaubte deshalb nicht weniger, dass Donnells angebliche Freunde wussten: Indem sie zuließen, dass er sich auf Mirhalay zurückzog, hatten sie diesen Selbstmord zum einzig möglichen Ausweg gemacht, hatten sie diesen Selbstmord vielleicht sogar erwartet oder ersehnt.

Und wir, sagte er sich, während sein Arm neben dem Schiffsrumpf taub wurde, wir alle hier auf diesem Schiff, wir haben uns ebenfalls, seien wir ehrlich, wie die Fische im großen Atlantik an Galwin Donnells Leiche gelabt, ohne uns je wirklich um ihn zu sorgen. Wir sind seine Totengräber. Vielleicht sogar seine Mörder.

Fröstelnd zog er die Hand wieder aus dem Wasser.

Die kleinen Häuser Barras lösten sich nach und nach von der Küstenlinie, mit bereits brennenden Lichtern, und die Menschen im Inneren, mit ihren ungestörten Leben, nahmen vor ihren Suppentellern Platz.

Franck betrachtete Émilie, die das Meer betrachtete, beide Hände fest um die Reling geklammert, als hätte sie Angst zu fallen, als befände sie sich im Auge eines Sturms oder inmitten einer Reportage über den Vendée

Globe. Er betrachtete ihre langen braunen Haare und die Form ihres Profils, und er hoffte, dass sie sich nicht umdrehen würde, denn er hätte nicht gewusst, was er dann mit dem Anblick ihres Gesichts hätte anstellen sollen, mit Émilies Schönheit, an der er sich nicht mehr erfreuen konnte, die er nicht mehr bewundern durfte und die ihn deshalb von nun an bloß noch in Verlegenheit bringen oder verletzen konnte. Er wandte sich ab.

Am Heck des Schiffes verschwand ein winziger grauschwarzer Fleck im Kielwasser und tauchte dann wieder auf. Franck erkannte den glänzenden Kopf einer Robbe. Nur mit Mühe nahm er ihre großen, dunklen Augen in der tropfenförmigen Gestalt wahr. Doch er wusste, ohne es sich erklären zu können, dass es sich um die Robbe handelte, der Émilie und er sich ein paar Tage zuvor zu nähern versucht hatten. Die Robbe, die Donnells Seele verschluckt hatte. Das Tier folgte dem Schiff noch eine Weile, und Franck dachte, dass es sie, vielleicht, bis zum Hafen begleiten würde, doch die Robbe tauchte ein letztes Mal ab und kam nicht wieder zum Vorschein. Sie hatte sich endgültig verabschiedet. Franck bemühte sich, es ihr gleichzutun. Er wollte alles hinter der Schranke aus Wellen zurücklassen.

Aus diesem Grund nimmt er im Moment des Aufbruchs, bevor er das Schiff besteigt, das letzte Kapitel der *Brücke* nicht mit.

Er weiß, dass er so nicht nur Émilie bestraft, sondern Millionen von Lesern. Er weiß, dass er in diesem Augenblick eine Entscheidung für Millionen von Menschen fällt. Er selbst sagt zu ihnen: »Nein, ihr werdet niemals erfahren, dass es diese Sache gibt.« Er ist dabei, Millionen von Menschen anzulügen. Wenn auch nur durch Unterlassung.

Doch er wird nichts von der Insel mitbringen. Und er wünschte sogar, dass sie nach seiner Abreise lautlos im Meer versänke.

Er rollt das dünne Manuskript (siebzehn Seiten) zusammen und steckt es durch den auf Barra gekauften Plastikring, den er Émilie niemals geben wird. Es sieht aus wie eine Pseudo-Pergamentrolle von Piraten, um Kinder in Aufregung zu versetzen. Es ist schwer zu glauben, dass diese siebzehn Seiten eins der großen Geheimnisse der zeitgenössischen Literatur darstellen sollen.

Er hat kurz gezögert, ob er sie lesen soll, bevor er sich ihrer entledigt. Doch sie zu lesen, hieße, sie in seinem Inneren zu bewahren. Hieße, Donnells Buch ein Ende zu geben, und sei es nur in seinen Gedanken.

Er hat auch darüber nachgedacht, sie zu vernichten. Sie vielleicht zu verbrennen. Oder sie zu Konfetti zu zerreißen, das er in den Wind von Mirhalay streuen würde. Dann ist ihm aufgegangen, dass dies ein Ritual gewesen wäre, das die Existenz der Seiten anerkannt hätte, genau durch ihre Vernichtung. Er möchte ins Vergessen eintreten, ohne auch nur dessen Schwelle zu markieren, auf die allereinfachste Weise, als würde gar nichts passieren. Als wäre nie irgendetwas passiert.

Man muss aufhören, so sagt er sich, das Universum mit Graffiti zu besprühen in dem verzweifelten Versuch, dass die Leute sich an unsere Durchreise erinnern. Das unumschränkteste Recht der anderen besteht darin, niemals an uns zu denken. Autor zu sein oder Kinder zu zeugen (genauso wie Selbstmord während eines öffentlichen Ereignisses zu begehen, denkt er verbittert), sind bloß Negierungen dieses Rechts. Und der Trost, den sie spenden, kann uns eine Zeit lang vergessen machen, dass wir dem Verschwinden geweiht sind, aber es ist nur eine Lüge, deren Schwäche offenbar wird – in diesem Punkt hatte Jock recht –, wenn man sich ansieht, wie das Meer sich wieder schließt, ohne je eine Spur all der Dramen und Schiffbrüche zurückzubehalten.

Also lässt er, nach einem letzten Rundgang über die MacPhee-Wiese, das Kapitel und den Ring inmitten der Gräser liegen, die das Dorf säumen, zwischen dem großen Gerippe des Busses und dem Bullauge einer Waschmaschine. Sogleich saugt das Manuskript die Feuchtigkeit der Pflanzen auf und wellt sich kaum merklich.

Die Tinte zerfließt zu grauen Flecken. Schon jetzt kann man nichts mehr lesen.

Der Text verschwindet.

Er geht unter. Und Franck, an Deck des Schiffes, kommt es so vor, als würde er den gleichen Auslöschungsprozess erfahren, als würde alles, was er in seinem Leben an Unabänderlichem zu schreiben geglaubt hatte, nun bis zum Entschwinden verblassen. Durch den Verlust von Émilie hat er den Zeugen seines Daseins verloren, sodass er mit nichts als einem Körper zurückbleibt, der sich nicht länger verorten noch definieren kann.

In seinem Kopf stürzen ganze Wandstücke aus Erinnerungen wie Mauern oder Häuser zusammen, Geisterdorf seines Gedächtnisses.

Durch seine eigenen Augen kann man nicht existieren. Man kann nicht allein das Ende eines Lebens erreichen und zu sich selbst sagen: Ja, du hast es gelebt. Dafür braucht man andere Augen.

Er wäre gern an Émilies Seite alt geworden und hätte sich gewünscht, ihre abgenutzten Blicke, wenn sie einander begegneten, könnten sich die Summe der Jahre zumurmeln: Es ist wahr, dass wir uns geliebt haben, ja, und auch gehasst, überzeugt, dass wir allein solch starke Gefühle empfanden, manchmal froh über diese Einsamkeit, manchmal erdrückt von der Intensität unserer Leben. Ja, es ist wahr. Ich war da, meine Liebe. Im Augenblick der Angst, in Momenten der Freude, in der Zeit der Überraschungen. Ich war da. Als du deinen Vater verloren hast, als du deinen Doktor gemacht hast. Bei der Geburt des Kindes. Bei der Entscheidung, mit dem Rauchen aufzuhören. Als wir unser Kleingeld zählten, um für Freunde auf Spontanbesuch Bier zu kaufen. Als wir die Tage ohne Sex zählten und uns sorgten, dass es mehrere in Folge sein könnten. Du warst dieses Gesicht ohne Falten, diese Augen ohne Ringe, diese glatte Stirn. Du warst das Lachen aller möglichen Lachen. Ich war da. Als du begriffen hast, dass die Schönheit nicht für immer funkeln wird, dass sie sich bildet, selbst wenn sie irgendwann an Kraft verliert. Ich war da, als dieser Mann auf der Straße dachte, du wärst eine Filmschauspielerin. Ich war da. In den frühen Morgenstunden. Und an all den langen Frühlingsabenden, als das Licht nicht aufhören wollte, schwächer zu werden. Ich habe gesehen, wie du deine ersten weißen Haare ausgerissen und die anderen später behalten hast, die von da an in lautlosen Rudeln einfielen. Ich habe gesehen, wie du runder geworden bist. Es ist wahr, dass du gelebt hast. Dass du es nicht geträumt hast, dieses Leben. Ich war die ganze Zeit da, und ich kann es dir versichern: Alles war wahr, meine Liebe, jeder Augenblick, wie die Nacht des 18. Dezember 2011, ein zufällig gewähltes Beispiel aus Tausenden anderen, als sich der Regen gegen zwei Uhr morgens in Schnee verwandelte, während wir draußen in der Kälte unterwegs waren, zu spät von der x-ten Einweihungsfeier aufgebrochen, und es eisig und hart auf die leeren Straßen und die abwesenden Taxis regnete, bis Schönheit sich einstellte, in kaum ein paar Sekunden hingen die zu Flocken gewordenen Tropfen in der Luft, sie hielten inne, weiß und leicht, schillernd bis zur Unwirklichkeit, diese Tropfen, die wir vor Augen hatten, überall um uns her, und an unserer Haut, unserem Haar, unseren Mänteln, wurden zur erhabenen Liebkosung des Schnees. Diesen Augenblick wirst du nie wieder erleben, dessen muss man sich bewusst sein, dieser Augenblick ist verloren. Du könntest all deine Winter, jede regnerische Dezembernacht draußen verbringen und die Straßen von Paris durchmessen, du könntest jeden Abend mit einem neuen Begleiter ausgehen und durch die eisigen

Schauer schreiten, aber du wirst nie wieder etwas Derartiges sehen, du wirst nicht noch einmal eine solche Glückseligkeit erleben, die Nacht des 18. Dezember 2011 gehört allein uns, und in dem Augenblick, in dem wir uns trennen, gibt es die Nacht des 18. Dezember nicht mehr. In dem Augenblick, in dem wir uns trennen, scheint alles, was wir erlebt haben, falsch zu werden, es ist, als hätte ich es erfunden, als hättest du es erfunden, zu dem einzigen Zweck, es eines Abends Leuten nachzuerzählen, die nicht wissen würden, dass wir zusammen gewesen sind. Doch so ist es nicht. Ich glaube es jedenfalls nicht. Ist es so?

Haben wir es erfunden?

Alles erfunden?

Natürlich ist er traurig. Doch hätte er das Recht auf nur ein Wort, um seinen Zustand zu beschreiben, würde er es nicht Traurigkeit nennen. Sondern Schwindel.

Denn genau in dem Augenblick, in dem er loslässt und akzeptiert, sich ins Vergessen zu stürzen, im Augenblick, in dem er dem Vergessen zubrüllen könnte, ihn (JETZT) zu erfassen und auszulöschen, spürt er auch etwas tief in sich, das zum Erwachen bereit ist, etwas, das Selbstaufgabe und Entsagung ablehnt und das sich auf die Suche nach anderen Zeugen begeben wird, anderen Existenzen, mit denen er sich mischen kann. Es ist ein uralter Instinkt, der sich jedem Nihilismus widersetzt und der unter allen Umständen verlangt, dass es *etwas* anstelle von *nichts* gibt. Er spürt es, er würde am liebsten aufschluchzen. Es ist eine im Bauch verkrochene Kraft, die von der Traurigkeit nur eine Weile unterdrückt wird und die es ihm verbietet aufzuhören. Sie öffnet sich bereits möglichen Zukünften. Es ist eine Zuversicht, die nicht zu ihm zu gehören scheint, die er aber auch nicht ablegen kann und die darum kämpfen wird, dass er weitermacht, die von jeder Minute Schlaf Gebrauch machen wird, von jedem Lächeln, jedem Mundvoll Essen, um ihn zu ihr und zu der Aussicht zurückzuführen, dass neue Augen ihn, eines Tages, noch einmal erlernen, umfassen und retten werden – ein anderer Blick, ein unbekannter Blick, heute von einem unbekannten Wesen geworfen, das sich genauso gut an der nächsten Straßenecke wie in Santiago de Chile befinden kann. Im Augenblick, in dem er dies denkt, im Augenblick, in dem er erkennt, dass das Überleben in ihm mit dem *Vergessen* im Wettstreit liegt und dass, wenn er fragt: »Was bringt das denn?«, ein Teil von ihm beharrlich Hoffnung verheißt,

in diesem Augenblick setzt der Schwindel ein und nichts anderes,

der Boden entfernt sich, der Himmel auch ein bisschen, und ihm dreht sich der Kopf, denn

im Augenblick eines solchen Gedankens,

sagt sich Franck,

liegt etwas Furchterregendes und Magisches in der neuen Gestalt, die die Welt gewinnt.

DANKSAGUNG

an all jene, die mir im Verlauf der für dieses Buch notwendigen Recherchen geholfen haben, insbesondere an Catherine Naugrette, die meine nie abgeschlossene Doktorarbeit über die weiblichen Figuren bei Martin Crimp betreut hat, sowie an Anaïs Goudmand, die mich bei meiner vorbereitenden Lektüre auf Suspense und Krimis stieß,

an jene, deren Ratschläge zum Schreiben mir kostbar waren, vor allem Pierre Stasse und Vincent Message, *Avengers* der Literatur,

an Salomé, für die Genauigkeit und Freude ihrer Lektüre,

an Romain, Wächter der Fackel und Krimibeschaffer,

an all jene, die mich während der Zeit des Schreibens begleitet haben – ein schwieriger Abschnitt meines Lebens – und die mir, indem ich an sie dachte, in den Monaten der Schreibklausur Kraft gaben: meine Schwestern Marie und Élise, Fanny, Claire und viele andere,

an die Menschen und Strukturen, die mir diese Schreibklausur durch Residenzprogramme ermöglicht haben: die Villa Yourcenar, Terre de Paroles, die Correspondances de Manosque, an die Einwohner, die mich in ihrer Mitte aufgenommen haben, zwischen Hyazinthen, Lavendel oder dunklen Wäldern, an Marine, die in meiner Nähe geschrieben hat,

an Alix Penent, meine Lektorin,

an Rob Doyle, der mich in die Literatur fiktiver Schriftsteller eingeweiht hat,

an Killian Turner, zu früh verschwunden,

und zuletzt an diese unbekannte Leserin, die ich auf dem Salon du Livre von La Ferté-Vidame traf und die mich am selben Morgen im Radio über die Hebriden hatte sprechen hören. Danke, dass Sie mir geraten haben, unverzüglich über diese faszinierenden Inseln zu schreiben. Ohne sie verlöre sich dieser Roman an einem anderen Ort.